INCERTEZAS DE OUTONO

GARY CHAPMAN
&
CATHERINE PALMER

INCERTEZAS DE OUTONO

Traduzido por MARIA EMÍLIA DE OLIVEIRA

Dados Internacionais de Catalogação na Publicação (CIP)
(Câmara Brasileira do Livro, SP, Brasil)

Chapman, Gary

Incertezas de outono / Gary Chapman, Catherine Palmer; traduzido por Maria Emília de Oliveira. — São Paulo: Mundo Cristão, 2013.

Título original: Falling for You Again.

1. Ficção norte-americana I. Palmer, Catherine. II. Título.

13-01626 CDD-813

Índice para catálogo sistemático:
1. Ficção : Literatura norte-americana 813

Publicado no Brasil com todos os direitos reservados por:
Editora Mundo Cristão
Rua Antônio Carlos Tacconi, 79, São Paulo, SP, Brasil – CEP 04810-020
Telefone: (11) 2127-4147
www.mundocristao.com.br

1ª edição: março de 2013

Aos tios Al e Peggy Cummins.
Obrigada pelo amor que têm dedicado a mim e a minha família durante tantos anos. Nunca me esquecerei do "circo de três picadeiros" em Ngara Road; das risadas pelos corredores da casa em Ol Donyo Sabuk Road, durante as noites de reunião de oração; do vozeirão de tio Al pregando em Parklands; e do gracioso sotaque texano de tia Peggy, ensinando-me o verdadeiro significado de ser uma mocinha. A todos os queridos "rapazes Cummins": saibam que esta "garota Cummins" ama todos vocês.

C. P.

Agradecimentos

Muitas pessoas exercem influência na escrita e publicação de um romance. Minhas homenagens a meus pais, Harold e Betty Cummins, pelo belo exemplo de casamento duradouro. Agradeço também às famílias missionárias com as quais cresci no Quênia, cujos exemplos de muitos anos de vida conjugal tento seguir. Pelas vezes em que rimos e choramos juntas, minhas amigas de longa data são tesouros que prezo muito. Janice, Mary, Roxie, Kristie, BB, Lucia — amo vocês. Não tenho palavras suficientes para agradecer a minha equipe de apoio e oração — Mary, Andrew, Nina e Marilyn.

Sou grata também a minha família Tyndale por tudo o que fizeram por mim nos últimos dez anos. Ron Beers e Karen Watson, que Deus os abençoe por terem feito desta série uma realidade e também um prazer. Kathy Olson, imagino que não teria tido coragem de escrever uma só palavra deste livro sem você. Sua edição tão esmerada e amizade preciosa são verdadeiras dádivas do Senhor. A Andrea, Babette, Mavis, Travis e Keri, à extraordinária equipe de vendas e ao excelente departamento de diagramação — muito obrigada a todos, do fundo de meu coração.

Apesar de quase sempre deixá-la por último, minha família ocupa o primeiro lugar na lista de apoiadores, encorajadores e pessoas amadas. Tim, Geoffrey e Andrei, amo muito vocês.

Catherine Palmer

Nota aos leitores

Não há nada como uma boa história! Estou entusiasmado por trabalhar com Catherine Palmer numa série de ficção baseada nos conceitos expostos em meu livro *As quatro estações do casamento*.[1] Você tem em mãos o terceiro livro desta série.

Minha experiência, tanto em meu casamento como no aconselhamento de casais por mais de trinta anos, sugere que o casamento está sempre mudando de uma estação para outra. Às vezes estamos no inverno — desanimados, desligados e insatisfeitos. Outras, vivemos a primavera, com sua receptividade, esperança e expectativa. Há ainda outras ocasiões em que nos aquecemos sob o calor do verão — confortáveis, relaxados, curtindo a vida. E, de repente, vem o outono, com suas incertezas, negligências e preocupações. O ciclo se repete muitas vezes ao longo do casamento, da mesma forma que as estações se repetem na natureza. Esses conceitos estão descritos em *As quatro estações do casamento*, acompanhados de sete estratégias comprovadas, para ajudar os casais a se afastarem das turbulências do outono ou da indiferença e frieza do inverno e caminharem rumo à esperança da primavera ou do calor e aconchego do verão.

A combinação do que aprendi nesses anos de aconselhamento com a extraordinária competência de Catherine, como escritora, resultou nesta série de quatro romances. Na vida dos personagens que você conhecerá nestas páginas, verá as reiteradas escolhas que observei nas pessoas no decorrer dos anos, a importância do carinho de amigos e vizinhos e a esperança de verem seu casamento mudar para uma nova estação, muito mais agradável.

Em *Incertezas de outono* e nas outras histórias da série *Quatro estações*, você conhecerá recém-casados, famílias mistas, casais angustiados por terem de adaptar-se ao ninho vazio e casais idosos. Esperamos que você se veja — ou veja alguém que conhece — nesses personagens. Se estiver com o coração ferido, este livro poderá dar-lhe esperança — e algumas sugestões para melhorar a situação.

E seja qual for a situação que estiver atravessando, sei que você vai gostar muito das pessoas e das histórias de Deepwater Cove.

Dr. Gary Chapman

Ruth e eu somos incompativelmente felizes.

Billy Graham, ao lhe perguntarem
qual o segredo de cinquenta e quatro anos
de casamento com a mesma pessoa.

Um bom casamento é a união de duas pessoas
que sabem perdoar.

Ruth Bell Graham

1

— **O outono**[1] **sempre traz mudanças** a Deepwater Cove — disse Charlie Moore, acomodado na cadeira do salão de beleza Assim Como Estou, de Patsy Pringle. — E nem sempre a mudança é boa.

— Ora, pare de falar assim, querido — Patsy repreendeu-o, limpando-lhe a nuca com um pincel. — Principalmente numa tarde de sexta-feira de meu mês favorito. Não há nada como um fim de semana de setembro para levantar o astral de uma mulher. E não vou deixar você me pôr para baixo.

Patsy terminou de remover os fiozinhos de cabelo cortado da nuca de Charlie e girou a cadeira do cliente para que ele pudesse se ver no espelho.

Charlie checou para ver se suas costeletas estavam igualadas; em seguida, aprovou com a cabeça.

— Belo trabalho, Patsy. Você sempre me deixa mais bonito.

Ela sorriu e deu um tapinha no ombro dele.

— Acho que este outono vai ser um dos mais belos de todos esses anos, Charlie. As folhas já estão começando a mudar de cor, e há uma brisa deliciosa vinda do lago. Não sei por que você reclama desta estação.

Charlie sacudiu a cabeça.

— É a história, Patsy. Considere nossa história. Um ano atrás, o último filho dos Hansens partiu para a faculdade e, bom... você sabe que a situação ficou bem difícil para Steve e Brenda.

— O que mais aconteceu no outono, Charlie? — ela perguntou. — Sou dona deste salão há séculos, e não me lembro de nenhuma história ruim.

— Você é assim, Patsy. Uma eterna otimista. — Ele recostou-se na cadeira, ajeitou os óculos e começou a explicar. — No último outono, houve o problema do casal Hansen. No ano retrasado, uma epidemia de gripe levou duas viúvas daqui, uma em setembro e a outra no início de novembro, pelo que me lembro. E não esqueça que a pizzaria faliu, aquela agência bancária foi fechada e o novo bar instalou-se aqui. Tudo isso aconteceu assim que o verão acabou.

— Bom, tenho de admitir que não sou fã do Bar do Larry. Por que os bares nunca vão à falência? Isso me irrita — Patsy declarou, tirando a capa dos ombros de Charlie e ajudando-o a se levantar da cadeira. Se ele não a conhecesse bem, poderia pensar que ela o estava mandando embora.

Charlie dirigiu-se à caixa registradora.

— Concordo com você em relação aos bares, Patsy. Muitos rapazes desperdiçam dinheiro e a melhor parte do tempo deles ali. Nunca entendi por quê.

— E não se esqueça das cores do outono — Patsy disse. — Conheço pessoas que adoram viajar para ver a mudança de cor das árvores na Costa Leste e, mais ao norte, no Canadá, mas por que cargas-d'água não enxergam o que existe aqui? O Ozarks tem as mais belas cores do outono que Deus poderia ter pintado numa árvore.

— O tom vermelho das folhas do sumagre — Charlie disse, guardando a carteira no bolso. — É um tom que não se vê com frequência na natureza.

— Entendeu o que quero dizer? O outono é uma época maravilhosa do ano.

Charlie deu uma risadinha.

— Reconheço que você tem razão, Patsy. E mais: a maioria dos turistas foi embora, e não temos de aguentar todos aqueles fogos de artifício, barcos velozes e confusões no bar.

— Adoro o entusiasmo e o divertimento dos turistas de verão, mas não fico triste quando vão embora. Há uma sensação de paz em volta de nós, apesar de ainda termos muita coisa que fazer: festas de outono, eventos de captação de recursos, passeios de charrete promovidos pela igreja. Além das festas de volta às aulas, do *Halloween*, do Dia de Ação de Graças...

— Concordo, concordo — Charlie interrompeu confuso, levantando a mão. — Se eu continuar aqui por mais tempo, você vai falar até me convencer, Patsy. Eu estava apenas curtindo um pouco de melancolia e pessimismo, mas você está pondo tudo a perder. — Ele encolheu os ombros. — Você me venceu com todo esse blá-blá-blá. Não tenho escolha, a não ser ficar de bom humor, o que significa ir para casa e contagiar Esther, que deve estar louca para tagarelar e encher meus ouvidos.

— Esther deve chegar daqui a uns vinte minutos para arrumar o cabelo, como faz todas as semanas — Patsy disse. — Aliás, fiquei surpresa por vocês não terem vindo juntos.

— Não vou passar por essa provação de novo. Fiz isso uma vez e, pode acreditar, foi o bastante. Acho melhor ir para casa e cuidar de minha horta.

Patsy suspirou enquanto o analisava.

— Charlie, quero que você saiba que todas as vezes que o vejo com Esther, sinto que há esperança para o mundo. Vocês são muito generosos e prestativos... e extremamente doces um para com o outro. Há quanto tempo estão casados?

Charlie coçou a nuca.

— Bom, preciso calcular. Logo vou completar setenta anos, e nasci em... — Ele fez uma pausa e olhou para o teto, como se os números estivessem escritos lá. — E casamos em... hummm... — Mais cálculos. — Que coisa! Estamos chegando perto dos cinquenta anos de casados e nem percebemos. Quem diria?

— Vocês são um exemplo maravilhoso para nós — Patsy disse. — Se eu me casar um dia, vou querer ter um lar tão feliz quanto o seu e de Esther.

— Você faz as coisas parecerem perfeitas — Charlie esticou o braço por cima do balcão e tocou o nariz de Patsy como se ela fosse uma criança. — Você sabe muito bem que não é assim, garota.

Ela riu.

— Acho que sei, mas não consigo imaginar vocês brigando.

— Veja bem, Esther e eu temos nossos altos e baixos. Mais momentos bons que maus, porém nos esforçamos muito para que seja desse jeito. Você já ouviu falar que os opostos se atraem? Conosco é assim. Ela gosta de falar, e eu prefiro ler um livro ou assistir à TV. Eu madrugo, e ela dormiria até às oito ou nove horas se não tivesse que preparar meu café da manhã, ainda caindo de sono. Somos uma mistura de sol e chuva. Ambos são necessários para fazer as plantas crescerem.

— **Estou atrasada,** estou atrasada! — Esther enfiou o braço pela alça da bolsa enquanto corria até a cozinha. — Cody, onde você colocou aquela pilha de correspondência que deixei na mesa perto da porta?

— Correspondência? — Em pé diante da pia, Cody virou-se e parou de esfregar a frigideira esmaltada que Esther usava para fritar peixes pequenos. — Correspondência é o mesmo que cartas? Porque li num livro que correspondência tem a ver com correspondente, que é a pessoa encarregada de escrever a correspondência. E tem também o correspondente de guerra, que é o repórter encarregado de escrever sobre a guerra para um jornal, e a palavra correspondência também rima com falência, que significa...

— Estou falando de cartas — Esther gritou. — Há menos de meia hora, eu deixei uma pilha de envelopes na mesinha da sala de estar, e eles sumiram.

Misericórdia! Esther gostava muito de Cody Gross, mas às vezes o rapaz tinha o poder de deixá-la desarvorada. Cody aparecera em Deepwater Cove na última primavera, desabrigado e maltrapilho. A partir de então, ele passou a limpar as casas e lojas da vizinhança — ganhando um salário mínimo e aumentando cuidadosamente sua conta poupança. Depois de passar o aspirador, espanar e arrumar a residência dos Moores, ele quase sempre passava a noite num dos quartos da casa. Esther e Charlie gostavam de sua companhia.

— Na mesinha ao lado do sofá — Esther esclareceu. — Esta tarde, Charlie pagou nossas contas antes de ir cortar o cabelo. Depois, escrevi um cartão de aniversário para um de meus netos e outro para Opal Jones, desejando-lhe boa recuperação. Selei os envelopes e os deixei ali, perto da porta. Para onde você levou a correspondência, Cody?

Ele piscou. Seus olhos azuis brilhavam sob o sol da tarde que entrava pela janela da cozinha.

— A senhora não precisava colocar um selo no envelope de Opal. Ela mora do outro lado da rua, três casas abaixo. Eu posso levar o cartão e entregar a ela.

— Eu sei, mas Charlie e eu colaboramos com os correios, porque... — Esther parou de falar com um resmungo de frustração. — Cody Gross, onde você colocou minha correspondência? Se eu não postar aqueles envelopes a tempo, Charlie vai ficar louco de raiva. Significa que vou ter de bater na porta dos fundos do correio e apelar à memória de que Charlie foi carteiro um dia.

Com isso, vou perder a hora marcada no... no... — Ela balançou a cabeça, desanimada. — E então, aonde estou indo mesmo, Cody? Você me deixou tão confusa que não consigo me lembrar de nada.

— A senhora está indo a Tranquility para arrumar o cabelo no salão de Patsy, como faz toda semana — Cody disse, deixando a água com sabão em seus dedos pingar no piso de vinil, enquanto passava por ela, arrastando os pés. — E sua correspondência está ali, na mesinha ao lado do sofá. Está vendo?

Esther imaginou que jamais conseguiria fechar a boca, mas conseguiu. Lá estavam as cartas empilhadas, exatamente onde as deixara. Mas ela podia jurar que, quando olhou para lá momentos antes, não havia nada sobre a mesinha.

Agora havia. Do jeito que ela deixara.

— Você colocou as cartas lá? — ela perguntou a Cody.

— A senhora colocou — ele replicou. — As únicas cartas que costumo pegar são aquelas que vêm de minha tia em Kansas, quando ela escreve para dizer que me ama e que gosta de comer meus legumes. Ela também me manda 10 dólares todos os meses, e eu ponho esse dinheiro na minha conta poupança. Detesto dizer isso, mas a gente não pode ver o dinheiro que está lá no banco, mesmo que peça com gentileza. Sabe de uma coisa, sra. Moore? Outro dia pedi para ver minha conta poupança, e a moça do banco disse que sentia muito, mas eu não podia ver. Ela me contou que a conta no banco não está numa caixa com dinheiro dentro. Não é uma coisa de verdade. São apenas números dentro de um computador. A gente tem de ter fé para acreditar que aqueles números são a mesma coisa que notas de dólar. É como a gente ter fé que Deus é verdadeiro, mesmo sem poder vê-lo.

Esther encarou Cody enquanto pegava a pilha de cartas numa mão e segurava a bolsa na outra. Do que ele falava agora? Sua tia? Conta poupança? Deus?

— Cody, qualquer dia destes você vai me conduzir a um hospício — Esther disse, abrindo a porta da frente.

— Não posso conduzir ninguém, lembra-se, sra. Moore? Ainda não tenho correspondência de motorista.

— Carteira de motorista! — ela gritou por cima do ombro. Em seguida, começou a resmungar. — *Carteira de motorista*, não *correspondência de motorista*. Aquele pobre coitado é meio retardado. Não sei por que Charlie diz que ele é esperto como um azougue. Ele nunca vai ser nada neste mundo sem a ajuda de alguém, e eu não deveria deixá-lo sozinho em casa.

Equilibrando-se nos saltos do sapato, altos demais para a ocasião, Esther dirigiu-se à garagem e colocou a bolsa e a correspondência sobre o teto do robusto Lincoln automático que ela dirigia havia décadas. Lutando com as chaves do carro, ela tentava descobrir a que abria a porta. O carro era velho demais para uma trava elétrica. Ela não se importava com isso, pois havia tido grande dificuldade para acostumar-se com portas automáticas, controles remotos, telefones celulares, computadores e outros equipamentos do mundo moderno. A tentativa de entender a nova tecnologia levava qualquer um à loucura.

Finalmente Esther abriu o carro e sentou-se ao volante. Com certeza chegaria atrasada em razão de Cody ter espalhado a correspondência por toda a casa. Uma coisa era pedir ao rapaz que tirasse o pó e passasse o aspirador. Mas, se ele continuasse a colocar as coisas onde bem entendesse, Esther teria de conversar com Charlie para dispensá-lo. Afinal, ela limpou a casa durante quarenta e oito anos, e certamente poderia fazer esse serviço por mais um tempo.

Do outro lado da garagem, Esther avistou a casinha que Charlie instalara para as andorinhas vários anos atrás, sobre um poste alto de metal. A casinha estava um pouco inclinada para a esquerda, e Esther pediria a Charlie que a endireitasse. As árvores que enfeitavam seu grande jardim começavam a mudar de cor. Logo Charlie teria de proteger suas raízes contra o frio e adubá-las.

Enquanto girava a chave na ignição, Esther pensou com orgulho na bela horta de seu marido. Todos os anos eles colhiam os legumes e verduras mais saborosos, mais frescos e mais viçosos da vizinhança. Nada agradava mais a Esther do que oferecer uma caixinha de morangos vermelhos a uma pessoa enferma, com votos de pronto restabelecimento, ou deixar uma cesta surpresa de pimentões e cebolas na varanda de alguém. Ela posicionou a alavanca do câmbio automático na marcha a ré e acelerou.

Assim que o Lincoln começou a sair de ré da garagem, Esther viu sua bolsa escorregar do teto e cair no chão. E agora? Ela pôs rapidamente o câmbio em ponto morto e pisou no freio.

Charlie tinha os pensamentos concentrados em tomates quando fez a curva que levava a sua casa de estrutura de madeira com um gramado muito bem cuidado. Sentindo um pequeno desejo de mudança, ele tentara algumas variedades diferentes de tomate naquele ano. No passado, Esther queria apenas tomates-caqui para os sanduíches e tomates-cereja para as saladas. Charlie, porém, incluíra três novas plantas como experimento — tomates-pera vermelhos, amarelos e uns com leve tom arroxeado. Para sua surpresa, Esther provou os novos tomates e os achou deliciosos, e quis exibi-los no churrasco do Dia do Trabalho de Deepwater Cove.

Tendo decidido fazer uma experiência arrojada com os pimentões na próxima primavera, Charlie estava analisando a diferença entre pimentões doces, anchos e *jalapeños* quando ouviu o som de uma pancada vindo da garagem de sua casa.

Charlie pisou no freio, boquiaberto e sem acreditar no que via. O enorme Lincoln bronze de Esther voou pelos ares e bateu no muro de concreto de mais de 1 metro de altura que separava a entrada para carros do jardim e caiu com toda a força no gramado, afundando uma boa parte dele. No trajeto, o Lincoln arrancou as duas colunas de madeira que sustentavam o teto da garagem. Agora o capô estava aberto, e a buzina começou a tocar. E o carro continuou, capotando pela grama. Uma coluna de fumaça subia do motor enquanto a tampa do capô abria e fechava como se fosse movida a mola. O Lincoln conseguiu contornar a casa das andorinhas antes de raspar no tronco de um carvalho e esmagar uma nogueira em desenvolvimento. Em seguida, arremessou-se na direção da estreita prainha e da beira do lago, tendo apenas o barracão para bloquear seu caminho.

Com o coração apertado, Charlie estacionou seu carro e abriu rapidamente a porta. Alguém estaria furtando o Lincoln? O carro teria rodado pela entrada de carros sem ninguém dentro? Ou aquela sombra escura no banco do motorista seria sua esposa?

— Esther? — Charlie parou, sem saber para onde ir. Agora o Lincoln ia a toda velocidade em direção ao barracão. Charlie o construíra alguns anos antes para guardar ferramentas e o cortador de grama. No momento em que chegou perto da porta do barracão, o carro derivou para a direita.

— Sra. Moore! Sra. Moore, pare! — Cody Gross saiu abruptamente da casa, deu um salto pelos fundos da garagem e passou correndo por Charlie. — Sra. Moore, o correio fica para o outro lado!

Sem ouvir quase nada por causa da buzina que ainda tocava, Charlie viu o carro passar a alguns centímetros do barracão e depois fazer uma curva fechada, inclinar-se na direção do lago mais uma vez e parar de repente ao lado de um arbusto de lilás. A fumaça continuou a sair do capô e água fervendo espirrou no chão. A buzina continuava a tocar, mais alto que nunca.

Cody chegou ao carro cinco passos na frente de Charlie, mas quando o rapaz segurou na maçaneta, a porta pendeu aberta.

Esther levantou-se repentinamente do banco do motorista, abriu caminho para passar por Cody e subiu a encosta com seus sapatos de salto alto.

— Onde está a correspondência? — ela gritou. — Preciso chegar ao correio antes que feche.

— Sra. Moore, a senhora sofreu um acidente! — Cody gritou enquanto ela marchava em direção a Charlie, movimentando os braços, agitada.

— Esther, o que houve? — Charlie segurou-a pelos ombros e forçou-a a parar. — Você está bem, querida? O que aconteceu?

— Não consigo encontrar a correspondência — ela rebateu. — Cody continua a mexer em tudo, e estou atrasada para ir ao correio. Aqueles cartões não irão embora hoje se eu não... — Ela levantou a cabeça e olhou para o marido como se o estivesse vendo pela primeira vez. — Charlie?

— Esther. — Ele a abraçou com força e puxou-a para perto de si. — Ah, meu amor, você me deu um susto e tanto.

— Não sei... Não sei bem o que aconteceu, Charlie.

— Você saiu com o Lincoln pelo lado errado da garagem. Sofreu um acidente, querida. É melhor se sentar.

— Onde está minha bolsa?

— Aqui, sente-se em cima de minha jaqueta.

— Na grama?

— Sim, aqui. Vou ajudá-la. — Charlie tirou sua jaqueta de tecido leve e estendeu-a na grama. Em seguida, ajudou-a a se sentar. — Agora respire fundo, Esther.

— O que Cody fez com meu carro? — Ela olhou firme na direção do barracão. Cody estava com o corpo curvado dentro do

Lincoln, do lado do motorista. Um silêncio ensurdecedor pairou quando ele conseguiu desligar a buzina.

— Veja aquele rapaz — Esther resmungou. — Ele acabou com meu carro. Eu sabia que não deveríamos ter permitido a entrada dele aqui. Você acha que pode confiar em alguém, e depois... Onde está a correspondência, Charlie? Tenho de ir rápido ao correio. E meu cabelo. Oh, céus, tenho hora marcada no salão e estou atrasada.

Enquanto Esther consultava o relógio, Charlie notou uma mancha no pulso dela.

— Você se machucou! Esther, querida, deixe-me ver o outro braço. Ah, que lástima, meu amor, você está toda machucada.

— Esther? Charlie, o que aconteceu?

Ele levantou a cabeça e viu sua vizinha, Kim Finley, atravessando o gramado com passos rápidos, seguida dos gêmeos.

— Charlie, Esther está bem?

— Ouvimos uma batida! — Lydia disse em voz alta.

— O teto da garagem está caindo, sra. Moore — Luke complementou enquanto os três se aproximavam do casal sentado na grama. — As duas colunas de madeira no meio despencaram.

Atrás deles, Charlie avistou Brenda Hansen e Miranda, sogra de Kim, caminhando em direção à cena. De repente, parecia que metade da vizinhança estava se dirigindo à casa dos Moores.

— Gostaria que Derek estivesse aqui — Kim exclamou ao ajoelhar-se na grama aos pés de Esther. — Ele foi treinado em primeiros socorros. Charlie, parece que ela bateu a cabeça. E o rosto está começando a inchar.

— Rosto de quem? — Esther perguntou, olhando de uma pessoa para outra. — O que está errado? O que aconteceu?

— Você saiu pelo lado errado da garagem — Cody lhe disse. — Você queria ir para trás, mas foi para a frente. Precisamos ligar para a emergência agora, porque é o que se deve fazer quando alguém sofre um acidente. Mesmo que a pessoa não pareça muito machucada, pode estar ferida por dentro, e é por isso que precisa ser examinada por um médico. Vi isso na TV quando estava na casa da minha tia. Disseram que é preciso chamar a ambulância de qualquer jeito.

— Já chamei. — Brenda Hansen, agachada ao lado de Esther, segurou-lhe a mão. — Você se lembra de ter entrado no carro?

— Bom, é o que estou tentando dizer a todo mundo. Preciso ir ao correio. E Patsy está me esperando para pentear meu cabelo.

Um nó começou a formar-se na garganta de Charlie, mas ele tentou falar assim mesmo.

— Depois que você entrou no carro, querida, por que engatou D em vez de R?

Esther olhou firme para ele, com os olhos azuis turvos.

— Eu fiz isso?

— Você se lembra de ter saído pelos fundos da garagem?

— Vi a casa dos passarinhos; só isso. — Ela piscou algumas vezes e, depois, olhou para o local em que o carro jazia, emitindo nuvens de fumaça. — Olhei para cima, e a casa dos passarinhos começou a vir em minha direção, por isso virei um pouco o volante. E vi uma árvore.

— Duas árvores — Charlie disse. — A senhora fez uma manobra estranha, sra. Moore. Passou pela casa dos passarinhos, pelas árvores e até pelo barracão.

— O que você sabe...

— Sei que a senhora quase nos deixou surdos! — Cody exclamou. — Meu ouvido ainda está zunindo. Mas fiz a buzina parar, e aqui estão as chaves. Desliguei o motor, fiz tudo sozinho.

Charlie pegou as chaves. O Lincoln não iria a lugar nenhum tão cedo, se é que voltaria a rodar, ele imaginou. A frente do carro parecia uma sanfona, e o cheiro de radiador furado ainda pairava no ar fresco do fim da tarde.

— Estou ouvindo a ambulância — Esther disse. — Oh, céus, não acho necessário. Mas é melhor ir até lá e agradecer por eles terem vindo até aqui.

Quando Esther se movimentou, Charlie viu o lindo rosto da esposa contorcer-se de dor.

— Continue sentada aqui comigo, Esther — ele disse, passando o braço ao redor dela. — Só nós dois. Vamos continuar aqui juntos, e tudo vai ficar bem.

2

Charlie não conseguia desviar o olhar de Esther, que dormia na cama do hospital. Embora os ferimentos produzidos pelo acidente de carro não fossem aparentemente graves — contusões e escoriações em sua maior parte —, o médico decidira mantê-la internada por alguns dias. "Exames", ele disse a Charlie. "Gostaria de fazer alguns exames."

Por quê? Será que Esther não voltaria ao normal assim que aqueles hematomas no braço e rosto desaparecessem? Esther sempre foi tagarela, mas agora passava a maior parte do tempo dormindo ou observando o estacionamento do hospital pela janela.

O pastor Andrew dirigira-se ao hospital no momento em que soube do acidente, e a visitou todos os dias. Em geral, o pastor dedicava sua atenção a Esther — conversava, lia a Bíblia e orava com ela. Naquele dia, contudo, em vez de caminhar em direção ao leito de Esther, ele sentou-se na cadeira ao lado da poltrona reclinável de Charlie e analisou a TV por alguns minutos.

— Notei que você ligou a TV, mas não olhou para ela nem uma vez — o pastor Andrew disse finalmente. — Você continua a olhar para Esther, como se nunca a tivesse visto. Em que está pensando, Charlie?

— Nunca a vi neste estado — Charlie admitiu. — Pensei em avisar o Júnior e Ellie, imaginando que seria melhor virem aqui para ver a mãe. Mas o médico diz que não é nada sério. Meus filhos são atarefados demais, por isso decidi não avisá-los. Mas ela me preocupa.

O pastor Andrew assentiu com a cabeça. Charlie gostava daquele homem alto e magro, que usava óculos grandes demais para seu rosto e paletós com mangas um pouco mais curtas que seus braços. Ele dirigiu a Capela do Ministério Bíblico da Região do Lago — a Capela do Cordeiro, como a população a chamava — por mais de dez anos. Levava muito a sério sua função de pastor e sempre visitava seu rebanho em suas casas, no hospital ou em casas de repouso.

Quando pregava um sermão, o pastor Andrew limitava-se a escolher uma passagem bíblica e explicar à congregação o significado dos versículos e como influenciavam a vida das pessoas. Charlie percebeu quer era exatamente isso de que a maioria das pessoas necessitava. O pastor Andrew frequentara seminário, mas suas mensagens não tinham o efeito bombástico como a de outros ministros do evangelho.

Charlie havia sido criado numa igreja cujo pastor estava mais interessado em parecer imponente a ensinar a verdade para seu rebanho. Não era o caso do pastor Andrew. Aliás, ele quase sempre se atrapalhava, se perdia ou tropeçava nas palavras durante os sermões — e com isso granjeava a simpatia de todos. Um domingo, ele disse a seus congregados que eles não deveriam re*laxar* na questão de fazer o bem. "A verdade é óbvia", ele anunciou com voz firme. "Temos um problema *laxante* rondando por aqui."

Esther e Charlie riram disso mais tarde, e ainda costumavam lembrar um ao outro que não deveriam ter atitudes laxantes. Essa era uma das pequenas brincadeiras entre eles — frases extraídas de filmes, trocadilhos, eventos memoráveis — que somente os dois entendiam. Uma palavra ou um olhar expressivo provocava o mesmo pensamento em ambos. Enquanto olhava para a esposa,

Charlie gostaria de saber se voltariam a compartilhar tais momentos de cumplicidade.

— Ela tem conversado bastante com você? — o pastor Andrew perguntou a Charlie. — Pergunto-me se ela se lembra do acidente. Não consigo fazê-la me contar isso.

— Logo depois do acidente, ela teve várias reações. Conversou, mas estava confusa. Achou que foi Cody Gross quem destruiu o carro dela e a fez perder a hora no salão de beleza. Falou o tempo todo do correio e insistiu em dizer que estava bem. Achei que o acidente a havia abalado um pouco, e que ela logo voltaria ao normal. Mas agora, não sei... Parece que ela está ausente, e não posso levá-la para casa.

— Casa? Este mundo não é o lar verdadeiro de Esther, Charlie. Você sabe disto, não? O Pai está preparando tudo para ela e para todos nós que pertencemos a Cristo. Ele quer que voltemos para o lar que preparou para habitarmos eternamente.

— Sinto decepcioná-lo, pastor, mas o céu é o último pensamento que passa pela nossa cabeça. Esther planejou tudo para o Dia de Ação de Graças. Tem um peru no *freezer*. No dia do acidente, ela ia arrumar o cabelo no salão de beleza, e depois planejávamos jantar no restaurante Boa Comida da Tia Mamie, que serve camarão especial às sextas-feiras. Não entendo por que Esther continua deitada aqui dormindo ou olhando pela janela.

— Talvez por causa dos medicamentos. Ela foi sedada?

— No início, sim. Não tenho certeza se ela continua sedada. Os médicos e as enfermeiras são simpáticos, mas falam tão depressa que a gente mal entende o que querem nos dizer. Disparam a falar o jargão médico, os nomes de remédios, de exames e de partes do corpo. O médico contou-me que talvez Esther tenha fraturado a clavícula. Fiquei apavorado. Pesquisei a palavra no computador, esperando o pior, mas fiquei sabendo que clavícula não é nada mais que um osso perto do pescoço. E a clavícula de Esther não foi fraturada; sofreu apenas escoriações.

O pastor Andrew deu uma risadinha discreta.

— Às vezes eles esquecem que somos apenas pessoas normais.

Charlie assentiu com a cabeça. Aquela era uma das características da qual ele mais gostava em seu pastor. O pastor Andrew era uma pessoa comum, com esposa e dois filhos, um homem que plantava uma horta toda primavera, levava a família para passear de barco no verão e organizava um café da manhã com panquecas para os caçadores de cervos no outono. A única diferença era que Deus lhe concedera o dom especial de pastorear um rebanho — função que ele desempenhava com competência.

— O médico lhe contou quais exames que estão fazendo? — o pastor Andrew perguntou.

— Ele me disse um amontoado de coisas diferentes, e tentei anotar tudo nas costas de um envelope que tinha no bolso. Mas não resolveu muito. São palavras complicadas e não consegui ler, por isso não procurei entender. Acho que terei de esperar até que eles me contem o que descobriram.

Os dois homens fitaram por alguns momentos a mulher imóvel no leito. Um arrepio percorreu a espinha de Charlie, como ocorria todas as vezes que ele olhava para Esther. Como aquilo pôde acontecer? Por que ela pisou no acelerador em vez de pisar no freio? As pessoas idosas cometem esses tipos de erros, mas Esther não era idosa. Ambos estavam na casa dos sessenta anos... talvez não por muito tempo. Apesar disso, não fazia sentido.

— Por que tantos buquês de girassóis em volta da cama dela? — o pastor Andrew indagou.

— Esther gosta de girassóis. É sua flor predileta. — Charlie abaixou a cabeça. — A verdade é que eu não sabia disso até que os buquês começaram a chegar. Hoje de manhã, quando Kim e

Derek Finley trouxeram um arranjo, imagine só, de girassóis, eu perguntei por quê. Kim reagiu com surpresa por eu não saber que Esther gostava tanto de girassóis. Mas eu não sabia. Nunca me dei conta até entrar em casa ontem à noite. As paredes são revestidas de papel com estampa de girassol. Temos toalhas com girassóis no banheiro e uma guirlanda de girassóis artificiais na porta da frente. Estou casado com esta mulher há quase cinquenta anos, e de repente comecei a descobrir coisas sobre ela que nunca soube.

— O que mais?

— Veja isto aqui. — Do carrinho de rodinhas perto do leito de Esther, ele pegou uma caixa das joias confeccionadas por Ashley Hanes. — Tenho certeza de que Esther lhe contou que está ajudando uma jovem da vizinhança a montar um negócio próprio. Bem, ela me colocou nisso também. Passamos as contas de argila por linhas de pesca. Nas últimas semanas, Esther e eu trocamos ideias sobre cada cor do arco-íris e outras mais. Conversamos sobre desenhos e formatos, sobre brincos e colares e tudo mais, até eu ver contas com os olhos fechados. E ontem Ashley Hanes apareceu aqui com isto.

Ele retirou da caixa um colar delicado, de três voltas.

— Ashley disse que confeccionou essas contas especialmente para Esther. E sabe por quê? Porque Esther adora roxo. Roxo! Nunca soube disso. Nunca imaginei, nunca lhe perguntei, nunca soube de nada. Ontem à noite, comecei a pensar e lembrei que Esther usou um vestido roxo em nosso baile de formatura do colegial. *Orquídea*. Era assim que ela chamava essa cor. Um vestido cheio de babados e todo coberto de tela e renda. Esse vestido continua guardado em algum lugar no sótão. Por isso, antes de dormir, dei uma olhada no armário, no lado onde Esther guarda suas roupas. E eis o que vi. Quase tudo o que ela usa tem algum detalhe roxo.

— O casamento sempre reserva algumas surpresas — observou o pastor Andrew.

— Também acho. — Charlie mergulhou em silêncio, imaginando o que mais não teria notado nos últimos cinquenta anos. — Faz pouco tempo que descobri que Esther é insegura quanto a seus dotes culinários. A mãe dela a menosprezava na cozinha. Assim, todas as vezes que eu a levava a um restaurante, Esther imaginava que eu não queria comer o que ela planejava para o jantar naquela noite. Mas ela é uma excelente cozinheira.

— Claro que é. Já provei muitas vezes o assado de carne que ela faz aos domingos. — O pastor Andrew deu um aperto de leve no ombro de Charlie. — Bom, preciso voltar para casa antes de minha esposa pensar que me esqueci que hoje à noite é dia de jogos em família. Ela é perita em palavras cruzadas, mas eu a derroto numa partida de damas em qualquer dia da semana. Nossos filhos preferem jogar Uno, mas aí já é demais para mim.

Quando o pastor se levantou, Charlie segurou-o de súbito pelo braço.

— Pastor Andrew, o que o *senhor* faria? — ele perguntou, despejando as palavras antes de refletir no que dizia. — O que o senhor faria se perdesse sua esposa?

O pastor voltou a se sentar na cadeira.

— Ficaria arrasado. Eu a amo, e não posso imaginar a vida sem ela.

— Pois é. Esse é o problema. Não sei como seria viver sem Esther. Não posso imaginar. Temos uma vida boa, o senhor sabe. Aprecio as tardes de verão quando me sento no balanço da varanda olhando para o lago. De repente, percebo que tudo está bem. Eu não mudaria nada. Esta é a vida que Esther e eu levamos. Confiamos um no outro. Gostamos um do outro. E continuamos a rir das mesmas velhas anedotas. Em resumo, somos felizes, pastor. Esther e eu somos felizes juntos.

— Isso é uma bênção, Charlie. Poucas pessoas chegam aonde vocês chegaram na vida e são capazes de dizer isso.

— Sei que é uma bênção, mas há um aspecto negativo. É bem possível que um de nós morra antes do outro. Não sei nem o que pensar a esse respeito... e não quero pensar. A meu ver, devo ir primeiro. As estatísticas pesam contra mim. Sou homem, fumei quando era mais novo, e meu pai sofreu um derrame aos sessenta e três anos. Esther é sempre muito vibrante e está sempre em movimento. Às vezes ela age da mesma forma jovem e ingênua de quando nos conhecemos. Mas quando eu a vejo nesta situação... Ah, não sei o que faria se ela partisse antes de mim.

O pastor Andrew soltou a respiração.

— Eu poderia oferecer-lhe respostas encorajadoras, Charlie. Apegue-se firme ao Senhor. Console-se por saber que sua esposa estará feliz no céu. Leia a Bíblia. Mas a verdade é que cada pessoa tem de enfrentar o luto à sua maneira. Não há receita rápida e fácil. Você terá de assimilá-lo um minuto por vez, uma hora por vez, um dia por vez... Depois de uns tempos, perceberá que foi capaz de seguir em frente. Foi capaz de sobreviver. E, um dia, poderá até imaginar que poderá ser feliz novamente.

Charlie concordou com a cabeça.

— O senhor nunca me deu conselhos errados, pastor, por isso vou confiar em suas palavras. Bom, acho que é melhor o senhor voltar para casa e para seu jogo de damas.

O pastor levantou-se, caminhou até o leito de Esther, pousou a mão no ombro dela e murmurou uma breve oração.

Assim que o pastor saiu do quarto, Charlie pensou em telefonar para os filhos, mas não havia muitas novidades a relatar, portanto voltou a sentar-se na poltrona reclinável e fechou os olhos.

Com Esther tão perto, respirando tranquilamente, ele sabia que em breve estaria dormindo profundamente.

— Está aberta a sessão do Clube dos Amantes de Chá. — Ashley Hanes limpou a garganta e aumentou o tom de voz. — Ei, pessoal! Peço silêncio para que possamos iniciar a reunião.

Cody olhou de relance para Patsy, que observava a jovem ruiva em pé diante da mesa perto da janela.

— Ashley não está fazendo a coisa certa — Cody cochichou, inclinando-se em direção ao ombro de Patsy. — A sra. Moore sempre bate na xícara de chá com a colherinha até todo mundo parar de falar.

— Quieto — Patsy disse, cutucando-o com o cotovelo. — Esther pediu a Ashley que dirigisse a reunião hoje, e ela está fazendo o melhor que pode.

— Sinto falta da sra. Moore — Cody disse a Patsy. — Ela guarda os minutos dentro da bolsa, não no relógio. Acho que isso é bom, porque já perdi dois relógios. Um caiu no triturador da pia, quando eu estava limpando a louça na casa dos Hansens. O outro, eu atropelei com o cortador de grama na casa dos Moores.

Patsy tentou concentrar-se em Ashley. Esperava saber notícias de Esther, e não estava disposta a aturar a conversa de Cody.

— Afaste-se um pouco, Cody. Você está derrubando farelo de biscoito em minha xícara de chá.

— Acho que você está brava comigo.

— Não estou brava. Mas você não pode debruçar-se sobre as pessoas desta maneira. E para sua informação, Cody, você está confundindo as palavras. Minuto é aquilo que o relógio marca, e *minuta* é o registro de uma reunião.

— Você está chateada porque Pete Roberts deixou a barba crescer de novo, não é mesmo, Patsy? Vocês vão juntos à igreja, comem no restaurante da tia Mamie e pescam à beira do lago. Mas você não foi ao jogo de futebol americano na sexta-feira à noite, por isso ele deixou a barba crescer. Você não fez o que ele queria, e agora ele não vai fazer o que você quer. A sra. Moore me contou que o amor é assim. É igual a uma gangorra, vai e vem, pra cima e pra baixo.

— Cody, tenha piedade e fale baixo. — Patsy sorriu para Opal Jones, aliviada pelo fato de a viúva de noventa e quatro anos não estar usando o aparelho de surdez naquele momento. — Pete e eu não estamos namorando, Cody, e não, não quis ir ao jogo com ele.

— Acho que duas pessoas que sempre se encontram estão namorando. As pessoas solteiras gostam de namorar, e é isso que Pete quer, mas você...

O som da colherinha de Ashley batendo na xícara de chá finalmente fez Cody silenciar-se, e os outros reuniram-se na área de chá do Assim Como Estou. Patsy se afastou do rapaz, esperando que ele parasse de falar de Pete Roberts.

— Ei, gente — Ashley disse quando todos silenciaram. Assustada com o som da própria voz, ela corou, deixando as sardas mais visíveis. — É que não estou acostumada a falar em público, mas vamos lá... Fui visitar a sra. Moore esta manhã. Ela saiu do hospital ontem e pediu que eu lesse a minuta da última reunião.

— Esther já está em pé? — uma das senhoras idosas perguntou a Ashley. — Ela estava de cama, não? Ouvi dizer que os médicos a mantiveram no hospital por mais dois dias porque precisavam fazer alguns exames. Para mim, isso é sinal de câncer.

— Ou de falência renal — alguém sugeriu. — Ela vinha apresentando alguns problemas desse tipo ultimamente.

— Não é nada disso — Ashley garantiu, interrompendo o vozerio de boatos no ambiente. — O médico não encontrou nenhum problema grave com a saúde de Esther, só os de sempre.

Ela sempre teve pressão alta. A taxa de colesterol está alta. E os ossos estão fracos.

— Osteoporose — uma das viúvas esclareceu. — Ossos fracos. Vocês, meninas, precisam tomar muito leite e fazer exercícios enquanto são jovens, senão vão ficar corcundas na velhice. Vão ficar com as costas arqueadas.

— Cartas rasgadas? — Opal Jones perguntou, virando-se para Patsy. — Eu tenho uma caixa cheia de cartas que já estão meio rasgadas de tão velhas. Elas também estão cheias de grampos. Eu tinha um grampeador, mas nunca aprendi a colocar grampos naquela coisa complicada.

— Ashley está falando da sra. Moore — Cody explicou para Opal em voz alta, inclinando-se na direção da xícara de chá de Patsy. — Os ossos e o sangue da sra. Moore estão doentes, mas isso não é novidade.

Opal olhou de esguelha para Cody por alguns instantes.

— Está bem, que seja.

— O sr. e sra. Moore vão a Springfield daqui a algumas semanas — Ashley prosseguiu, respirando ansiosa, quase sem fôlego. — Ambos vão passar pelo cardiologista. A sra. Moore disse-me que, tirando as escoriações, ela está bem.

— Ouvi dizer que o rosto dela está vermelho como um pimentão — alguém falou. — E que os olhos estão quase fechados de tão inchados.

— Ela parece que foi atropelada por um caminhão — outra mulher complementou.

— O que eu não consigo entender é por que cargas-d'água Esther saiu com o carro pelos fundos da garagem. Ela lhe contou o que aconteceu naquele dia, Ashley?

Antes que a jovem pudesse responder, alguém se intrometeu na conversa.

— Ela bateu nas duas colunas centrais da garagem. O telhado só não desabou porque alguns homens da vizinhança correram para prendê-lo no lugar.

— Brad ajudou — Ashley disse, mencionando seu jovem marido. — Steve Hansen e Derek Finley também. A sra. Moore pediu que eu lhes agradecesse, e disse que, quando seus braços estiverem em condição melhor, ela vai enviar carta de agradecimento a todos.

— A sra. Moore compra selos para ajudar o Serviço Postal dos Estados Unidos — Cody informou a todos. — Ela faz isso porque o sr. Moore era carteiro. Mesmo que a pessoa more do outro lado da rua, a sra. Moore cola um selo no envelope e coloca a carta no correio. A pessoa demora dois dias para receber a carta. Eu poderia ir até a casa dela e entregar a carta na hora.

— Obrigada, Cody — Ashley disse, presenteando-o com um de seus raros sorrisos. — Isso me faz lembrar o assunto que me trouxe aqui. Como todos sabem, o carro da sra. Moore atropelou o canteiro de flores do jardim e parte da horta de Charlie. Acho que devemos ir à casa dos Moores para fazer alguns consertos. Neste fim de semana, os homens vão colocar colunas temporárias na garagem, e Brad vai lhes ensinar como reconstruí-lo, por isso achei que seria hora de ajudarmos também.

— Ashley, você se esqueceu dos "assuntos antigos" — Cody interferiu. — Eles vêm antes dos "assuntos novos" nas minutas.

Ashley franziu os lábios.

— Quem se importa com isso, Cody? Todos sabem o que aconteceu na última reunião. Não somos idiotas.

— Eu acho que sou. Antes de vir para Deepwater Cove, alguns homens me bateram e disseram que eu era idiota, burro e pirado.

— Mas você não é — Ashley declarou. — As pessoas são diferentes umas das outras, e isso não tem nenhuma importância. Eu tenho o cabelo vermelho, e as crianças gostavam de me atazanar. Mas me casei com Brad Hanes, *toma essa.*

— *Toma essa.* — Cody repetiu.

— Se vocês concordarem em reconstruir o jardim e a horta dos Moores — Ashley prosseguiu — poderemos começar no sábado de manhã. E acho que devemos ajudar, porque a sra. Moore é uma boa amiga de todos nós.

— Ela já me trouxe morangos frescos — Brenda Hansen contou. — Na última primavera, eu estava triste porque meus filhos haviam ido para a faculdade. Um dia, Esther apareceu em casa com uma cesta de morangos da horta de Charlie. Aquilo fez grande diferença e mudou o modo como me sentia.

— Esther ajudou a plantar as flores em frente a minha casa — Patsy acrescentou. — Eu não tinha tempo para me ocupar com o canteiro, mas ela cuidou de tudo.

— Não podemos esquecer que Esther organizou o piquenique do Dia da Independência e o churrasco do Dia do Trabalho. — Kim Finley raramente falava nas reuniões, mas sobre a sua opinião foi decisiva quanto ao assunto. — Antes do acidente, ela me disse que esperava que a comunidade como um todo fizesse alguma coisa para o Dia de Ação de Graças. Acho que foi uma ótima ideia, e gostaria de me oferecer para representar Esther no comitê. Quero planejar algo muito especial.

— Novo assunto — Cody disse em voz baixa.

— Eu vou ajudá-la, Kim.

Patsy virou-se e descobriu que a voz era de Bitty Sondheim. Ela havia entrado despercebida na reunião, e Patsy alegrou-se ao vê-la. Bitty era proprietária do Pop-In, um pequeno restaurante *fast-food* ao lado do salão. Por ter vindo da Califórnia, ela teve dificuldade para misturar-se a seus vizinhos do Missouri.

Numa sala repleta de mulheres usando suéteres com estampas de folhas, espantalhos e outros temas outonais, Bitty trajava um vestido *hippie* vermelho e um xale roxo com franjas, preso ao redor da cintura. Uma longa trança loira descia-lhe pelas costas, contrastando com o cabelo cuidadosamente escovado, enrolado e penteado das outras mulheres. E mais surpreendente ainda: todas as mulheres usavam sapatos pesados e meias — algumas estampadas com abóboras e folhas cor-de-laranja — enquanto Bitty calçava um par de sandálias de solado grosso e tiras grossas, mais apropriadas para fazer uma trilha. Para culminar, ela não fazia questão de pintar as unhas dos pés.

— O Dia de Ação de Graças é minha data favorita — Bitty disse. — Tenho muita coisa para agradecer, principalmente neste ano. Além disso, preciso me redimir de minha péssima atitude no churrasco.

— Não se preocupe — Ashley lhe disse. — Sua frustração a fez criar os Suculentos Enrolados Caseiros que Brad e seus companheiros comem no almoço quase todos os dias. Eu estava cansada de fazer sanduíches de mortadela e ouvir as reclamações dele. Você me ajudou a economizar *bacon.*

Patsy tomou o último gole de chá enquanto Ashley dava uma olhada na minuta preparada por Esther antes do acidente. Enquanto folheava a caderneta, a moça deixou claro que decidira não mencionar a maioria das informações contidas ali. Por fim, ela levantou a cabeça.

— Muito bem, a reunião está encerrada.

E, com um leve sorriso, sentou-se.

No momento em que Patsy ia pegar a jarra de água quente, Brenda Hansen se levantou.

— Creio que Ashley não mencionou seu comércio de colares. Senhoras, o Natal se aproxima, e os colares estão vendendo que nem água. Se vocês quiserem receber seus pedidos a tempo, é bom encomendar logo. Miranda Finley confeccionou um belo catálogo, e os Moores separam e organizam as contas em fiadas. Agora que Esther está de licença por uns tempos, se alguém quiser colaborar com Charlie, será ótimo.

— Eu ajudo — disse Miranda. — Tenho tempo disponível agora que meus netos voltaram para a escola.

Da mesma forma que Bitty, Miranda, recém-chegada de St. Louis, também tinha um estilo próprio de vida. Havia, porém, uma grande diferença entre elas. Bitty vestia-se de modo informal e exótico, ao passo que Miranda parecia ter saído de uma loja de alta-costura. Hoje ela usava calças de linho acinzentado e um conjunto complementado por joias de ouro. O bronzeado intenso de sua pele ressaltava o cabelo loiro, bem curto e desfiado. Patsy não pôde deixar de admirar a convivência pacífica entre Miranda e sua nora naqueles dias.

Ashley falou da cadeira onde estava sentada.

— Também vou confeccionar pulseiras e faixas para cabelo, para vocês presentearem suas filhas e netas, se quiserem. E obrigada, Brenda, por ter permitido que eu usasse a sala de artesanato no porão de sua casa para confeccionar as contas.

Brenda tinha uma expressão radiante no rosto. Desde que sua filha mais velha, Jennifer, retornara a fim de preparar-se para ser missionária, ela parecia mais animada. Mas Patsy desconfiava que a felicidade de Brenda tinha mais a ver com a alegria da restauração de seu casamento. Nos últimos dias, ela e Steve trabalharam quase lado a lado para restaurar e decorar casas e colocá-las à venda no mercado imobiliário local.

— Vou contar à sra. Moore que vamos reconstruir seu canteiro de flores no sábado — Ashley falava enquanto as mulheres começavam a pôr o guardanapo sobre a mesa e pegar a bolsa para sair. — Também vou contar que gostamos da ideia de nos reunir no Dia de Ação de Graças. Mas não vou anotar isso no relatório da reunião; já está decidido.

Cody cutucou Patsy com o cotovelo.

— Minuta — ele disse em voz baixa. — Não sou muito bom em marcar o tempo, mas sou bem melhor que Ashley nessa história de assuntos novos e assuntos antigos. Uma vez, quando eu deveria estar passando o aspirador de pó na casa dos Moores, vi um livro da sra. Moore na estante, e li o livro inteirinho. Agora sei tudo sobre Estatutos das Associações Civis e acho que sei conduzir uma assembleia melhor do que qualquer um nesta sala. *Toma essa!*

Boquiaberta, Patsy viu Cody levantar-se da cadeira e dirigir-se à vitrine de confeitos. *Toma essa!*

3

Esther olhou demoradamente para os vários arranjos de flores que murchavam nas estantes e nos criados-mudos ao redor de sua cama. O que havia de errado com Charlie para ter se esquecido de regá-las? Ele precisava ser lembrado do que fazer a toda a hora, senão a casa inteira entraria em colapso.

— Charlie! — ela gritou. — Você está assistindo à TV novamente?

— Estou vendo um programa de entrevistas e debates — a voz dele soou de longe, vinda da sala de estar.

— Aquele em que as pessoas brigam e atiram cadeiras umas nas outras?

Esther imaginou a cena: o marido com o corpo esparramado sobre a poltrona reclinável de couro marrom, trajando calça e jaqueta de moletom, meias de lã em seus velhos pés enormes e com uma tigela de pipoca apoiada na barriga. Ela teria de arrastar-se da cama e dar-lhe um peteleco na cabeça. Charlie era o pior enfermeiro do mundo.

Quanto à cozinha — bem, as refeições que ele preparava desde que ela saiu do hospital eram tão ruins que até o cão virava o focinho. Pobre Boofer! Ele não entendia por que Esther e Charlie não o levavam mais para passear pela vizinhança no carrinho de golfe.

Assim que Esther pôs as pernas para fora da cama, a cabeça de Charlie apareceu na porta.

— O que você deseja, doçura?

— Você *está* assistindo àquele programa horroroso, não?

— Eu e muitas outras pessoas. Ele não seria transmitido se não tivesse audiência. O programa não é tão ruim, Esther. Aliás, é interessante.

Com um suspiro, ela voltou a recostar-se no travesseiro.

— Você sente falta da sua rotina de carteiro, não é mesmo? Conversar com as pessoas, saber das últimas novidades, ver a condição em que se encontram as casas e os jardins dos vizinhos, brincar com os cães. É por isso que gosta desse programa, não?

Ele encolheu os ombros.

— Pode ser. Sempre me interesso pelas pessoas e pelo que querem fazer.

— Porque eu sou uma chata. — Ela concentrou o olhar num buquê de girassóis com as lindas pétalas curvadas em resignação diante da morte iminente. — Se eu não o tivesse convencido a se aposentar logo, você não estaria preso em casa com uma velha que não pode sair da cama.

— Você está falando uma grande bobagem, Esther, e sabe disso. Fiquei feliz quando me aposentei, e gosto de nossa vida aqui no lago. Você não é uma velha que não pode sair da cama. Aliás, está mais que na hora de levantar-se, trocar de roupa e andar por aí novamente. Você não saiu desta cama desde o café da manhã. O médico disse que, a essa altura, você já poderia sair de dentro de casa e ir caminhar até a caixa de correio na calçada. Vamos dar um passeio. O que você acha?

— Não quero andar — Esther disse. — Meus ossos doem, e pareço ter saído de uma luta de boxe contra Joe Louis ou Muhammad sei lá o quê.

— As escoriações estão desaparecendo mais rápido do que você imagina. Que tal nós dois irmos até o banheiro para você passar um pouco de maquiagem? Você vai se sentir melhor assim que perceber que está voltando ao normal.

Os olhos de Esther ficaram sombrios, e ela esforçou-se para conter o tremor no lábio inferior.

— Nunca mais voltarei ao normal, Charlie. Estou enfraquecendo, perdendo a memória. Devo estar com Alzheimer.

Charlie sentou-se na cama ao lado da esposa e beijou-lhe as lágrimas.

— Por que está falando desta maneira, querida? Qual é o problema?

— Velhice! Pus o câmbio automático do carro na posição de movimento em vez de no ponto morto, Charlie. Pisei no acelerador em vez de pisar no freio. E não sei por que fiz aquilo. Estou velha, fraca e caindo aos pedaços. Você não está vendo?

— Não, não estou. Todo mundo erra de vez em quando ao dirigir um carro. Derek Finley atropelou um cervo na semana passada. Disse que tentou evitar a colisão, desviou o caminhão para o acostamento, fez uma manobra muito rápida e teria capotado se não tivesse prestado atenção. Há alguns dias, Brad Hanes bateu num parquímetro e raspou o para-lama de sua picape novinha. Não podemos dizer que esses dois homens são velhos e fracos.

— Os cervos são imprevisíveis. Não foi o meu caso. E Brad estava bêbado. Foi por isso que bateu no parquímetro. Ashley me contou. Ela ficou arrasada, coitadinha. Todo aquele dinheiro gasto para consertar a picape, além da punição por dirigir embriagado.

— É a segunda vez neste ano — Charlie observou. — Acho que ele tem problemas com álcool.

— Ashley quer muito ter um casamento perfeito, mas tem tido muitas lutas. Penso que ela se casou com Brad porque ele só tinha olhos para ela. Isso a deixou encantada e lisonjeada. A moça não tem ideia de como é bonita com aqueles longo cabelo vermelho e aqueles grandes olhos castanhos. Ela casou-se com ele sem refletir, e agora está presa a um beberrão que gasta dinheiro a torto e a direito. Ele nunca para em casa, você sabe.

— Brad é um moleque, Esther. Precisa aprender o que significa ser casado. Já fomos moços também, lembra? Tivemos problemas.

— Eu sei... Lembro-me do que fiz para você... — com voz trêmula, Esther puxou o lençol para cima e usou-o para enxugar os olhos úmidos. — Forcei-o a desistir de seu sonho quando você era jovem, e fiz a mesma coisa quando o obriguei a se aposentar. Destruí sua vida. Ah, eu bem que poderia ter morrido naquele acidente. Mas vou morrer a qualquer hora, e você ficará livre de mim.

Sem conseguir parar de chorar, Esther viu cenas do passado rodando em sua mente como se fosse um filme antigo. Quantas coisas erradas ela havia feito! E, de certa forma, falhara com o marido. Com os filhos. Com os amigos. Até com Deus.

— Mas para que toda esta choradeira? — Charlie disse baixinho, tirando o lençol das mãos dela. Passou o dedo pelo rosto da esposa, como havia feito milhares de vezes. — Esther, eu a amo. Você fez de mim um homem feliz, e não posso sequer imaginar perdê-la.

Enquanto falava, Charlie passou os braços ao redor da esposa e ergueu-a um pouco da cama. Abraçou-a com força e afagou-lhe as costas. Em seguida, começou a puxá-la para a beira da cama.

— Você vai sair desta cama agora, sra. Moore — ele disse com firmeza enquanto afastava o lençol e a ajudava a ficar em pé. — Vai vestir uma roupa de verdade. E vamos dar um passeio com Boofer. Não discuta comigo, porque não vai me convencer do contrário.

Fungando, Esther apoiou-se no braço do marido enquanto arrastava os pés em direção ao banheiro. Ela se sentia realmente velha. Muito mais velha do que antes do acidente. Enquanto o carro rodopiava pelo quintal, ela teve a estranha sensação de que se atirava em direção à morte, a um final inesperado, sem nenhum plano, sem nenhum preparo.

Apesar de não ter morrido, ela viu o fim da vida bem diante do nariz. E a experiência a envelhecera.

— Que tal essa? — Charlie perguntou, segurando uma das muitas calças de cós de elástico, diferentes apenas nas cores, que Esther comprara em sua loja favorita ao longo dos anos. Ele tirou um cabide do armário. — Esta blusa deve ser fácil de vestir sem machucar seus braços. Vou ajudá-la com os botões.

— Charlie, você está com uma calça marrom numa mão e com minha blusa do Dia da Independência, cheia de bandeiras, na outra. O que está pensando, seu trapalhão? Não aprendeu a combinar as roupas em todo esse tempo? Que lástima, você parece nossos filhos quando eram crianças. Quantos anos eu tentei ensinar-lhes boas maneiras? Eles ainda se esquecem de colocar o guardanapo no colo, e mastigam com a boca aberta, como sempre fizeram.

Dispensando a ajuda do marido, Esther deu uma olhada em suas roupas até encontrar uma blusa bonita com listras cor de chocolate e caramelo.

— Marrom combina com marrom — ela instruiu Charlie enquanto ambos se dirigiam ao banheiro. — E aqui está o suéter que costumo usar com esta roupa. Está vendo estas folhas vermelhas, marrons e douradas, bordadas na frente e nos bolsos? Este é um suéter de *outono*. No outono, usamos marrom, dourado, vermelho queimado e cor de ameixa.

— E quanto a sua cor predileta? — Charlie fez uma pequena pausa — roxo.

— Eu não acabei de dizer que ameixa tem cor de outono? Que cor tem a ameixa, Charlie? Sinceramente, às vezes lidar com você é pior que escalar uma montanha.

Enquanto falava, Esther tentava tirar a camisola. Charlie amparou-a de um lado, e ela se equilibrou na beira da pia com uma das mãos enquanto tentava enfiar um dos pés na perna da calça. Que esforço! Ela se perguntou secretamente se não havia sofrido alguma fratura que passou despercebida pelo médico. Seu corpo parecia um ovo de páscoa esquecido no fundo da geladeira — intacto, porém todo rachado.

— Minha nossa! — Charlie disse quando Esther vestiu a blusa. Ele levantou as sobrancelhas. — Você é uma gata. Fez meu coração bater tão forte que me deixou um pouco fogoso.

Revirando os olhos, Esther afastou as mãos do marido e abotoou a blusa sozinha. Imagine só! Lá estava ela quase morta, cheia de escoriações, recuperando-se da experiência mais angustiante, enquanto ele só pensava naquilo. Quantas vezes ele tinha visto o corpo dela, com roupa ou sem roupa? Ela não podia acreditar que aos sessenta e oito anos de idade e após quarenta e oito anos de vida conjugal, Charlie Moore ainda tivesse apenas uma coisa em mente.

Ao ver-se no espelho, Esther suspirou. Mas não estava tão mal quanto temia. Enquanto Charlie divagava, ela empoou o nariz e passou um pouco de batom. O cabelo estava horrível, e ela sabia que perderia a hora marcada no Assim Como Estou na sexta-feira, mas o que mais poderia fazer? Não sairia em público naquele estado. Ela tirou uma echarpe de seda dourada da gaveta e passou-a ao redor do cabelo branco. Em seguida, calçou um par de sapatos de couro marrom e olhou para Charlie.

— Vamos. Estou pronta para o passeio.

Ele riu e ofereceu-lhe o braço.

— Aceita dar um passeio comigo, madame?

Esther passou o braço no de Charlie e deixou que ele a conduzisse pela casa. Feliz da vida ao ver seus donos vestidos para um passeio, Boofer pulou do sofá e começou a correr em volta deles, latindo sem parar. O cão preto e gorducho tinha certeza de que havia um passeio à vista.

Quando Charlie abriu a porta da frente, Boofer correu em disparada na direção da caixa de correio. Esther quase caiu para trás ao sentir o vento fresco, entendendo imediatamente que deveria ter pegado um casaco. O suéter não seria suficiente para protegê-la da forte brisa.

— Um de nós vai voltar para casa com pneumonia neste frio — ela vaticinou enquanto ambos atravessavam a varanda e desciam a escada.

Charlie olhou de relance para ela.

— Pneumonia não tem nada a ver com tempo frio, lembra? Você leu isso numa daquelas revistas femininas. Os resfriados e a pneumonia são causados por germes ou coisa parecida. Foi você que me contou.

— Eu? Bom, não lembro. Minha mãe sempre dizia que o vento frio não faz bem a ninguém.

Ela levantou a mão e acenou para Derek Finley, que dirigia o caminhão da Patrulha Aquática.

— Ele é um homem bom demais. — Trata Kim como uma rainha. Pelo que sei, ele nunca traz à tona o passado dela, aquele marido horroroso do qual ela teve de fugir com os gêmeos na calada da noite. Mas Kim conseguiu vencer. É assistente de dentista. E é preciso ter conhecimento para fazer isso. Ninguém entra no consultório de um dentista e começa a fazer a higienização dos dentes dos clientes de uma hora para outra. Kim estudou numa escola técnica.

Charlie não disse nada, por isso Esther continuou a caminhar em silêncio. As casas da vizinhança estavam bem fechadas por causa do frio. Eram como caixotes sombrios sob os galhos castanhos das árvores. Mas dentro desses caixotes haveria lareira, chocolate quente e conversas alegres. De repente, Esther achou que todos os habitantes de Deepwater Cove eram jovens e felizes. Até as viúvas da vizinhança saltitavam para seus jogos de *bridge*, suas reuniões no clube, compras e seus almoços.

Esther suspirou fundo.

— Estou morrendo, Charlie — ela murmurou.

O braço dele retesou-se sob o dela, e ele parou na calçada.

— Que bobagem é esta que você está falando, mulher? Você sofreu algumas escoriações, e já estão desaparecendo.

— Mas você não vê? O acidente provou isso. Pode acontecer qualquer coisa.

— Claro que pode. Muitas pessoas morrem todos os dias: moços, velhos, de qualquer idade. Todos nós vamos morrer um dia. — Eles retomaram o passeio. — O acidente não significa que você chegou ao fim da vida, Esther. Você anda muito mal-humorada. Gostaria que voltasse a ser animada e cheia de entusiasmo. Isso está cansando.

Esther ouviu as queixas do marido, mas não conseguia concentrar-se em outra coisa.

— Nunca levei esse assunto muito a sério. Morrer. Sempre acreditei que tinha muitas coisas mais interessantes, mais importantes para fazer. Mas agora que penso em minha vida, acho que não fiz muita coisa. Não frequentei faculdade nem tenho um emprego como Kim e muitas outras mulheres. Nunca ganhei um concurso de beleza, nem uma única condecoração nas feiras do condado. Não tinha voz para cantar no coral da igreja, e desisti de dar aula na escola dominical por falta de vocação. Tudo o que fiz foi cuidar dos filhos, fazer comida para você e cuidar de suas roupas. Agora passo o tempo arrumando o cabelo, nas reuniões do Clube dos Amantes de Chá ou separando contas para colares. Nunca fiz nada importante. E impedi que você levasse seu sonho adiante.

Charlie assobiou baixinho, sua forma tradicional de manifestar frustração. Com os lábios cerrados, ele abriu a caixa de correio na entrada para veículos de sua casa. Esther viu que os catálogos de Natal começavam a chegar. Havia também algumas contas para pagar. Nada importante.

Charlie fechou a caixa do correio e virou-se para a esposa.

— Você tem medo de morrer, Esther?

Ela desviou o olhar porque as lágrimas teimavam em encher-lhe os olhos.

— Quem não tem? A morte é uma coisa horrível. A gente vai para o céu e tem de tocar harpa por toda a eternidade. Juro, Charlie, que às vezes, quando estou deitada na cama, gostaria de não ter nascido.

— Não posso acreditar que estou ouvindo isso de sua boca. Parece que o acidente bagunçou seus miolos e me deixou com outra esposa. Anime-se, querida. Por favor.

Ela encolheu os ombros.

— As crianças ligaram hoje?

— Ainda não. Dê um tempo a elas.

— Você pode pensar que eu deveria ter criado nossos filhos de maneira melhor, já que isso era tudo o que eu tinha de fazer. Mas olhe para eles. Charles Jr. trabalha numa fábrica de cebolas. Veja o que ele escolheu: cebolas. E veja a Ellie. Ela fez tanta trapalhada na vida que não sei como ainda está viva.

— Charles *administra* a fábrica de cebolas, Esther. Tem uma boa esposa e dois filhos maravilhosos. Ellie cometeu alguns erros, claro, mas Deus a pôs de volta nos trilhos, respondendo nossa oração. Ela ganha um salário razoável dirigindo o programa de jovens da igreja. Você não pode reclamar disso. Ela sempre quis morar na Flórida, e agora mora lá e também comprou uma casa num condomínio.

Por um motivo ou outro, Esther se esquecera do que a filha estava fazendo atualmente. Ellie teve muitos empregos em todos aqueles anos. Há quanto tempo ela ocupava aquela posição na igreja? Depois do sofrimento que a filha os fez passar, Esther não entendia como uma igreja poderia aceitar Ellie em seu quadro de funcionários.

Ainda de braços dados, Esther e Charlie caminharam de volta à porta da casa.

— Bom — ela disse — não há dúvida de que mudei o rumo de sua vida, e para o lado errado. Fui egoísta e insisti em seguir minhas ideias.

— Preste atenção, mulher! — Charlie parou de repente e pôs a mão no ombro da esposa. — Quero que você pare imediatamente de falar estas bobagens. Temos uma vida maravilhosa, criamos dois filhos excelentes, somos dois aposentados felizes. Olhe com gratidão para os anos passados, com a sensação de dever cumprido. Deus tem nos abençoado, Esther. Por que você não se lembra disso? Temos uma casa bonita, dinheiro suficiente, bons amigos e fartura de comida. Nosso casamento é maravilhoso, e sou feliz porque seguimos o caminho que escolhemos. Não me arrependo de nada. E você? É capaz de discordar honestamente de tudo o que acabo de dizer?

Esther fixou o olhar em Boofer, que, feliz, farejava o canteiro de flores. A grama já estava ficando marrom em alguns trechos. Os talos das marias-sem-vergonha e das begônias estavam crescendo além do normal. Em breve a primeira geada as transformaria num lodo verde. Esther teria de amarrar os crisântemos, que começavam a florescer e ficariam muito pesados para permanecer eretos.

Seria esse o fim da vida dela? Encurvar-se até virar um lodo verde? Esther lembrava-se vagamente de quando os crisântemos em florescência enchiam-lhe o coração de alegria. A primeira brisa fria do outono a fazia gargalhar de alívio pelo fim de mais um verão longo e quente. Ela deliciava-se com a mudança de cor das folhas, com o cheiro da fumaça da chaminé, com a promessa de neve.

Agora, só pensava no momento em que conduziu o carro pela casa de passarinhos e pelas árvores, com o capô aberto, subindo e descendo. Lembrou-se da expressão no rosto de Cody quando ela conseguiu sair do carro que fumegava, com a buzina tocando tão alto que ela mal podia ouvir os próprios pensamentos. Lembrou--se do hospital, das pessoas em cadeiras de rodas, do odor de antissépticos.

— Ah, Charlie — ela disse, apoiando-se nele. — Quando o carro saiu voando pelos fundos da garagem, senti que havia aterrissado em outro mundo. De repente, a vida pareceu-me severa demais. Não, não é isso. A morte parece severa demais. A vida pareceu insignificante. Não devo me *preocupar* com nada. Por que gasto tempo e dinheiro no salão de beleza todas as sextas-feiras? Por que acho que o churrasco no Dia do Trabalho seja importante? Por que faço tanta questão de combinar as cores de minhas roupas, Charlie?

— Porque tudo isso faz parte de você. Você gosta de girassóis. O roxo é sua cor favorita. Você tem talento para organizar festas e piqueniques. Irrita-se quando escolho suas roupas e não sei combinar as cores porque tem orgulho de sua aparência. E eu gosto disso.

Pela primeira vez desde o acidente, Esther esboçou um sorriso.

— É, eu ainda faço questão dessas coisas.

— E nós dois já estamos cansados de comer meu feijão queimado e meu purê de batatas encaroçado. Você ainda faz questão de comer uma boa refeição, não?

— Acho que sim.

— A vida é isto, querida. — Charlie passou o braço ao redor dos ombros dela e ajudou-a a subir os degraus da varanda. —

Churrascos, cães, boa comida e girassóis fazem parte da vida, por isso são importantes. Deus deseja que o sirvamos, mas temos também de apreciar as coisas deste mundo. Até as situações difíceis, como o problema de Ellie, os abortos espontâneos da esposa do Júnior e seu acidente fazem parte da vida. Agora, vamos voltar a curtir a vida. O que você me diz?

Esther viu Boofer correr na frente deles e parar na porta, abanando a cauda com tanta força a ponto de fazer o corpo inteiro tremer. Ela riu.

— Você é muito eloquente para um homem de sua idade — Esther disse a Charlie, lançando-lhe um olhar meio tímido e meio maroto. — Às vezes penso que você só sabe falar e comer.

Ao ouvir isso, ele deu-lhe um tapinha nas costas.

— Sei fazer muito mais que isso, amor. E você sabe do que estou falando.

Carregando uma travessa superquente de macarrão com atum, na calçada defronte à casa dos Moores, Patsy Pringle avistou três pessoas atravessando a rua e vindo em sua direção. Apesar do vento forte e gelado batendo-lhe nas pernas desnudas e agitando a barra de sua saia, Patsy parou para ver quem eram. Reconheceu imediatamente Jennifer e Jessica Hansen, acompanhadas de Cody Goss.

— Ei, Patsy! — Cody gritou. — Estamos levando comida para os Moores. Lasanha!

— Lasanha? — Patsy revirou os olhos. — Ora, ora, achei que fosse o meu dia de trazer a refeição. Hoje não é sexta-feira?

— Hoje é sábado, Patsy! — Cody curvou o corpo, bateu na própria coxa e riu. — Vamos ter de levar você ao porão de Brenda para aprender a ler o calendário.

As duas moças riram enquanto abraçavam Patsy.

— Vim passar o fim de semana em casa — Jessica explicou. A filha mais nova dos Hansens cursava o segundo ano da faculdade e acabara de ficar noiva. — Mamãe, Jen e eu estamos cuidando dos convites de casamento. Cody também está ajudando. Não posso acreditar que haja tantas pessoas em nossa lista.

Jennifer fez um gesto afirmativo com a cabeça.

— Acho que mamãe convidou a igreja inteira, e papai acrescentou os clientes da imobiliária.

— Meu trabalho é amarrar uma fita amarela em cada convite — Cody disse. — O casamento de Jessica vai ser todo amarelo, amarelo-claro. Todo muito vai usar amarelo-claro, até eu.

— Que beleza! — Patsy mediu aquele belo rapaz de alto a baixo e imaginou como Cody ficaria dentro de um *smoking* amarelo-claro. — Bom, quero saber mais novidades depois que entrarmos. Vamos sair deste frio antes que os pratos esfriem.

Eles atravessaram a varanda apressados. Charlie os esperava na porta da frente.

— Entre, minha gente! Que Deus os abençoe por nos trazer comida. Eu cozinho tão mal que, se dependesse de mim, morreríamos de fome.

Patsy riu e passou apressada pela porta.

— Brrr... Esse golpe de vento está congelando minhas mãos e meus pés.

— Vejam só! — Charlie disse, olhando para as pessoas em sua sala de estar. — Vejam só o que temos aqui! Duas lindas garotas da família Hansen. Cody, um rapaz elegante. E a gloriosa Patsy Pringle.

— Patsy é maçã — Cody interveio.

— *Macia* — Patsy esclareceu, sentindo o rosto arder. — É uma história entre Peter Roberts e mim. Bem, não estou dizendo que haja segredos *entre nós*. Houve um tempo em que... Ah, esqueçam. Venham, meninas. Vamos colocar a comida na cozinha. O que você deseja para o jantar de hoje, Charlie? Lasanha ou macarrão com atum?

— Dois pratos numa noite. Que fartura de comida! — Esfregando as mãos, Charlie acompanhou-as à cozinha. — Sei que... Acho melhor buscar Esther no quarto. Ela é quem vai decidir.

Logo em seguida Charlie trouxe a esposa, segurando-a pelo braço até a sala de estar, onde todos haviam se acomodado. Patsy conteve um suspiro de surpresa ao ver sua amiga. Esther, que sempre andava com o cabelo bem penteado, vestida com roupas elegantes e usando um leve perfume, não parecia a mesma mulher. Trajando um roupão até aquela hora, se arrastou até a poltrona, onde se afundou. Seu cabelo branco, do qual ela tanto se orgulhava, estavam lisos de um lado, sem nenhum cacho visível.

— Esther! — Patsy exclamou. — Você está doente?

— Não, estou assim por causa do acidente. Ele me derrubou.

— Derrubou a garagem — Cody corrigiu. — Eu estava bem ali na cozinha, olhando pela janela, quando vi o Lincoln voando pelos ares, sra. Moore. Por um instante, pensei que estivesse assistindo a um programa de TV na casa da minha tia em Kansas. Mas, quando vi a fumaça e ouvi a buzina, entendi o que estava acontecendo. Aí, eu saí correndo atrás dele.

— O acidente ainda é um pouco nebuloso para mim. — Esther mexeu no cabelo. — Estou em frangalhos. Não tenho ânimo para fazer nada.

— Já marquei hora para você na próxima sexta-feira — Patsy disse.

— Ah, não vou conseguir sair de casa até lá. Estou um trapo.

— E se eu remarcar para terça-feira? Você vai se sentir melhor quando estiver com o cabelo arrumado.

— Não sei. — Esther fez um gesto de desânimo com a mão. — Agora, isso não é importante para mim.

— Mas você sempre gostou de andar com o cabelo bem penteado — Patsy protestou. — E pode me explicar por que está de roupão a esta hora do dia, meu bem? Você precisa entrar em ação novamente.

— Eu também acho, sra. Moore — Cody disse. — Sinto muito dizer isso, mas Ashley Hanes não sabe preparar as minutas no CAC. Ela não dá a mínima aos procedimentos. Aposto que ela nunca leu o Estatuto das Associações Civis. Primeiro ela tratou de um assunto novo. Depois disse que não ia ler os assuntos antigos porque a gente era inteligente o bastante para se lembrar deles... o que pode ser verdade, mas não é certo. É melhor a senhora estar presente na próxima semana, senão o CAC vai afundar de vez.

Esther não disse nada, por isso todos olharam para Charlie. Ele encolheu os ombros, um pouco confuso.

— Conversamos tanto nos últimos dias até ficarmos roucos de tanto falar. Se existem duas pessoas que sabem conversar, essas duas pessoas são Esther e eu. Ela tenta me contar como se sente, mas ainda não entendo por que ela está tão abatida. O médico disse que não ela não fraturou nada, e as escoriações quase desapareceram. Com exceção de uma dor de cabeça esporádica, Esther tem saúde de ferro. Mas parece que ela se sente à beira da morte.

— Quem pode pensar em morte quando há tanta vida pela frente? — Jessica perguntou.

Mais nova que Jennifer, Jessica foi eleita a rainha do baile em seu último ano no ensino médio da escola de Camdenton. Patsy a penteara para o grande evento. Modéstia à parte, Patsy considerava aquele penteado um dos mais belos que ela já fizera.

— Sra. Moore — Jessica prosseguiu, com a voz mais animada ainda. — Eu esperava contar com sua ajuda para preparar as bebidas na minha festa de casamento. Vamos servir ponche de framboesa com bolas de sorvete de pêssego. E vai ter também uma cascara de chocolate! Vocês já viram? O chocolate derretido escorre de um jarro como se fosse água, e a gente mergulha morango, fatias de banana ou outra coisa dentro dele! Vamos colocar também um arranjo de cravos amarelos arrematados com enormes laços também amarelados em cada fileira de bancos. A igreja vai ficar lindíssima!

Houve silêncio por alguns instantes. O semblante de Jessica tornou-se sério, e ela olhou desconcertada para a irmã mais velha.

De repente, Esther decidiu falar.

— Bolas de sorvete? — ela indagou. — No ponche? Vão derreter em cinco minutos, Jessica, e o ponche vai ficar cremoso.

— É mesmo? Não pensei nisso.

— Você precisa encontrar alguma coisa que seja sólida e congele bem, para não derreter ao longo da festa. E já pensou o que vai fazer com as taças de sobremesa? Se você vai convidar tanta gente como falou, precisará colocar as taças em todo canto. Acho que vamos precisar de alguém para manter o salão em ordem. Que tal convidarmos os gêmeos dos Finleys para essa tarefa? Eles ficariam uma graça andando para lá e para cá com bandejas de prata nas mãos.

— Ótima ideia! Podemos vesti-los de amarelo-claro!

— Duvido que alguém consiga fazer Luke vestir-se de amarelo, mas você pode tentar. Ele é um garoto muito bonito.

— Amanhã vou conversar com Kim sobre isso na igreja. Tenho lido muitas revistas de noivas, sra. Moore, mas há muita coisa para planejar. Morro de medo de esquecer alguma coisa realmente importante. A senhora sabe qual é o meu maior problema neste momento?

Esther inclinou-se para a frente.

— Qual é, doçura?

— O livro de convidados. A senhora acha que caneta com pena de avestruz é um exagero? Acho que ficaria muito bonito, mas não tenho certeza.

Enquanto Esther opinava sobre canetas com pena de avestruz, Patsy olhou para Charlie, do outro lado da sala. Pela primeira vez, desde que o grupo entrara na casa, ele estava sorrindo.

4

— Desça, Boofer. Agora!

Charlie entrou na garagem com o carrinho de golfe e desligou o motor. Como sempre, seu leal companheiro de viagem recusava-se a sair do lugar. Aquele cãozinho preto e gorducho considerava o carrinho de golfe um tapete mágico que o levava a terras distantes, nas quais ele podia ver coisas inéditas. Quem gostaria de abandonar aquela maravilha?

Embora Charlie percorresse o mesmo caminho pela vizinhança de Deepwater Cove duas ou três vezes por dia, a experiência deixava Boofer muito entusiasmado, como se fosse a primeira vez que passasse por ali. Cada cheiro, cada esquilo veloz, cada sopro de brisa encantavam e surpreendiam o cão, que parecia sorrir ao longo de todo o passeio. Depois de parar o carrinho para conversar com os vizinhos, examinar o lago e realizar a tarefa que se propusera a fazer, Charlie estava pronto para entrar em casa.

Boofer não.

Continuou colado ao banco de vinil do carrinho de golfe, recusando-se a sair dali até que, finalmente, Charlie fingiu estar abandonando o cão teimoso.

— Faça como quiser, Boof — Charlie disse, como fazia todos os dias. — Vou ver o que há para o jantar.

No momento em que abriu a porta de tela, Charlie ouviu Boofer saltar do carrinho e correr em sua direção, com suas pequeninas patas negras batendo no piso de cimento da garagem. Antes que Charlie tivesse tempo de pôr o pé dentro de casa, o cão passou velozmente por ele e começou a correr pela casa à procura de Esther.

Naquela noite, a esposa de Charlie voltara a assumir seu posto de rainha do lar. Esther retornara à cozinha.

A situação, porém, não era a mesma. Na verdade, Esther ainda se levantava cedo todos os dias para preparar o café da manhã de Charlie, e também preparava sanduíches para o almoço dos dois. Só isso. As mulheres da igreja continuavam a levar regularmente panelas e travessas para a casa dos Moores. E quase todas as tardes, por volta das quinze horas, Ashley Hanes aparecia para ajudar Esther a preparar o jantar.

Às vezes a jovem chegava mais cedo para montar colares, enquanto Esther separava e organizava as contas de argila. Embora Charlie gostasse de Ashley, causava-lhe surpresa e até constrangimento ver a jovem dentro da casa. Ali era seu refúgio particular, o casulo onde ele se recolhia para se abrigar e descansar. No entanto, a presença de Ashley era praticamente a única coisa que melhorava a disposição de Esther. As duas tagarelavam tanto que pareciam um bando de galinhas cacarejando.

Passadas duas semanas do acidente, Charlie esperava que sua esposa voltasse a ser como antes. Mas quase todos os dias Esther dizia que se sentia fraca. Ou cansada. O quadril, as costas, o pescoço, os olhos, até a pele — sempre havia algo de que reclamar. De vez em quando ela dizia ao marido que estava se sentindo "tonta", ao que Charlie respondia silenciosamente: "Só para variar...".

— Por onde você andou, querido? — Esther perguntou por cima do ombro quando Charlie pendurou a jaqueta no armário ao lado da porta. — Ashley e eu estamos em apuros. Cody quebrou o abridor de latas um dia desses, e precisamos que você abra esta lata de ervilha, senão nós não conseguiremos colocá-las na panela a tempo.

— *Você* quebrou o abridor de latas, querida — Charlie repreendeu a esposa com carinho.

— Eu não. Por que você está dizendo isso?

— Você pôs aquela porcaria no lava-louças, Esther. Um abridor de latas elétrico. Não sei em que você estava pensando. Estragou o motorzinho. Sinceramente! Ninguém coloca um abridor elétrico no lava-louças.

— Ah, deixe pra lá — ela disse, encerrando o assunto com um aceno. — Venha aqui nos ajudar. Os nós de meus dedos doeram o dia inteiro. Acho que é por causa do clima. Você sabe o que o frio faz com minhas articulações.

— Claro — Charlie disse. Mais uma reclamação para a lista.

— Ashley disse que nunca viu um abridor de lata manual — Esther prosseguiu. — Você acredita? A tecnologia moderna é assim. Os utensílios antigos e bons ficam numa gaveta empoeirada, que ninguém abre. Este é um mundo descartável, Ashley, e não permita que alguém lhe diga o contrário.

Com um suspiro, Charlie aproximou-se do balcão.

— Boa noite, Ashley — ele disse, enganchando o abridor na tampa da lata de ervilhas. — Como está indo o negócio dos colares?

— Estou atolada de serviço. — Ela olhou para Charlie, com seus grandes olhos castanhos rodeados de um volumoso cabelo ruivo e comprido. — A sra. Finley, estou falando de Miranda, não de Kim, é responsável por grande parte da venda. Miranda e os gêmeos fizeram alguns catálogos, e ela os enviou às amigas nos clubes que frequentava em St. Louis. Essas mulheres estão fazendo tantos pedidos de colares que mal consigo dar conta. Parece que não saio da sala de artesanato no porão dos Hansens. Passo o tempo confeccionando contas de argila, imprimindo os pedidos que chegam pela internet ou, então, correndo até o correio com caixas e mais caixas para enviar às clientes. Agradeço muito o trabalho que o senhor e a sra. Moore têm feito de separar as contas para mim. É uma ajuda enorme.

— Tudo bem. — Charlie deu a última girada no abridor, e a lata se abriu. Verdade seja dita, se nunca mais visse outra pedra na vida, ele não ficaria nem um pouco aborrecido. — Cuidado com a beira da lata para não se cortar — ele disse, entregando a lata a Ashley.

— Puxa! A senhora estava certa — Ashley disse a Esther, despejando o conteúdo na panela. — Estas ervilhas não são tão verdes e bonitas quanto as de sua horta.

— Nada se compara a vegetais frescos, certo, Charlie? — Esther deu um belo sorriso a Charlie. — Se *alguém* tivesse se preocupado em plantar ervilhas suficientes neste verão, não precisaríamos de abridores de lata. Teríamos um bom estoque de ervilhas no *freezer*.

Preferindo não lembrar Esther de que havia sido ela quem o pressionara a limitar o número de canteiros na horta naquele ano, Charlie dirigiu-se à lavanderia. Esther dissera que estava cansada de limpar e congelar vegetais, ele recordava. "Porque não comprar ervilhas enlatadas?", ela perguntara. "É muito mais simples, e as ervilhas são quase tão boas quanto as nossas."

Como sempre, ele havia cumprido a ordem da esposa. Agora estava pagando o preço. Havia concordado com o argumento da esposa. A horta *era* grande demais, e consumia muito tempo e trabalho.

Charlie, no entanto, adorava sua horta. Uma vez que Esther não se interessara em comprar um *trailer*, fazer um cruzeiro ou viajar para ver os netos, ele sabia que ficaria preso em casa mais uma vez no verão seguinte. E faria a horta voltar ao tamanho normal, mesmo contrariando Esther.

Ao ouvir a voz de Ashley na cozinha, Charlie lembrou-se de algo que o irritava todas as vezes que fazia a ronda de carrinho de golfe. No último verão, Brad Hanes começara a construir um anexo à pequena casa do casal. O jovem dissera a Charlie que seria uma garagem para seu novo caminhão. Mas Ashley contara a Esther que o cômodo seria o quarto do seu futuro bebê.

De qualquer forma, logo depois que Brad ergueu a estrutura da casa e colocou uma espécie de telhado, a construção parou. Agora a propriedade dos Hanes — pequena, diga-se de passagem — ofendia os olhos dos transeuntes. Charlie fez algumas investigações e ficou sabendo que, além de não ter o alvará de construção, ele também não possuía a aprovação do projeto. Havia entulho por toda parte — pilhas de ardósia, montes de terra, telhas amontoadas e várias caixas de papelão rasgadas, cheias de lambris.

Charlie parou no meio do caminho até a lavanderia e olhou para a cozinha.

— Diga uma coisa, Ashley, como vai a construção? — ele perguntou por cima do ombro. — Não tenho visto Brad trabalhando ali.

O momento de silêncio foi seguido pela voz de Esther.

— Charles Moore, se você não parar de azucrinar Ashley por causa do novo cômodo, vou lhe dar cartão vermelho. Deixe os dois em paz. Eles vão terminar quando tiverem tempo, o que é raro quando se é jovem.

— Tá, tá, tá — Charlie resmungou. Claro que dentro de quatro meses o casal Hanes encontraria algumas horas para arrumar a bagunça. Se havia uma coisa que Charlie não suportava, era bagunça.

Ele entrou lentamente na lavanderia, abriu a secadora e começou a dobrar as roupas — uma nova tarefa que assumira nos últimos dias. Esse serviço não cabia a Charlie quando se casou com Esther. Mas a vida mudara desde o acidente, de muitas maneiras. Ele colocou suas cuecas em cima da secadora e alisou-as com a palma das mãos. Enquanto as dobrava, as mulheres continuavam a tagarelar na cozinha.

— Acho que Brad ainda não está preparado — Ashley estava dizendo. — Pelo menos ele diz que quer esperar um pouco até a gente ficar mais estável.

— Como pode um casal ficar mais estável? — Esther perguntou. — Vocês têm bons empregos e uma linda casa. E mais, têm os braços vazios e um coração ansioso pelo balbuciar gostoso de um bebê.

Balbuciar gostoso? Charlie pensou, lembrando-se dos dois bebês que ajudara a criar. A palavra *berro* seria mais apropriada. *Gemido. Grito. Berreiro* capaz de acordar toda a vizinhança.

Charlie riu ao lembrar-se dele próprio e de Esther — praticamente duas crianças — correndo como doidos, tentando descobrir como fazer os bebês pararem de berrar. Charlie suspirou fundo e começou a formar os pares e enrolar as meias soquetes brancas que Esther começara a usar para dormir nos últimos anos. O tempo passava muito depressa. Agora os dois filhos eram adultos, e um deles já era pai.

Ao longo dos anos, ele e Esther alcançaram a maturidade e depois — de maneira lenta e insidiosa — começaram a murchar. As articulações doíam. As costas já não eram as mesmas. O cabelo raleou, bem como os ossos. Embora o pastor Andrew tivesse apresentado uma visão cor-de-rosa da vida após a morte, Charlie não gostava de pensar nisso. Gostava da esposa e do casamento que construíram. Era impossível imaginar o fim daquele verão de leve aragem, doce perfume e amor sem medida.

— Nossos empregos são o problema. — A voz de Ashley, que Charlie ouviu enquanto levava o cesto de vime com roupas para o quarto, era melancólica. — Se eu pudesse trabalhar de dia como Brad, ficaríamos juntos à noite. Mas ele fica sozinho em casa porque trabalho como garçonete no clube de campo quase todas as noites. De dia e nos fins de semana, faço colares o tempo todo.

Brad diz que não gosta de assistir à TV sozinho. Não posso culpá-lo, mas não gosto que ele vá ao Bar do Larry.

Charlie resmungou baixo. O Bar do Larry era um estabelecimento muito famoso na cidade. A picape de Brad Hanes estava quase sempre estacionada lá depois das dezesseis horas. Charlie não sabia ao certo quanto tempo o jovem permanecia ali jogando bilhar e tomando cerveja com os amigos, mas as duas multas por dirigir embriagado não eram bom presságio.

Aquele tipo de coisa nunca havia sido problema entre ele e Esther, Charlie pensou, enquanto guardava as roupas limpas nas gavetas da cômoda perto da cama do casal, do lado em que ele dormia. Depois de entregar cartas o dia inteiro a pé, tudo o que ele queria era ir para casa, estar com a família e comer a refeição deliciosa preparada por Esther. Em geral, ele e Charles Jr. brincavam no quintal até Esther chamá-los para entrar em casa. Após o jantar, ele colocava as duas crianças no colo e lia histórias para elas até a hora de dormir. Foram anos dourados.

Ao abrir a primeira gaveta da cômoda de Esther, Charlie viu que o espaço era cuidadosamente arrumado com caixinhas contendo as joias da esposa. Confuso, ele percebeu que não fazia ideia de onde ela guardava suas peças íntimas. Esta era outra coisa que nunca havia notado. Na segunda gaveta havia as echarpes e as cintas modeladoras que Esther deixara de usar anos atrás. Charlie pegou uma cinta e segurou-a contra a luz. Analisando os elásticos e as presilhas pendentes, ele sacudiu a cabeça. Coisa complicada!

Charlie fechou a gaveta. Será que Esther não guardava suas roupas na cômoda? Ao abrir a última gaveta, ele viu pilhas de cartões de Natal antigos, amarrados com fitas desbotadas. Em cada maço, Esther havia colocado um papel com a anotação do ano em que os cartões haviam chegado. Ali estavam também os cartões de aniversário e as cartas dos filhos. Uma Bíblia de couro branco pequena descansava sobre um par de luvas brancas de seda. De onde tinha vindo aquilo?

Charlie pegou a Bíblia, abriu-a e leu a dedicatória. *À minha amada Esther, no dia de nosso casamento. Charles Edgar Moore.*

E agora? Ele não se lembrava de ter dado uma Bíblia de presente a Esther, e ela a guardara durante todos aqueles anos. Talvez tivesse usado as luvas naquele dia especial. Charlie tirou-as da gaveta e acariciou-as com os dedos. Textura fina, opaca. Ele lembrou-se da tarde do dia do casamento — e da surpresa, do embaraço e, por fim, da alegria pela noite que se aproximava. Ora, *aquele* foi um evento e tanto para eles.

Sorrindo enquanto recolocava a Bíblia e as luvas no lugar, Charlie viu um grande envelope pardo com o nome de Esther e o endereço do primeiro apartamento deles escritos à mão, com uma grafia que ele não identificou. Sentindo-se um pouco embaraçado e curioso, ele tirou o envelope sob a pilha de cartões de Natal. Seria outra coisa que ele dera a Esther e da qual se esquecera? Ele não se lembrava do envelope, mas também não se lembrara da Bíblia.

Enfiando a mão no envelope, ele tirou uma folha de papel na qual alguém havia feito um desenho a lápis. Não era bem um desenho — era muito melhor que um desenho. Era um retrato inteiro. Uma mulher de cabelo escuro; olhos penetrantes; e um sorriso afetuoso e belo estava diante dele.

Era Esther.

Enquanto olhava para o retrato, um arrepio de reconhecimento percorreu-lhe a espinha. Mas aquela não era a Esther Jennings, a morena bonita que ele conhecera no colegial e com quem se casara logo após a formatura. Era uma garota de cabelo encaracolado, olhos de corça, sedutora.

Claro, era Esther. Puxa! O artista conseguira captar um lado dela que Charlie nunca vira. Se ele estivesse um dia perto *desta* Esther, certamente se lembraria.

Engolindo em seco, ele olhou para a assinatura sob o desenho. *George Snyder*. E embaixo do nome, havia uma frase curta escrita a lápis: *Eu sempre a amarei, Esther.*

— Você sabia que Ashley nunca fez caldo de carne com as raspas do fundo da panela?

A voz de Esther ecoando no corredor assustou Charlie. Ele guardou rapidamente o retrato no envelope, colocou-o sob a Bíblia e fechou a gaveta.

— Dá pra imaginar, querido? — A cabeça de Esther apareceu na porta no momento em que Charlie sentou-se na cama ao lado do cesto de roupas. Sua esposa ria enquanto falava. — Tive de vir até aqui só para ver sua reação. Nem uma vez. Nem uma única vez. Você acredita?

— Não. Não acredito. — Charlie fingiu uma reação de espanto e sacudiu a cabeça. Apesar de não ter a mínima ideia do que Esther estava falando, concordaria com ela sobre qualquer assunto. Esperando que ela voltasse rapidamente à cozinha, Charlie debruçou-se sobre o cesto de vime e começou a reorganizar as roupas dobradas. Quem era George Snyder? Por que ele fizera um retrato de Esther? Quando?

— De nenhuma espécie! — Esther prosseguiu. — Eu disse a Ashley que vou ensiná-la, porque sou a rainha do caldo. Você não concorda?

— Claro que sim.

— Você não parece estar falando sério, Charlie. — O rosto de Esther tornou-se sério quando ela entrou no quarto. — Sua mãe sempre fez um caldo delicioso. E minha mãe era... bem, você e eu sabemos o que ela achava de meus dotes culinários. Mas pensei que você gostasse de meu caldo.

Charlie fez bolinhas com as meias pela terceira vez.

— Esther, eu gosto do seu caldo. Você sabe disso.

— Você não parece sincero.

— *Eu gosto do seu caldo!* — ele gritou, assustando-a com a intensidade de sua voz. Em seguida, levantou-se da cama e abriu com força a porta do armário. — Onde você guarda suas meias, mulher?

— Aí, bem na frente do seu nariz. — Ela marchou em direção ao armário e apontou as prateleiras que havia pedido a ele que embutisse no armário alguns anos antes. — Se não gosta da minha comida, por que não admite? Assim, não vou me preocupar em ensinar Ashley a fazer um caldo que ninguém tem vontade de comer.

Charlie jogou com força as meias e a *lingerie* da esposa na prateleira. Desejando que Esther o deixasse em paz pelo menos uma vez, ele virou-se de costas para ela e examinou as roupas restantes no cesto de vime. Se aquele retrato na gaveta não era a coisa mais estranha do mundo, ele não sabia o que significava a palavra estranho.

George Snyder. O nome parecia conhecido, mas ele não conseguia identificar de quem era. Esther nunca mencionou ter tido um namorado antes de Charlie, quando começaram a namorar no ginásio.

Então, por que aquele tal de George Snyder escreveu que sempre a amaria? Amor era amor. Não admiração. Não simples afeto. Não respeito ou estima.

Amor.

— Bom, qualquer que seja sua opinião — Esther disse irritada — não vou me dar ao trabalho de passar meus dons culinários adiante. Mas você poderia ter dito o que pensa de meu caldo cinquenta anos atrás, antes de nos casarmos, Charlie Moore. Não sei contar quantas vezes lhe servi esse caldo, e você nunca disse nada. Purê de batatas com caldo. Filé de frango frito com caldo. Carne assada com caldo. Peru com...

— O que você está papagueando, Esther? — Ele virou-se de repente e encarou-a. — Não vê que estou tentando descobrir onde guardar esta droga de roupa? Além de ficar preso em casa dia e noite, tenho de lavar roupa, limpar o chão e passar aspirador no tapete. Já estou farto disso, e falo sério.

— Para sua informação, Cody Gross sabe lavar roupa e limpar o chão tanto quanto você. Aliás, muito melhor. Não sei por que você pediu a ele que não viesse mais aqui depois do acidente.

— O quê? Você me pediu que não o deixasse mais entrar em casa. Achou que ele tivesse a ver com o Lincoln indo para a frente em vez de ir para trás. Você disse que ele a deixa nervosa.

— Cody? Ele *me* deixa nervosa? Não seja tolo, Charlie. Eu amo aquele rapaz. Ele não é capaz de fazer mal a uma mosca.

— Esther, ele andou dizendo a você que queria aprender a dirigir. Você achou que ele deve ter mexido no Lincoln.

— Pode ser. Como vamos saber o que aconteceu naquele dia? — Ela prendeu a respiração e levou a mão ao peito. — Você me culpou, não? Acha que o acidente foi culpa minha, igual a tantas outras coisas ruins que acontecem em sua vida. Eu forcei você a não aceitar aquela promoção nos correios. Criei nossa filha tão mal que ela se tornou viciada em drogas. Implorei para você aposentar-se mais cedo, contrariando sua vontade. E agora está preso em casa porque destruí parte da garagem e acabei com o Lincoln.

Charlie colocou as mãos no quadril.

— Preste atenção, Esther. Estou cansado de tantos gemidos e reclamações. Desde o acidente, você inventou uma coisa atrás da outra e vive choramingando. Quando não reclama das articulações, reclama de ser um fracasso como esposa e mãe. É melhor parar com isso, senão vou pegar Boofer e viajar à Califórnia para visitar Charles Jr., Natalie e as crianças.

— Vai me deixar aqui sozinha?

— Você nunca está sozinha. Nem um minuto. As mulheres entram e saem daqui a qualquer hora do dia ou da noite. Há comida no *freezer* para alimentar dois exércitos. Você tem Cody para limpar a casa. Tem Ashley, as contas, o clube de chá, as horas marcadas no salão de beleza. Por que precisa de um velho como eu? É bem melhor eu visitar meus netos e distrair-me um pouco.

— Muito bem, faça isso! — ela rebateu. Dando meia-volta, Esther seguiu pelo corredor em direção à cozinha.

Charlie afundou-se na cama novamente e coçou o queixo. Rapaz! Às vezes aquela mulher o tirava do sério. Com certeza ela contaria a Ashley os detalhes daquela pequena discussão, e Ashley lhe lançaria um olhar de desaprovação no minuto em que ele saísse para rodar pela vizinhança.

Ele se sentia enclausurado, e a ideia da chegada do inverno não ajudava nem um pouco. Uma viagem à Califórnia seria uma aventura. Charlie Jr. e sua linda esposa gostariam de recebê-lo em casa. Os netos já eram adolescentes, e seria divertido ir a um jogo de futebol americano ou ao cinema com eles. Mas Charlie sabia que não poderia deixar Esther sozinha em Deepwater Cove. E ainda mais sem carro. Sem alguém que a vigiasse, a lembrasse de tomar os remédios e a levasse à igreja e ao supermercado.

Não, ele estava grudado a Esther da mesma forma que um selo a um envelope. Da mesma forma que a correspondência que ele carregara tantos anos, Charlie e a esposa faziam parte um do outro. Carta, envelope, endereço e selo — a comunicação não chegaria a lugar algum se as partes não estivessem no lugar. O casamento também não.

Naquela noite, depois que Ashley Hanes saísse para o trabalho, ele se sentaria com Esther e faria o que sabia fazer melhor. Conversar... e ouvir. Mais que qualquer outro homem que conhecia, Charlie sabia como fazer sua esposa desabafar e abrir o coração.

Ele levantou-se e pegou o cesto da lavanderia. Enquanto colocava o restante das roupas em cima da cama, Charlie lembrou-se de que havia apenas um assunto que ele não sabia por onde começar — George Snyder, o retrato que ele fez de Esther e a promessa de amar para sempre a esposa de outro homem.

Na terça-feira de manhã, Patsy abriu a porta do Pop-In e viu que a pequena lanchonete já estava lotada de clientes. Bitty Sondheim levara quase o verão todo para descobrir que o paladar do Missouri era muito diferente do californiano, ao qual ela estava acostumada. Agora, com a chegada do frio à região do lago, as pessoas aglomeravam-se para saborear cafés, omeletes bem fofas e lanches quentes.

O lugar permanecia lotado do instante em que Bitty o abria até seu fechamento às catorze horas. Longe de competir com o salão de chá de Patsy, o Pop-In lhe trouxera nova clientela, tanto para o chá como para os tratamentos de beleza. E mais importante ainda: Patsy encontrara em Bitty uma boa amiga e aliada. Da mesma forma que ela, Bitty era uma mulher madura, solteira e de corpo avantajado que gostava de uma boa conversa ou de fazer compras no *shopping* mais próximo.

— Oi, Patsy! — Bitty acenou por cima da cabeça dos clientes. — Saia deste frio. Entre. Vou conversar com você daqui a um minuto.

Patsy arrependia-se de ter se acostumado a almoçar com frequência no Pop-In. Embora os enrolados vegetarianos de Bitty, feitos com pão sírio, fossem muito saborosos, a maioria das pessoas — inclusive Patsy — preferia a mistura crocante e gordurenta de carne, batatas, pão e alguns vegetais enrolados. Bitty batizara sua criação revolucionária de Suculentos Enrolados Caseiros, mas eles eram conhecidos na região do lago como "enrolados especiais para infartos". Eram de alto teor calórico, com muito carboidrato e fritos em bastante óleo. Exatamente naquela manhã, Patsy tivera dificuldade de abotoar as calças.

— Bom dia, Patsy. — Pete Roberts estava abrindo passagem no meio dos clientes para aproximar-se dela, e bateu na aba do boné para cumprimentá-la. — Acho que você já sabe da novidade. Planeja conversar com Steve e Brenda sobre o assunto?

Embora se esforçasse ao máximo para manter-se calma e equilibrada na presença de Pete, Patsy sentia o coração bater com força ao ver os olhos azuis e brilhantes dele. A bem da verdade, ele estava deixando a barba crescer novamente, e seu cabelo precisava de um bom corte. Mas ela jamais esqueceria o momento em que ele aparecera no churrasco do Dia do Trabalho. Simplesmente não conseguia tirar da cabeça aquele homem alto, moreno e bonito. E agora, todas as vezes que ela via Pete, ele parecia diferente — tão robusto, tão atraente, tão vistoso, que ele já nem a assustava tanto.

— Sim, já soube da novidade — Patsy conseguiu dizer. — Mas acho que não é da minha conta.

— Pensei que você estivesse furiosa com aquilo.

— Por que eu ficaria aborrecida? Faz meses que sei que ele é apaixonado por ela. Já tentou se declarar a ela duas ou três vezes. Aliás, acho que ele deixou escapar isso no churrasco no mês passado. Uma mensagem escrita à mão num cartão de aniversário não deveria causar surpresa a ninguém.

Pete ficou confuso por alguns instantes. Depois, curvou um dos cantos da boca.

— Você nunca deixa de me fascinar, bela Patsy Pringle.

Ela orou para não enrubescer.

— E por que tudo isso? Sou a mesma pessoa desde o dia em que você me conheceu.

— Você nunca é a *mesma*.

— Está tentando me irritar por causa do meu novo visual? — Ela passou os dedos pelos cachos dourados de seu penteado favorito. — Decidi gostar de ser loira. Passei uma tinta sobre o castanho-avermelhado há três dias, e acho que não vou mudar de cor tão cedo. É melhor você se acostumar.

Ele riu.

— Do que você está falando, garota?

Ao ver seu sorriso caloroso e o som de sua risada, Patsy teve certeza de que começava a enrubescer.

— Do que mais posso estar falando, Pete Roberts? Do meu cabelo.

— Mas eu perguntei se você soube do novo salão de bronzeamento que está chegando.

Patsy sentiu o sangue fugir-lhe do rosto.

— Salão de bronzeamento artificial? Onde?

— Aqui. Em Tranquility. Alguém conversou com Steve Hansen sobre a ideia de sublocar o estúdio de tatuagem. Eles querem instalar camas de bronzeamento, fazer unhas e trabalhar com *piercing*.

— Unhas? — Patsy exalou o ar.

— Achei que você já soubesse da novidade.

— Não. Ninguém me contou nada. Pensei que você estivesse falando do cartão de aniversário que Cody enviou a Jennifer Hansen. As mulheres estão comentando sobre a declaração de amor que ele fez. Mas eu já sabia dos sentimentos dele.

— Cody Goss está apaixonado por Jennifer Hansen? A missionária?

— Ela não é missionária ainda. Está estudando no Centro de Treinamento para Tribos Desconhecidas, perto de Camdenton. Você tem certeza de que eles disseram unhas? Eu não dou a mínima para camas de bronzeamento ou para essa história de *piercing*, mas trabalho com unhas o ano inteiro.

— Unhas, foi o que ouvi. O que Jennifer disse a ele depois de ler o cartão?

— O que diz sempre que ele começa a ficar muito meloso. "Todos amam você, Cody. Você é muito meigo." Você está falando de unhas com esmalte preto e desenhos malucos ou das unhas que costumo fazer? Você sabe do que estou falando. Francesinha, tratamento com parafina, essas coisas.

— Querida, não sei diferenciar uma unha francesa de um pão francês. Você acha que ele ficou magoado? Ele anda meio triste. Notei isso quando ele vai à loja comprar cachorro-quente.

— Pete Roberts! — Bitty Sondheim gritou. — Seu pedido está pronto. Omelete simples e café com avelãs.

— Café com avelãs? — Patsy olhou firme para a dona da lanchonete e para o homem que consertava motores.

Pete deu de ombros.

— Um homem pode tomar cafezinho com avelã se ele quiser, não?

Patsy nunca soube que Pete tomava outra bebida além do café preto que ele coava na cafeteira de sua loja de artigos variados.

— É, acho que pode.

— Sou conhecido por tomar *cappuccino* quando estou de bom humor. — Ele inclinou o corpo e cochichou no ouvido dela. — Você perdeu um ótimo jogo de futebol americano na sexta-feira passada.

Os pelos da barba dele contra o rosto de Patsy provocaram nela um arrepio da cabeça até os dedos dos pés. Ela tentou recuar, mas a aglomeração no local a impediu.

— Ouvi o jogo pelo rádio — ela disse a Pete. — O seis pontos dos Lakers no último minuto.

— Diga-me uma coisa, Patsy, você gostaria de ir ao cinema comigo no sábado à noite? — Ele fez uma pausa momentânea; depois, aproximou-se um pouco mais dela e voltou a cochichar. — Vou fazer a barba.

Ao perceber que estava a ponto de desmaiar, Patsy só conseguiu assentir com a cabeça. Pete piscou para ela e foi pegar seu lanche. Seguindo-o com o olhar, ela viu quando ele pagou a Bitty, cumprimentou alguns clientes e dirigiu-se à porta.

— Pego você às dezessete horas — ele gritou por cima dos ombros ao sair do Pop-In.

Várias pessoas sorriram e cutucaram umas às outras.

Tentando aparentar desinteresse, Patsy deu um passo à frente e fez seu pedido.

— O de sempre — ela disse a Bitty.

Uma omelete de três ovos, recheada com batatas e queijo derretido era exatamente o que Patsy precisava para acalmar seus nervos em frangalhos. Mas a súbita imagem de si mesma no sábado à noite — tentando entrar em sua blusa violeta gola olímpica e sua saia lápis — a fez mudar de planos a respeito do pedido para o café da manhã. O que Pete pensaria se o tecido ficasse apertado demais ou, pior ainda, uma das costuras se abrisse de repente?

— Pensando bem, Bitty, quero apenas uma omelete simples. Talvez salpicada com um pouco de queijo.

Bitty anotou a troca sem problemas.

— Volto já.

— Desejo-lhe uma ótima manhã, srta. Pringle — Charlie Moore disse em voz alta ao aproximar-se dela. — Você está encantadora, como sempre.

Ao avistar o cavalheiro de cabelo branco de braços dados com sua esposa pequenina, Patsy sorriu.

— Vejam só os dois pombinhos. Esther, seu cabelo está lindo hoje. Você não está me passando para trás e frequentando outro salão, está?

— Não seja boba, Patsy — Esther disse, tocando com as pontas dos dedos seu cabelo coberto de laquê. — Eu mesma me penteei, e está horrível. Não pude ir ao Clube dos Amantes de Chá nem arrumar o cabelo na semana passada. Também não fui à igreja no domingo.

— Ela está se sentindo muito fraca — Charlie complementou.

— Mas hoje não tive escolha, e pus os pés para fora de casa.

— E então? — Patsy colocou distraidamente um cacho de cabelo de Esther no lugar. — Aonde vão a esta hora da manhã?

— A Springfield — Esther respondeu. — Temos consultas médicas.

— Examinar as artérias — Charlie esclareceu. — Ter certeza de que não há nada entupindo o caminho. Talvez seja necessário desentupi-las para ganharmos mais alguns anos de vida.

— Meu acidente, você sabe. Um pequeno deslize, e os médicos insistem em examinar a gente da cabeça aos pés.

— E de dentro pra fora.

— Eu me sinto perfeitamente bem — Esther disse com voz animada. — Charlie viveu todos estes anos carregando correspondência nas costas. Estamos em ótima forma. Parece perda de tempo ir a Springfield, mas estamos planejando fazer algumas compras de Natal no grande *shopping* de lá. Você sabe que adoro dar presentes.

— E também de receber. — Charlie riu para a esposa.

— Esther, você faz os pacotes de presente mais bonitos de Deepwater Cove — Patsy disse à amiga. — No ano passado, você prendeu uma estrela branca de crochê no presente que me deu, lembra? Guardei-a para pendurar na minha árvore de Natal.

— Era um floco de neve, não uma estrela, e saiba de uma coisa. Não haverá mais enfeites como esses, eu lhe garanto. Quase destruí meus dedos com todo aquele crochê.

— Seu pedido está pronto, Patsy! — Bitty avisou. — Uma omelete de queijo. Acrescentei algumas batatas.

Imaginando com angústia as costuras da saia se abrindo, o serviço de manicure mudando-se para a porta ao lado e Pete Roberts olhando para ela com adoráveis olhos azuis, Patsy quase se esqueceu de pagar a conta. Ao passar por Charlie e Esther a caminho da porta, ela viu o homem idoso curvar-se e beijar o rosto da esposa com carinho. Segurando firme a embalagem, Patsy saiu do estabelecimento e seguiu apressada em direção ao salão, sentindo o frio da manhã de outono.

"Assim Como Estou." Ela leu a placa em silêncio. "O bom Deus ama-me como eu sou", ela disse a si mesma. "Lembre-se disto, Patsy Pringle."

5

— **O que são placas?** — Esther perguntou. — Sentada ao lado do marido no carro, ela contemplava pela janela as imponentes colinas de Ozark durante a viagem a Camdenton. Revestidas de tons de vermelho, dourado e marrom, as árvores alcançavam o auge de sua exuberância colorida. Esther sempre gostou muito do outono no lago. As brisas refrescantes encrespavam a água e sussurravam através das folhas. As docas se esvaziavam à medida que as pessoas abrigavam seus barcos dos rigores do inverno. Os gansos do Canadá empreendiam sua revoada, os esquilos corriam à procura de nozes e os cervos na beira da estrada saltavam para dentro da mata.

— É um tipo de líquido viscoso, acho. O médico disse que é uma mistura de colesterol, cálcio, e... qual é mesmo o nome? Ah, tecido fibroso.

Sentado ao volante, Charlie tinha a aparência de sempre. Elegante e sincero, mas com um leve sorriso nos cantos da boca. Esther olhava atentamente para os raios do sol do fim de tarde iluminando um campo árido e fardos redondos de feno.

— Não gosto da ideia de alguém enfiar um balão em minhas artérias ou cutucar ali e acolá para limpá-las — ela disse irritada. — Não sei se concordo com isso. Por que você acha que eu tenho placas e você não? Comemos a mesma coisa em todos estes anos.

— Pode ser que meu sangue continue a bombear porque andei durante muito tempo entregando cartas.

— Até parece que não andei tanto quanto você... correndo atrás daquelas duas crianças, fazendo o trabalho de casa, cozinhando três refeições por dia. E, caso você tenha esquecido, eu também cortava a grama.

— Como eu poderia me esquecer de uma visão como aquela? Você com aquelas calças corsário e as pernas bem torneadas. Quando sabia que você iria cortar a grama, eu dava um jeito de voltar para casa mais cedo.

— Verdade?

— Claro. — Ele olhou de relance para ela. — Eu gostava da calça vermelha com bolinhas. Você ficava uma gracinha.

— Não acredito que você se lembre daquelas calças estranhas, Charlie.

— Estão gravadas em minha memória.

Ela deu uma risadinha.

— Você ainda me acha uma gracinha? Às vezes penso que não passo de um pano velho amassado. Minhas curvas desapareceram. O quadril continua a aumentar. O pescoço parece papo de peru.

— Não se esqueça das placas.

— Ora, Charlie, pare de me amolar! — ela deu-lhe um tapa de brincadeira. — Eu me achava bonita. Algumas pessoas diziam que eu era linda.

Ela recostou-se no banco à espera de uma das observações lisonjeiras do marido. Em vez de disso, Charlie franziu as sobrancelhas e ajustou o quebra-sol. Esther aguardou o comentário do marido, mas ele não disse nada.

— Sobrou alguma beleza? — ela perguntou finalmente. — Você ainda me acha atraente, Charlie? Como se eu continuasse a ser sua namorada?

Charlie permaneceu em silêncio por tanto tempo que Esther decidiu que ele devia estar tentando descobrir uma forma de lhe dizer a verdade — a beleza desaparecera, a mente estava enfraquecendo e até as artérias começavam a entupir. Bem, e daí se ele pensasse assim? Charlie Moore não era mais um príncipe encantado. A cintura arredondara, e ele não conseguia enxergar a ponta do nariz sem os óculos trifocais. O cabelo, que um dia se pareceram com a vasta cabeleira de Elvis Presley, agora não passava de alguns escassos tufos brancos.

No exato momento em que ela desistiu de ouvir uma resposta, ele falou.

— Sabe, Esther, um nome me veio à mente outro dia, e, por mais que eu tente, não me lembro da pessoa. — Ele olhou para ela. — George Snyder. Esse nome lhe diz alguma coisa?

A mão de Esther apertou a alça da bolsa.

— Não ouço esse nome há anos. O que deu em você para pensar em George Snyder?

— Então você se lembra dele?

— De algum lugar do passado. Mas você não respondeu à minha pergunta, Charlie.

— O que você me perguntou?

— Se você ainda me acha atraente.

— Claro que sim.

Ele pareceu terrivelmente irritado para alguém que estava fazendo um elogio. Esther não imaginava por que Charlie havia desenterrado o nome de George Snyder. Ela descartara aquela época havia muitos anos.

— O que há de errado com você, sr. Mal-humorado? — ela perguntou. — Está com sono? A última coisa de que precisamos é de outro acidente de carro.

— Não estou com sono. Só quero saber quando conhecemos esse tal de George Snyder.

— Você sempre insiste que não está com sono, mas está. Nós dois não cochilamos esta tarde, e posso afirmar que você está ficando sonolento. É melhor deixar que eu dirija, Charlie.

— Estou bem.

— Não, não está. Encoste o carro naquela área de descanso ali adiante. Vamos trocar de lugar.

— Ora, pare com isso.

— Não discuta comigo, Charlie. Vi seus olhos quase se fechando lá em Buffalo. Temos meia hora até Camdenton e mais vinte minutos até Deepwater Cove. Insisto em assumir o volante.

— Está escurecendo, Esther.

— É exatamente por isso que devo pegar a direção.

— Se você não tivesse perdido tanto tempo escolhendo cartões de Natal, já estaríamos em casa. Precisava ler os dizeres de cada um, Esther?

— Encoste o carro neste minuto, Charles Moore, e falo sério. Você está cansado, com fome e irritado, e não vou rodar nem mais um quilômetro com você ao volante.

Para imensa satisfação de Esther, seu marido desviou o carro para fora da estrada e estacionou sob uma árvore numa área de descanso. Esther abriu a porta.

— É verdade, tive de ler todos os dizeres. Não podemos enviar cartões que digam apenas *Feliz Natal* ou *Boas Festas*. O cartão de Natal deve comemorar o aniversário de Jesus, você não acha?

Charlie resmungou enquanto eles trocavam de lugar. Se havia uma coisa a respeito do marido que enfurecia Esther, era seu hábito de resmungar. Esther não tinha dúvida de que ele remoía algo que ela dissera ou fizera, mas ele era covarde demais para assumir.

Ao longo dos anos, o marido de Esther sempre foi bom ouvinte — um homem do tipo que gosta de conversar para resolver as coisas. Se surgisse um assunto importante, ambos sabiam conduzir uma conversa saudável até esclarecer tudo. Mas Charlie preferia deixar as coisas pequenas de lado — a não ser aquele resmungo irritante.

Enquanto entrava de volta na Rodovia 54, Esther lembrou-se do assunto mais recente da conversa. Cartões de Natal — sim. Aquilo era maçante. Porém, foi mais preocupante Charlie ter mencionado George Snyder. Esther não tinha vontade nenhuma de evocar as lembranças de tempos atrás, e certamente esperava que Charlie também deixasse o assunto quieto.

— Posso tirar alguns nomes de nossa lista de Natal — ela disse ao marido. — No ano passado enviamos quase cem cartões. É uma quantidade muito grande, você não acha?

— Para mim, não faz muita diferença — ele respondeu. — São todos amigos seus.

— Amigos nossos.

— Esther, tive poucos amigos em todos estes anos. Homens com quem eu gostava de estar no ambiente de trabalho. Um vizinho ou dois que eu convidava para grelhar hambúrgueres. Mas amigos de verdade, isso sempre foi seu departamento.

— Nunca pensei dessa maneira, mas acho que você está certo. — Esther acendeu os faróis. Quando a estrada estava livre, ela sempre usava farol alto para avistar um ou outro cervo andando a esmo pela estrada.

— Você não tem amigos porque nunca aprendeu a dar presentes — ela lhe disse. — Se alguém lhe der um presente, pode ter certeza de que essa pessoa gosta de você. Quando eu estava no hospital, Ashley Hanes fez um lindo colar para mim, e percebi no mesmo instante que ela valoriza nossa amizade. Por que você acha que gastei tanto tempo com ela ultimamente? Estou ensinando Ashley a cozinhar. É minha forma de retribuir o presente que ela me deu.

Charlie descansou a cabeça no encosto alto do banco.

— Homens não trocam presentes. Você já me viu dando uma gravata ou uma caixa de chocolate de presente a Steve?

Esther riu.

— Talvez não, mas você poderia convidá-lo para almoçar. Ou oferecer-se para fazer pequenos consertos numa das casas que ele está vendendo.

— Não, obrigado. Não pretendo entrar nesse negócio de novo.

Esther pensou na primeira casa que ela e Charlie compraram. Depois de morar dois anos num apartamento — com um bebê engatinhando e outro a caminho —, ela estava a ponto de enlouquecer. Eles não tinham muito dinheiro, mas investiram numa casa velha e precária situada num bairro elegante. Charlie trabalhava como carteiro durante o dia e passava a noite e os fins de semana reformando a casa. Foram anos difíceis, e agora Esther pensava no assunto.

— Se você não quer ter amigos íntimos, tudo bem — ela lhe disse. — Mas pretendo manter as minhas amigas... A não ser aquelas que estou pensando em riscar da lista de cartões de Natal.

— Como você consegue guardar todos os cartões que recebe, Esther? — ele perguntou. — Outro dia, quando estava colocando as roupas no lugar, vi que todos estavam guardados na última gaveta de sua cômoda.

— Não guardo todos os cartões. Apenas os especiais. Eu os amarro com fita e anoto o ano em que recebi. Pode parecer tolice para você, mas cada cartão é um pequeno presente. Um símbolo de amor. Isso o torna precioso. Às vezes pego os cartões e olho para eles, lembrando e sentindo gratidão por todo amor que recebi ao longo dos anos.

Charlie resmungou. Esther cerrou os lábios enquanto dirigia. Resmungando novamente. Aquela era uma das coisas que ela aprendera sobre um casamento longo — o marido sempre tem algumas características imutáveis que quase levam a coitada da esposa à loucura. Para ela, eram os resmungos de Charlie. E sempre esquecendo onde havia colocado as coisas. Sem falar das portas dos armários da cozinha que ele sempre deixava abertas. Arrastar os chinelos pela casa. Assoar o nariz como uma buzina. Mascar um palito por duas horas após as refeições. Bem, a lista era extensa.

Se quisesse se concentrar nos pontos negativos do marido, Esther imaginou, provavelmente se lembraria de tantas coisas irritantes, aborrecimentos, desavenças e hostilidades que seriam motivo suficiente para ela entrar com um pedido de divórcio. Mas aí ela *o* perderia. Charlie tinha muitas qualidades maravilhosas, agradáveis. Com certeza ela não encontraria um homem melhor, mais bondoso, mais estável ou mais fiel para passar a vida.

— George Snyder — ele disse repentinamente no escuro. — Já descobriu onde o conhecemos?

O coração de Esther bateu descompassado.

— Quer fazer o favor de fechar os olhos e dormir, Charlie? Você está tirando do baú nomes guardados há tanto tempo, enquanto estou tentando descobrir quem devo eliminar de nossa lista de cartões de Natal. Será que Clara Gibson se lembra de nós? Ela foi babá de nossos filhos algumas vezes. Você se lembra? Aquela senhora idosa com uma mecha branca no cabelo? Devo riscá-la da lista?

Ao ver que Charlie não respondia, Esther decidiu dirigir em silêncio. Melhor assim. Ambos estavam exaustos depois de andar o dia todo pela cidade de Springfield. Como não tiraram um cochilo à tarde, talvez ele dormisse durante todo o trajeto para casa.

O que o levara a pensar em George Snyder? Esther mal se lembrava do homem. Bem, isso não era totalmente verdade. Quem se esqueceria daquele maravilhoso cabelo loiro encaracolado e daqueles olhos azuis cor de safira?

Cerca de um mês depois de se mudarem para seu primeiro apartamento, George bateu na porta de Charlie e Esther para pedir um ovo emprestado. O vizinho queria preparar um bolo, vejam só! Um homem assando bolo? Esther chegou a rir na cara do homem. Ele explicou que deixara cair acidentalmente o último ovo no chão; e permaneceu na porta enquanto ela buscava um ovo na geladeira. Ambos conversaram por alguns instantes, e ele seguiu pelo corredor em direção a seu apartamento.

Esther teria esquecido o assunto; porém, naquela mesma tarde, George Snyder voltou a bater em sua porta. Desta vez ele carregava um prato com duas fatias de bolo de limão coberto com glacê para agradecer o ovo emprestado. Com o coração enternecido, Esther convidou o homem de cabelo dourado para entrar na sala, preparou um bule de chá e provou aquele bolo divino enquanto conversavam.

George era artista, ele lhe contara. Pelo menos, esse era seu objetivo. O pai, falecido recentemente, lhe deixara uma pequena herança, e ele estava usando o dinheiro para pagar o apartamento e, claro, as aulas de arte. O sonho de George era mudar-se para Nova York, onde poderia ilustrar capas de revistas, como as famosas ilustrações de Norman Rockwell, ou desenhar celebridades como Al Hirschfeld fazia. Esther presenteou George, com muita alegria, todas as edições antigas que tinha em mãos das revistas *Saturday Evening Post*, *Ladies' Home Journal*, *McCall's* e *Look*,[1] para seus empreendimentos artísticos. Ele reagiu como se tivesse recebido um tesouro mais valioso que ouro. Quando ela lhe pediu para ver algumas de suas obras de arte, George prometeu mostrar-lhe seu portfólio. Conversaram durante tanto tempo que, quando Charlie chegou naquela noite, Esther havia acabado de colocar o jantar no forno.

Ao olhar de relance para o marido, Esther via que ele estava dormindo, com a cabeça apoiada no encosto do banco. Feliz por ter insistido em dirigir, Esther relaxou e permitiu-se voltar no tempo para recordar os complicados anos do início do casamento. Ela vivia muito sozinha em seu novo papel de esposa de carteiro. Sem filhos nem emprego, Esther se sentia terrivelmente isolada no minúsculo apartamento... até George Snyder aparecer e pedir um ovo emprestado. A situação certamente mudou depois daquilo.

Esther recostou a cabeça no encosto do banco e concentrou a atenção na estrada. As faixas amarelas passavam rapidamente sob os faróis do carro a caminho de Camdenton. No silêncio da escuridão crescente, ela pensou no homem que trouxera tanto brilho, tanta turbulência e tanta alegria a seu mundo.

Que estranho lembrar-se dele agora, depois de tantos anos. Lembrar-se das horas de bate-papo, de partidas de dominó, de assistir à televisão juntos no velho sofá de tecido macio. George lhe dera muitos presentes. Exemplares dos livros favoritos dele, flores silvestres do parque próximo ao prédio em que moravam, a lasca de um ladrilho italiano que ele encontrara perto da linha do trem... E desenhos, muitos desenhos encantadores....

Charlie despertou com o brilho das luzes da rua refletindo no para-brisa. Levou alguns instantes para entender que estava no carro, e olhou de relance para Esther. Com a cabeça balançando e os olhos fechados, ela dormia pesadamente.

Uma onda de incredulidade percorreu por um segundo o corpo de Charlie, ao se dar conta de que sua esposa estava sentada no banco do motorista. Com as mãos segurando o volante, ela roncava suavemente enquanto a estrada se transformava na rua principal de Camdenton.

— Esther! — Charlie lançou o corpo para a frente e agarrou o volante. — Que loucura você está fazendo, mulher? Acorde!

O susto a fez despertar. Esther deu um berro e começou a lutar com Charlie pelo volante.

— Solte — ela gritou, batendo na mão dele. — Você vai fazer o carro sair da estrada!

— Você estava dormindo!

— Tire a mão do volante, seu bobão! Não vê que estamos perto do semáforo de Camdenton?

— Você está acordada agora? — ele a interpelou, continuando a segurar o volante. — Vá para o acostamento, Esther! Entre naquele posto de gasolina. Ali... aquele!

— Que loucura é esta? Charlie, você está querendo me matar! — Ela conduziu o carro ao estacionamento do posto de gasolina e freou. — Esta é a coisa mais maluca que você já fez, Charles Moore! — ela vociferou. — Eu estava entrando na cidade quando você acordou e agarrou o volante. Você quase nos fez sair da estrada, entendeu? Poderíamos ter sofrido um acidente! Atropelado alguém!

— Você estava dormindo, Esther — Charlie resmungou. — Eu acordei, olhei e você estava roncando como se estivesse dormindo na cama de casa.

— Não estava!

— Eu vi com estes dois olhos. Agora, puxe o freio de mão e vamos trocar de lugar novamente.

— Não vou fazer nada disso. Você ainda deve estar fora de si para dizer tanta asneira. Está tentando me dizer que nós dois estávamos dormindo?

— Sim, nós dois... rodando pela estrada, os dois dormindo profundamente.

— Isso é ridículo. Estamos aqui em Camdenton, exatamente aonde queríamos chegar. Você acha que dirigi o tempo todo dormindo, desde que paramos na área de descanso?

— Não tenho ideia de quando você começou a cochilar, Esther, mas tenho certeza de que, quando abri os olhos um minuto atrás, você estava mais apagada que uma lâmpada queimada.

Esther colocou as mãos no colo.

— Bem, é impossível.

— Também achei que fosse. Mas é verdade.

— Você me ouviu roncar?

— Como sempre.

— Como permaneci na estrada?

— Estou pasmo. — Ele soltou a respiração.

Se aquela não era a coisa mais maluca que havia acontecido na vida de Charlie, o que mais poderia ser? Duas pessoas rodando pela estrada — por quanto tempo? — e ambas dormindo profundamente.

Esther ajeitou a barra de seu suéter.

— *Está* quente demais neste carro. Não sei por que você sempre coloca o aquecedor no máximo. Não foi à toa que ficamos sonolentos.

Charlie encarou a esposa.

— Você ouviu tudo o que eu disse? Foi você quem dormiu enquanto dirigia o carro.

Ela olhou de relance para ele.

— Lembro-me de ter reduzido a velocidade em Macks Creek. Há sempre um radar naquele lugarejo à beira da estrada.

— E depois de Macks Creek?

— Sei lá. Bem, de qualquer forma... — Esther deu de ombros.

— O que isso quer dizer?

— Que talvez eu tenha cochilado um pouquinho. Mas não saímos da estrada e chegamos sãos e salvos a Camdenton. Por isso, vamos trocar de lugar novamente e ir para casa.

Rangendo os dentes, Charlie abriu a porta do carro com força. Uma fria rajada de vento encheu-lhe os pulmões enquanto contornava o carro, passando pela esposa em silêncio. Agora ele estava acordado, com certeza. Ambos acomodaram-se no assento e prenderam o cinto de segurança. Charlie soltou o freio de mão e voltou para a estrada.

No cruzamento das duas rodovias que formavam o centro de Camdenton, ele parou no semáforo vermelho. Saindo finalmente da Rodovia 54 em direção à Rodovia Norte 5, Charlie imaginou os dois dentro do carro, rodando pela estrada, dormindo profundamente. O carro poderia facilmente ter desviado para o acostamento, caído numa vala e tombado, colidido com um cervo ou batido de frente com outro veículo. As possibilidades de desastre eram infinitas. Certamente Deus enviara um exército de anjos supervigilantes para proteger o casal dorminhoco.

A própria ideia do que ocorrera naquela noite era totalmente maluca. Se ainda não estivesse meio assustado com a situação e meio furioso com Esther, Charlie talvez achasse o evento cômico. Quem imaginaria que tal coisa fosse possível?

No silêncio do carro, Charlie ouviu Esther tossir levemente. Ou talvez estivesse chorando. Difícil saber. O gemido continuou até Charlie resolver consolá-la. Ao esticar o braço em direção à esposa, ele percebeu que o ruído que ouvira era uma risadinha reprimida.

— Esther?

Ao ouvir a voz do marido, Esther jogou a cabeça para trás e caiu na gargalhada.

— Ah, sinto muito ter deixado você aborrecido, Charlie, mas não foi a coisa mais engraçada do mundo? Nós dois dirigindo pela estrada e roncando?

— *Você* estava roncando — ele disse em voz baixa.

— Aposto que você também estava. — Ela fez um esforço enorme para conter o riso, mas, em seguida, a gargalhada recomeçou.

— E se passamos por alguém, que olhou para dentro do carro e nos viu? — ela disse ofegante, entre uma risada e outra. — O que será que pensaram? Um casal de velhinhos cochilando! Ah, minha nossa, não sei como consegui aquela façanha!

Charlie queria continuar zangado e preocupado. Pela segunda vez Esther pôs a própria vida em risco. Neste último caso, ela poderia ter matado ambos. E se a memória dela estivesse se dissipando mais rápido do que ele imaginava? As artérias já não estavam em boas condições. A pressão está alta, e os ossos começavam a enfraquecer. Será que ela também estava ficando um pouco caduca?

Não havia indícios que comprovassem essa conclusão. Colocar um abridor de latas elétrico no lava-louças. Destruir o Lincoln no quintal. Agora ele tinha de acrescentar esta tolice: dormir enquanto dirigia na estrada. E tudo isso sem levar em consideração o perturbador retrato que ela manteve escondido no fundo da gaveta. O que se passava com Esther? Que outras surpresas ela reservava a Charlie?

— Preciso escrever a um desses programas de entrevistas e oferecer-me como convidada — ela disse, dando um risinho maroto enquanto falava. — "Conheçam Esther Moore, a Mais Sensacional Motorista do Universo! Vejam como esta mulher faz seu carro rodar no ar e, depois, vence uma série de obstáculos: casas de passarinho, garagens e árvores. Vejam como esta mulher dirige durante um sono profundo, desviando, sem nenhum esforço, de buracos na estrada e tatus em fuga!" Não seria engraçado, Charlie? Sinceramente, é uma bobagem tão grande!

Charlie tentou esboçar um sorriso.

— Acho que fica engraçado porque tudo deu certo no final.

— Foi muito engraçado! — ela disse. — Não vejo a hora de contar a Patsy Pringle quando for ao salão na sexta-feira para arrumar o cabelo. Ela vai contar para todo mundo, e a história correrá por toda a cidade. Serei conhecida como Esther, a Motorista Maravilha. Talvez o jornal escreva alguma coisa sobre mim; o que você acha?

Charlie limpou a garganta com força, esticou o braço e segurou a mão da esposa.

— Esther, dê-se por satisfeita porque não houve nenhum policial rodoviário escrevendo alguma coisa sobre você.

"Ou um legista", ele pensou.

Enquanto Charlie dirigia de volta para casa, Esther começou a cantarolar uma de suas canções favoritas. Ela havia contado a Charlie que aprendeu a letra no ensino fundamental e a cantava com sua família no Dia de Ação de Graças.

— "Descendo o rio e atravessando a floresta, ah, como o vento sopra forte" — ela cantava, imitando o canto dos pássaros. — "O vento fere os pés e o nariz, por onde a gente anda. Descendo o rio e atravessando a floresta, que maravilhoso som. Ouçam o sino repicar: blim-blém-blom! Viva o Dia de Ação de Graças!"

O carro entrou na garagem da casa em Deepwater Cove, e Charlie desligou o motor, agradecido. Esther cutucou-o pela enésima vez, e ele finalmente cedeu a seus apelos.

— "Descendo o rio e atravessando a floresta", eles cantaram juntos. "Agora posso ver o chapéu da vovó! Tudo é alegria! O doce está pronto? Viva a torta de abóbora!"

6

Nos primórdios do Clube dos Amantes de Chá, todos os membros concordaram que não elegeriam um presidente. Também não haveria pauta de reunião, minutas, obrigações — nada dessas bobagens. Porém, naquela quarta-feira seguinte, quando Esther Moore se levantou e começou a bater na xícara de chá com a colherinha, Patsy encantou-se ao rever aquela senhora reassumir o posto autonomeado de líder do Clube.

Depois de conseguir a atenção do grupo, Esther abriu a bolsa, de onde tirou um caderno para anotar a minuta da reunião. Naquele instante, todos na sala começaram a aplaudir, e ela pareceu surpresa. Em seguida, seu rosto irradiou um largo sorriso, e ela cruzou as mãos diante do pescoço.

— Vejam só, vocês são muito gentis por me receber de volta ao CAC — ela disse quando o aplauso cessou. — Não tenho palavras para expressar a falta que senti de todos vocês. Nada como uma indisposição passageira para fazer a gente agradecer a atenção dos amigos. Neste caso, CAC significa Cuidado, Amor e Carinho. Charlie e eu somos gratos a todos que levaram comida a nossa casa. Se acreditarem no que meu marido diz, temos comida suficiente no *freezer* para alimentar duas vezes a vizinhança inteira.

— A senhora tem cachorro-quente? — Cody perguntou em voz alta. Ele estava sentado à mesa em companhia de Patsy, Brenda Hansen e as duas filhas dela. Cody enfiou as mãos nos bolsos. — Espero que não seja falta de etiqueta dizer que gosto de cachorro-quente, e se a senhora tiver alguns sobrando, sra. Moore, eu me apresento para devorá-los.

— Cachorro-quente é a única coisa que não temos, Cody. — Esther olhou com ternura para o rapaz. — Ah, querido, senti muitas saudades suas. Você não apareceu em minha casa, a não ser aquela vez com as garotas Hansens.

— Estou muito assustado. Não quero que o sr. Moore fique furioso comigo de novo. A senhora disse a ele que mexi no seu carro no dia em que destruiu a garagem, mas eu não mexi.

Como sempre, Cody expôs seus verdadeiros pensamentos sem se importar com a reação dos outros. Patsy adorava essa característica de Cody. Era difícil encontrar uma pessoa que nunca tivesse mentido. E mais difícil ainda encontrar alguém que não se preocupava em colocar uma máscara ou torcer as palavras para não ferir sentimentos. Mas aquele era Cody Goss. Com exceção de Jesus, provavelmente nunca houve homem mais sincero na história do mundo.

Esther dispensou os comentários de Cody com um gesto.

— Não seja bobo, Cody. Charlie e eu sabemos que você não tocou em meu carro, e não estamos aborrecidos com você. Não sei explicar como, mas fui para o lado errado. Depois do que aconteceu naquele dia, decidi apelidar-me de Esther, a Motorista Maravilha. Rindo, ela percorreu o grupo com o olhar. — Acreditem ou não, quando voltamos de Springfield, dirigi uma boa parte do caminho para casa dormindo. Charlie estava cochilando a meu lado, no banco do passageiro. Nós dois roncamos ao ritmo da música.

Quando ela riu, algumas pessoas na sala de chá também deram uma risadinha. Para Patsy, a história foi divertida, mas ela se preocupou com o fato de Esther e Charlie terem feito aquilo. Por pouco não sofreram um terrível acidente.

— Não achei graça nenhuma — Cody disse. — Estou estudando para tirar carteira de motorista, e ninguém deve dormir enquanto dirige um carro. É preciso estar acordado o tempo todo.

— Claro que sim — Esther replicou. — A não ser que você seja Esther, a Motorista Maravilha! Enfim, isso já passou, e chegou a hora de nos concentrarmos na reunião. Uma vez que não estive aqui algumas vezes e ninguém anotou...

Ela fez uma pausa e olhou para Ashley Hanes, que jogou para trás uma mecha de seu longo cabelo ruivo, sem demonstrar nenhuma preocupação por não ter cumprido seus deveres como presidente interina do clube.

— Alguém tem algum assunto antigo a tratar? — Esther perguntou, segurando uma caneta sobre o caderno de anotações.

— Assunto antigo — Cody disse, levantando-se. — No sábado passado, os homens se reuniram para consertar a garagem do sr. e da sra. Moore. Miranda e Kim Finley reuniram as mulheres para consertar a cerca quebrada e o canteiro de flores do sr. Moore. Tudo isso foi destruído pela sra. Moore quando ela saiu com o carro pelos fundos da garagem. Miranda também ajudou Ashley Hanes a separar as contas dos colares porque a sra. Moore estava de cama e o sr. Moore não podia fazer isso sozinho enquanto cuidava da esposa. Ashley vai receber um monte de pedidos de Natal das mulheres ricas de St. Louis. Elas querem comprar colares, brincos e pulseiras feitos com as contas de argila de Ashley. O sr. e a sra. Moore foram a Springfield para saber se o coração deles está bem; as moças precisam tomar leite para não ficarem corcundas; e a sra. Jones tem tachinhas se alguém precisar. É tudo.

Cody sentou-se e, um segundo depois, foi aplaudido por todas as mulheres na sala. Demonstrando orgulho, ele olhou do outro lado da mesa para Jennifer Hansen. Imediatamente, ela inclinou o corpo e cochichou algo para a irmã.

Patsy ouvira um boato perturbador de que Jessica estava pensando em abandonar a faculdade após o casamento. Talvez até antes. Isso seria um golpe para os pais da moça. Steve Hansen trabalhara dia e noite para vender casas e ganhar dinheiro a fim de que todos os três filhos pudessem cursar a faculdade sem precisar endividar-se. Nem ele nem Brenda eram graduados, e ambos tinham grandes sonhos para os filhos.

— Cody, você nos deixou encantadas — Esther estava dizendo. — Foi uma excelente apresentação. De hoje em diante, você está encarregado de cuidar dos assuntos antigos. E apesar de eu não ter saído de dentro de casa por uns tempos, Charlie disse que a garagem e o quintal estão em ótimas condições, graças aos nossos queridos vizinhos. Que belos presentes vocês nos ofereceram! Não sei se já me senti tão amada quanto me sinto agora.

Patsy tomou o último gole de chá, esperando que a parte oficial da reunião não se delongasse muito. Queria saborear outra xícara de chá inglês e bater papo com as amigas antes de retornar à longa fila de clientes no salão.

— Assunto novo — Esther anunciou. Ela olhou ao redor e engoliu em seco. — Bom, não tenho nenhum. Alguém tem alguma novidade?

— Patsy Pringle vai ao cinema com Pete Roberts no sábado à noite — Cody anunciou. — Ele já fez a barba.

Lutando para manter-se calma, Patsy encarou Cody. A sinceridade total tinha suas desvantagens. Para não ter de ralhar com o rapaz, ela pediu licença para sair da mesa e dirigiu-se à vasilha com água quente. Embora estivesse concentrada em ouvir o revigorante CD do trio Cor da Misericórdia tocando ao fundo, Patsy podia ouvir as mulheres conversando. Tomara não estivessem falando dela e de Pete.

Ela concordara em ir ao cinema com Pete, mas agora questionava se aquela havia sido uma decisão sábia. Enquanto esperava a infusão do chá ficar pronta, Patsy cantarolou as palavras de uma de suas canções favoritas, interpretada pelo trio da localidade. "O Oleiro colocou-nos em seu torno", a canção dizia, "para nos moldar, modelar e conformar segundo sua vontade".

A ideia de ser trabalhada como uma bola de barro não era muito agradável a Patsy, embora ela soubesse que a mensagem na canção havia sido extraída da Bíblia. Durante toda a vida, Patsy precisou ser forte e independente e trabalhou duro para ocupar uma posição na vida que a deixasse orgulhosa. O orgulho, porém, era exatamente o oposto do que Deus queria dela. Ele exigia submissão e rendição. De que maneira Pete se encaixava no plano de Deus? Seria melhor se aproximar... ou se afastar antes que ela sucumbisse de vez?

— Que tal um desfile no Dia de Ação de Graças em Deepwater Cove? — Esther sugeriu enquanto Patsy retornava à mesa. Por um motivo ou outro, a mulher parecia pensar que os desfiles eram obrigatórios em todos os feriados.

Ao ver que ninguém respondeu, Opal Jones propôs um passeio de um dia ao redor do lago para contemplar o espetáculo das folhas de outono. Foi formado um comitê para obter mais informações e cuidar do assunto. Depois, Miranda Finley fez um apelo ao pessoal para ajudar os negócios de Ashley. Desta vez várias mãos se levantaram para trabalhar voluntariamente na montagem das peças. Em seguida, alguém mencionou o Halloween, e o assunto causou alvoroço, com os presentes discutindo se a brincadeira de "gostosuras ou travessuras"[1] era pecado ou não.

Ainda pensando no que fazer a respeito de Pete Roberts, Patsy deu pouca atenção quando Miranda se levantou para apresentar um resumo da origem do Halloween. Pagãos, druidas, celtas, romanos e um santo ou outro — todos pareciam ter contribuído para esse evento polêmico.

Patsy nunca havia celebrado o Halloween. Quando ela era criança, sua família não tinha dinheiro para comprar ou confeccionar fantasias. Tampouco tinha condições de gastar gasolina para ir de um vizinho a outro, a fim de que Patsy ganhasse doces. Ela, entretanto, celebrava a chegada do outono com uma decoração especial em seu salão, valendo-se de fardos de feno e abóboras fora da porta principal, e algumas guirlandas de folhas coloridas dentro do salão. Deixava as bruxas, os fantasmas e as teias de aranha para quem gostasse dessas coisas.

No momento em que Miranda terminou o discurso, Jennifer Hansen levantou-se para dar sua opinião.

— A pergunta que tenho a fazer sobre o Halloween é se isso é benéfico para alguém.

— É benéfico para as crianças, querida — uma das viúvas interveio. — Elas chegam em casa com todos aqueles doces para comer. Além disso, gosto de fazer bolas de pipoca doce, e as crianças ficam lindas quando andam pela vizinhança fantasiadas de fadas ou piratas. Não vejo maldade nem pecado nisso.

— Não importa se o Halloween tenha influência satânica ou não — Jennifer replicou. — Temos de perguntar a nós mesmos se isso serve para exaltar a Deus. Se uma atividade não nos traz benefícios nem glória ao nome do Senhor, penso que ela não deve fazer parte de nossa vida.

— Você escova os dentes, não é mesmo, Jennifer? — Miranda perguntou, com um leve tom de escárnio na voz. — Escovar os dentes "traz glória ao nome do Senhor"?

As palavras de Miranda provocaram outro burburinho entre os membros do CAC. Enquanto lambiscava um docinho caseiro de lascas de chocolate, Patsy concluiu que a corajosa Jennifer seria uma excelente missionária — se não tomasse um golpe de misericórdia de Miranda.

— Muito bem, senhoras... e cavalheiro — Esther disse em voz alta para evitar que a situação fugisse do controle. — Se isso for tudo, encerraremos a reunião desta semana do Clube dos Amantes de Chá.

Ao ouvir as palavras de Esther, Jennifer sentou-se e Miranda também — felizmente em mesas separadas. Patsy suspirou aliviada. Gostava das duas mulheres. Tinha uma predileção por Jennifer, mas discutir com as pessoas em nome do Senhor não lhe agradava. Porém, ela sabia que Deus usava todos os tipos de pessoas de seu povo — intrépidas ou tímidas, tolas ou espertas, gordas ou magras. Nada disso fazia diferença, desde que estivessem dispostas a fazer o que ele pedisse. Patsy não tinha dúvida nenhuma de que Jennifer era uma mensageira do Senhor — embrenhando-se na selva para levar a Palavra de Deus a algumas tribos que não o conheciam.

— Não sei o que é Halloween, mas sei que Satanás é mau. — Cody dirigiu-se às mulheres da mesa. — Lembro o que a Bíblia diz. "Portanto, submetam-se a Deus. Resistam o Diabo, e ele fugirá de vocês. Aproximem-se de Deus, e ele se aproximará de vocês! Pecadores, limpem as mãos, e vocês, que têm a mente dividida, purifiquem o coração".[2] *Aproximar* significa tornar-se próximo, por isso o versículo diz que devemos ficar perto de Deus se quisermos que ele fique perto de nós e mande o Diabo embora.

O momento de profundo silêncio que sempre se seguia a uma das citações bíblicas de Cody foi quebrado por Jennifer.

— É isso mesmo. Acreditem ou não, estamos no meio de uma batalha espiritual. Todos nós precisamos usar nossa armadura espiritual e estar prontos para lutar ao lado de Deus.

— Eu luto ao lado de Deus — Cody disse a ela.

Jennifer olhou para ele.

— Eu sei. Você é um dos melhores soldados de Deus.

— Sou capaz de dizer muitos versículos da Bíblia.

— Seu pai foi muito sábio quando o ajudou a memorizar todos esses versículos.

O rosto de Cody ficou sério.

— O meu papai lia muito a Bíblia em voz alta. Ele chamava a Bíblia de o Livro Bom. Dizia que eu era ótimo para decorar textos. E eu sou. E depois que Brenda me ensinou, sou capaz de ler e escrever qualquer coisa que vocês quiserem. Também sei pintar muito bem. E trabalho duro o tempo todo fazendo serviços nas casas das pessoas. Mas não sou bom com números. O meu papai tentou me ensinar, mas um dia ele disse: "Cody, você é um caso perdido". E ele estava certo.

— Mas continuamos a insistir na matemática — Brenda emendou. — Não vou desistir, e Cody também não deveria.

— Ah, consegui classificar Cody! — Jessica disse com entusiasmo. A mais jovem das filhas de Brenda inclinou-se sobre a mesa, olhando para cada uma das mulheres. — Consegui classificar Cody! Estamos aprendendo muito sobre pessoas como ele nas aulas de psicopatologia neste semestre.

— Pessoas como ele? — Jeniffer franziu as sobrancelhas, olhando para a irmã. — O que você quer dizer com isso?

— Que ele é diferente. É porque ele é autista! — Jessica tinha o rosto radiante como se tivesse acabado de colocar uma torta de chocolate coberta com *chantilly* na mesa.

Autista? Patsy olhou para Cody, que estava rindo e assentindo com a cabeça.

— Jessica está certa — ele disse. — Se vocês olharem para trás, minha gente, vão ver minhas pinturas bem ali na parede de Patsy. Sete mulheres muito bem penteadas. Sete mulheres *lindas*.

Ele focou seus olhos azuis cor de safira em Jennifer Hansen, cujo rosto encantador — emoldurado por tonalidades e estilos diferentes de penteado — era claramente o tema de cada retrato no mural que Cody pintara naquele verão. Com um sorriso maroto, ele deu de ombros.

— Eu só descobri que era artista quando Patsy me deu um caderno e alguns lápis. Mas assim que comecei a desenhar e a pintar, ninguém parou de falar de meu talento. A sra. Moore disse que sou um gênio da arte, e ela sabe porque tem um amigo que faz ilustrações para revistas em Nova York. Acho que Deus ajeita as pessoas do jeitinho que ele quer que sejam. Não há nada de que eu goste mais do que pintar, pintar, pintar. Se vocês forem ao meu quarto nos fundos do salão, vão entender o que estou dizendo. Ele está lotado de desenhos. Sempre que tenho tempo, sou artista. Estou feliz por você ter descoberto, Jessica, e, se quiser, vou gostar muito de fazer uma pintura você no seu vestido de noiva.

Mais uma vez Cody conseguiu silenciar a mesa toda. Patsy pensou em pedir licença e voltar ao trabalho, mas teve a sensação de que devia permanecer ali. Algo pairava sobre a mesa — algo imprevisível e preocupante.

— *Autista* — Jessica disse. Ela esticou o braço e pousou a mão na de Cody. — *Autista* é diferente de artista.

— Xi! — Cody olhou de relance para Brenda. — Eu quebrei alguma regra de etiqueta?

Ela fez um gesto negativo com a cabeça e virou-se para a filha.

— Jessica, penso que é melhor você falar de sua teoria em outro lugar e em outra hora.

— Mas não há nada de vergonhoso em ser autista, mãe. Esse é o problema com quem tem alguma deficiência. Aprendi nas aulas que, nos tempos antigos, as pessoas com deficiência física ou mental viviam escondidas, até presas em jaulas.

— Jaulas? — Cody retesou o corpo. — Não vou viver numa jaula. Não sou animal.

— É exatamente o que estou tentando dizer. Hoje em dia, fazemos todos os tipos de adaptações para deficientes *físicos*. Temos vagas demarcadas nos estacionamentos, banheiros para cadeirantes, rampas de acesso, elevadores e uma infinidade de coisas. Mas as pessoas com deficiência mental, social ou cognitiva continuam a ser mal compreendidas e maltratadas. É como se pensássemos que elas têm algo do que se envergonhar, mas não é verdade!

— Eu não sou animal — Cody repetiu. — Não sou cachorro. Não sou urso. Não sou peixe. Não sou...

— Pare! — Jennifer passou o braço ao redor dos ombros de Cody para dar-lhe um rápido abraço. — Ninguém vai colocar você numa jaula. Eu prometo.

Cody fixou o olhar nela. O azul de seus olhos intensificou-se.

— Eu amo você, Jennifer Hansen.

— Eu sei — ela disse baixinho. — Você é um rapaz maravilhoso... E eu o amo também.

Patsy quase engasgou com o último pedaço de doce de lascas de chocolate. Que pena! Aquilo não era boa coisa. Autismo. Jaulas. Amor. O que mais?

— Todos em Deepwater Cove o amam — Jennifer prosseguiu. — Todos. Porque você tem bom coração e é inteligente.

— E bonito demais — Patsy acrescentou. Ela não podia deixar de atrair a atenção de todos para a bela aparência de Cody, em parte graças a seus esforços.

— Ele é maravilhoso... e é autista, Jen — Jessica disse. — Tenho certeza. Fiz recentemente uma dissertação sobre essa deficiência. Há muitos tipos e graus de autismo, de moderado a grave. Penso que Cody se encaixa no tipo chamado síndrome de Asperger.

— O que é Asperger? — Cody perguntou. — Parece um tipo de vegetal que minha tia cozinhava para mim. Asp... asp... aspargo.

— Cody, a maioria das pessoas com síndrome de Asperger tem interesses especiais e até talento em determinadas áreas. Elas podem ser muito inteligentes e capacitadas, principalmente nas áreas em que se mostram mais interessadas, como você em relação à pintura, memorização de textos da Bíblia ou à alfabetização.

Jessica olhou para as mulheres ao redor.

— Quem poderia pensar que alguém que não conhecia uma só letra do alfabeto seria capaz de aprender a ler em alguns meses?

— Eu sei ler tudo — Cody vangloriou-se. — Aprendi letras e palavras com Brenda, e já li todos os livros sobre pintura na biblioteca de Camdenton. É porque tenho síndrome de aspargo.

— Síndrome de *Asperger*. Estão vendo como Cody fala sempre de suas pinturas? As pessoas com síndrome de Asperger geralmente conduzem a conversa para o tema de interesse delas, seja qual for o assunto que a gente esteja discutindo. Elas têm um pequeno problema com aptidões sociais, como, por exemplo, entender a linguagem do corpo ou saber que não podem invadir o espaço das outras pessoas.

— Xi, rapaz! — Cody levou a mão à testa. — É verdade. Minhas aptidões sociais são quase tão ruins quanto meus números.

— Não, não são — Jennifer contestou. — São bem melhores que as de muitas pessoas que conheço. Principalmente daquelas que discutem os problemas dos outros em público.

As duas irmãs de cabelo dourado entreolharam-se por um instante. Jessica, porém, não estava disposta a aceitar a ordem da irmã mais velha de se calar.

— Ela está certa, Cody. Você possui muitas aptidões sociais. Mesmo assim, nem sempre é fácil saber qual a coisa certa a fazer. Sei também que você gosta de seguir um roteiro, e essa é outra característica da síndrome de Asperger. E mais, as pessoas com essa síndrome são, às vezes, desajeitadas em atividades esportivas como natação, ou outras que incluam habilidades motoras.

— Eu não gosto de nadar — Cody disse ao grupo. — Eu não sou peixe.

A essa altura, Patsy estava cada vez mais assustada. A descrição de Jessica encaixava-se perfeitamente em Cody. Mas o que era aquela síndrome? E mais importante: o que significava para Cody?

— As pessoas com síndrome de Asperger são sensíveis a sons — Jessica prosseguiu. — Lembro que mamãe nos contou a reação de Cody no dia em que Pete Roberts ligou a motosserra.

— Eu gritei e corri pro mato — Cody disse.

— Eu sei. E aposto que você gosta mais de alguns alimentos que de outros.

— Cachorro-quente. — Cody assentiu com a cabeça. — Adoro cachorro-quente.

— E você sempre quer bolo de chocolate cortado em...?

— *Quadrados* — o pessoal da mesa disse em uníssono.

— Gosto mais dos quadrados que dos triângulos — Cody disse com firmeza.

— Não há problema nenhum em ser autista — Jessica disse ao grupo. — Apenas torna a vida um pouco mais difícil. As pessoas com síndrome de Asperger dizem que precisam adivinhar o que é "normal". Cody sempre olha para mamãe para descobrir se ele está dizendo alguma coisa errada, porque ele realmente não sabe. Ele tem dificuldade de entender expressões faciais. É difícil para ele interpretar o mundo.

Quando terminou de falar, Jessica olhou para Cody.

— Não há nada de errado com quem você é. Não permita que ninguém lhe diga o contrário.

— OK — ele respondeu, encolhendo os ombros.

— Mas o que essa síndrome faz? — Patsy quis saber. — Não tem cura? Na verdade, não quero mudar nada em Cody, mas podemos ajudá-lo?

— Eu não preciso mais de ajuda, Patsy — ele sorriu para ela. — Sou feliz porque tenho trabalho para fazer e lugares onde morar e pessoas que dizem que sou um gênio. É muito bom ser gênio. Queria que todos fossem autistas, mas sinto muito. Isso é uma coisa que Deus dá a quem ele escolhe. Muito tempo atrás alguns homens malvados me bateram e disseram que eu era burro e idiota, mas sou capaz de dizer mais versículos da Bíblia que qualquer um deles e pintar desenhos mais bonitos e também limpar casas.

Jennifer, visivelmente aborrecida com o diagnóstico amador a respeito de Cody, estava usando um guardanapo para enxugar as lágrimas que começavam a rolar pelo seu rosto.

O rapaz olhou de relance para ela e bateu-lhe delicadamente nas costas.

— Não fique triste, Jennifer — ele disse em voz baixa. — Não chore. A sra. Finley mais velha não conhece a Bíblia como nós, e foi por isso que ela falou daquele jeito com você sobre o Halloween. A Bíblia diz: "Se participo da refeição com ação de graças, por que sou condenado por algo pelo qual dou graças a Deus? Assim, quer vocês comam, bebam ou façam qualquer outra coisa, façam tudo para a glória de Deus".[3] Significa que você estava certa. Tudo o que fazemos deve glorificar a Deus. Até escovar os dentes. Veja.

Ele abriu um largo sorriso, exibindo seus belos dentes brancos. Ao ver isso, Jennifer começou a rir por entre as lágrimas, o que provocou riso em Jessica e depois em Brenda.

Finalmente, Patsy começou a rir também. Se Cody era feliz por ser autista e considerava isso um dom de Deus, talvez ela devesse dar mais uma chance a Pete Roberts. E se esse ex-alcoólatra com duas ex-esposas — um deficiente indigno de ser acolhido — fosse realmente alguém especial que o Senhor havia preparado para ela?

7

Charlie e Boofer rodavam pela estrada à beira do lago no carrinho de golfe dos Moores por volta das dezesseis horas quando notaram algo suspeito. Sempre alerta a qualquer situação diferente na vizinhança, Charlie mantinha os olhos atentos a tudo em Deepwater Cove. Os carteiros eram conhecidos por salvar a vida de pessoas. Encontrar um idoso que caíra dentro de casa e não conseguia se levantar, descobrir alguém que escorregara no gelo e estava quase congelando numa vala, notar um aparelho de ar condicionado quebrado na casa de um inválido preso a uma cama — qualquer dessas coisas poderia fazer a diferença entre a vida e a morte. Charlie considerava-se o melhor nesse aspecto não obrigatório de sua função.

Se, tantos anos atrás, Esther não o tivesse dissuadido de assumir o cargo de inspetor postal e de se mudar para Washington, DC para um treinamento, ele poderia ter chegado a um alto posto nos correios. Certamente teria recebido um salário mais alto e teria uma aposentadoria melhor. Sem mencionar a satisfação de investigar infrações postais. Seria como trabalhar para o FBI ou para a CIA.

Charlie, porém, não gostava de pensar no passado e no conflito com a esposa, enterrado havia muito tempo. Eles nunca conversaram sobre o que aconteceu, até o dia em que Esther tocou no assunto. Não, agora Charlie era aposentado, e tinha um novo campo de trabalho. Deepwater Cove.

Ao chegar à curva da estrada, ele e Boofer ouviram o suave som de algo sendo raspado. De orelhas em pé, eles se entreolharam, e Charlie proferiu as palavras que, a seu ver, o cão deveria estar pensando.

— Há alguma coisa errada.

Reduzindo a velocidade do carrinho de golfe até quase pará-lo, Charlie perscrutou a orla do lago e o arvoredo ao pé de um penhasco. A maioria das folhas havia mudado de cor, e algumas árvores já estavam quase nuas, o que tornava mais fácil enxergar através da densa vegetação.

— O que temos ali, Boof? — ele perguntou em voz baixa.

O pequeno vira-lata farejou o ar. Charlie fez o mesmo. Fumaça de folhas queimadas misturadas com um aroma de dar água na boca, vindo da grelha de churrasco de alguém. Pelo cheiro, deveriam ser costeletas de porco. Charlie não recusaria uma bela costeleta de porco, mas ele e Esther ainda tinham todos aqueles pratos no *freezer*.

Um clarão azul-escuro brilhou entre as árvores e desapareceu.

— Lá — Charlie disse. — Há alguém na casa dos Hanes, Boofer. Não pode ser. Acabamos de ver Ashley dirigindo-se ao porão dos Hansens para confeccionar suas contas, e Brad está sempre no Bar do Larry a esta hora do dia.

Boofer levantou-se no assento e começou a ofegar à espera do que aconteceria. Charlie acariciou a cabeça do cão preto enquanto dirigia o carrinho pela estrada em direção à casa. E se alguém estivesse furtando o material de construção de Brad e Ashley? As pilhas de madeira serrada e entulho ficaram ali por tanto tempo que os transeuntes poderiam pensar que a casa estivesse abandonada. Ainda assim, não era correto invadir o local. E certamente não era legal tomar posse da propriedade alheia.

— Está vendo alguma coisa? — Charlie perguntou ao cão. "Você sabe que tem alguém lá, não, companheiro? É melhor nos proteger.

Charlie abriu um compartimento no painel do carrinho e pegou uma lata de *spray* de pimenta que ele carregava para usar em casos de emergência. Os carteiros sempre tomavam esse tipo de precaução. Quando o carrinho se aproximou da pequena casa abandonada na beira da estrada, Charlie pisou no freio. De repente, o estrondo de madeira caindo ecoou por todo o lago, seguido de uma série de palavrões que fizeram Charlie estremecer.

Boofer uivou baixo, mas o uivo foi intensificando-se rapidamente até se transformar numa sucessão de latidos. Saltando do carrinho de golfe antes que seu dono conseguisse detê-lo, o cão correu em disparada na direção do cômodo inacabado dos Hanes.

Charlie enfiou a lata de *spray* de pimenta no bolso da jaqueta e correu atrás dele.

— Boofer! Volte aqui, seu cão malandro!

Charlie rangeu os dentes ao ouvir a voz de um homem gritando com o cão. Seria bem melhor o marginal não se atrever a tocar em Boofer; disso ele tinha certeza. Palavrões eram atirados ao ar enquanto o pequeno vira-lata gania. Protegendo a cabeça, Charlie subiu na estrutura do cômodo a tempo de ver Brad Hanes dar um passo para trás para fugir do cão e estatelar-se numa pilha de ripas.

— Boofer, pare! — Charlie gritou antes que o animal agarrasse a barra da calça *jeans* de Brad. — Senta!

Obediente, e até mesmo um pouco embaraçado, Boofer sentou-se com força no chão e encarou o dono com ameaçadores olhos marrons.

Charlie ordenou ao cão que permanecesse ali; em seguida, passou por cima das ripas e estendeu a mão para ajudar o rapaz a se levantar.

— Sinto muito, Brad. Boofer ouviu o som de alguém se movimentando ali atrás e saiu do carrinho como um raio.

Dispensando a ajuda de Charlie, Brad levantou-se e limpou o fundilho da calça *jeans*.

— Cão maluco — ele resmungou. Pendendo a cabeça, ele coçou os olhos com uma das mãos como se estivesse com dor de cabeça. — O que deseja, sr. Moore? Estou um pouco ocupado.

Charlie enfiou as mãos nos bolsos para aquecê-las e olhou demoradamente para o rapaz. Alto, bonitão, com o porte do atleta famoso que ele havia sido no colegial, Brad usava uma camiseta cinza com capuz e um par velho de *jeans*. Era jovem demais para perder cabelo ou ter rugas, mas tinha os ombros caídos como se carregasse o peso de cem anos.

— Não desejo nada — Charlie respondeu. — Boofer e eu estamos fazendo nosso passeio vespertino costumeiro pela vizinhança.

Continuando a olhar para o chão, Brad assentiu com a cabeça.

— Tudo bem. É melhor eu voltar ao trabalho.

Charlie sentiu que havia algo errado. Rapazes bonitos como Brad Hanes não agiam daquela maneira. Brad sempre foi um rapaz um pouco exibido e de nariz empinado que parecia ter o rei na barriga. Aquele olhar de sujeição surpreendeu Charlie.

— Então você está construindo uma garagem? — ele perguntou, desviando o olhar de Brad para examinar uma viga de madeira deteriorada pelo tempo. — Planeja fazer uma garagem para caber o carro de Ashley e seu caminhão?

Houve um momento de silêncio tão longo que Charlie quase olhou ao redor para saber se Brad continuava ali. O rapaz finalmente decidiu falar.

— Vendi o caminhão.

A última notícia que Charlie ouvira foi que Brad destruíra seu precioso caminhão por dirigir embriagado.

— Não o culpo por vendê-lo. — Charlie notou um engradado de cerveja no chão perto de um cavalete. — Espero que você possa usar um dos veículos de sua empresa, caso necessite transportar alguma coisa. Não vale a pena gastar muito dinheiro, embora o caminhão fosse um excelente veículo. O motor dele era silencioso como o ronronar de um gato.

Examinando a estrutura do cômodo, Charlie notou que não demoraria muito para que as vigas de madeira que Brad havia levantado começassem a ceder e vergar. Os pregos enferrujariam. A madeira serrada entortaria, encolheria, incharia. Quando o verão chegasse, os cupins já teriam tomado conta da estrutura. Dentro de um ano, o sumagre-venenoso do Missouri e as trepadeiras de madressilvas silvestres, as ervas daninhas, as abelhas-carpinteiras, vespas do barro e várias outras vegetações e pragas invadiriam o local da construção. Em dois anos, o futuro cômodo não passaria de um amontoado de madeira apodrecida.

— Você fez um belo trabalho nesta estrutura — Charlie disse. — Já construí muitas coisas na vida: divisórias de jardim, deques, varanda, e diria que você teve um bom começo.

— Veja, sr. Moore, não tenho o alvará para construir — Brad disse. Se é por isso que você está aqui, ainda não tenho o alvará, está bem? Também não conversei com as autoridades de Deepwater Cove. Não tenho tempo para essa...

Àquela altura, o rapaz disse uma palavra que feriu os ouvidos de Charlie e quase derrubou seus óculos do nariz. Os carteiros eram humanos como todas as pessoas, mas ele não se lembrava de ter ouvido seus colegas usarem uma linguagem tão grosseira. Talvez os trabalhadores de construções pertencessem a uma classe diferente, mas, mesmo assim, era vergonhoso.

— Desculpe meu francês — Brad disse — mas estou cansado de ouvir o senhor perguntando a Ashley sobre o cômodo. E agora veio bisbilhotar nossa casa com seu cão. O projeto é meu, e vou terminá-lo quando puder.

Charlie fechou e abriu as mãos dentro do bolso. Ele tinha duas escolhas sobre como reagir a Brad Hanes: poderia dar um passo para trás e dar um soco no queixo do rapaz. Ou poderia continuar parado por alguns instantes e descobrir qual o motivo de tanta hostilidade.

Ao perceber que dar um soco em Brad Hanes não seria uma atitude exatamente cristã e que resultaria em sua própria ruína, ele decidiu analisar a situação.

— Nunca estudei francês — Charlie murmurou, mais para si mesmo que para Brad. — Não estou familiarizado com esse tipo de linguagem.

Ele viu Boofer correndo ao redor do local, farejando as ferramentas e a madeira serrada. De repente, ouviu um suspiro vindo da direção de Brad.

— Sinto muito, sr. Moore. Peço que me desculpe.

Charlie virou-se, surpreso. Ao olhar atentamente para o rapaz, ele notou de repente que os olhos de Brad estavam vermelhos. O rapaz estaria tão aborrecido assim?

Charlie bateu de leve na cabeça, aceitando o pedido de desculpa.

— Obrigado. Significa muito, vindo de um rapaz como você. Estou feliz por você ter voltado a mexer no cômodo. Vi Ashley a caminho da casa dos Hansens poucos minutos atrás. Ela vai confeccionar mais contas, acho. Sua esposa trabalha dia e noite montando colares.

Brad chutou um prego solto sobre as tábuas de madeira compensada que ele colocara de atravessado no chão. Passou o dedo num olho e depois no outro. Desta vez, Charlie tinha certeza de que havia algum problema. Ou Brad e Ashley haviam tido uma briga de recém-casados ou algo mais estava perturbando o rapaz. Charlie aprendera a "pescar" respostas quando alguém não queria conversar. Decidindo que aquele seria um bom método, ele curvou-se e pegou um caco de ardósia que havia caído de uma embalagem rasgada.

— Sempre gostei de casas com telhado verde e revestimento de madeira — ele observou, examinando o material com mais atenção que o necessário. — Quando eu era criança, tínhamos uma casa de telhado verde. Todas as vezes que vejo uma, tenho a sensação de estar em casa. Suponho que você vá acabar trocando o telhado da casa toda. Vai ficar bonita.

Charlie fez uma pausa, olhou para o rosto de Brad e lançou sua linha de pesca nas águas profundas.

— Qual é o seu problema, rapaz? Esta tarde você está mais pra baixo que prego na água.

Brad fez uma careta momentânea e, em seguida, curvou o corpo para pegar um martelo no cavalete de serrar madeira.

— Não tenho nenhum problema. Estou bem. Só preciso trabalhar.

— Concordo. Eu não deveria aborrecê-lo por mais tempo, mas me surpreende o fato de Ashley não estar aqui para fazer-lhe companhia. Ela disse a Esther que sente muita falta do marido.

— O horário de Ashley não coincide com o meu. Eu trabalho durante o dia; ela trabalha à noite. Nós nos vemos muito pouco. — Ele começou a brincar com o martelo. — Não me importo. Não ligo para o que ela faz com o tempo dela.

— Essa é uma coisa que eu jamais diria a respeito de Esther. Sempre gostei de saber onde minha esposa está e o que quer fazer, principalmente para passarmos as horas livres juntos. Às vezes isso era difícil, porque eu trabalhava fora e ela cuidava das crianças, mas era muito importante para nós.

— Acho que o casamento era assim antigamente.

Charlie sentiu a ferroada que Brad lhe dera de propósito. Claro, ele poderia ter dito a mesma coisa quando era jovem e cheio de si. Lembrou-se de um tempo em que imaginava viver para sempre. Quando se considerava o marido mais admirável, mais protetor, mais amigo e mais carinhoso do mundo. Quando seus objetivos ocupavam o primeiro lugar na mente. Quando seus sonhos pareciam estar ao alcance da mão.

A experiência e a longa sucessão de anos ensinaram-lhe como a vida realmente era. Ensinaram-lhe que o mais importante era o amor a Deus, à família, aos amigos e ao país. Ele não era o maior nem o melhor em nada. Mas era bom o suficiente, e isso lhe bastava.

— Antigamente, nos bons tempos — Charlie murmurou. — É verdade, Esther e eu éramos loucos um pelo outro. Mas isso muda ao longo dos anos. Claro que muda.

Ele aguardou pacientemente, como um pescador lançando a isca devagar. Logo em seguida, Brad a mordeu.

— Por que as coisas mudam? — ele perguntou mal-humorado. — O senhor e a sra. Moore continuam casados. O senhor não a ama mais?

— Claro que a amo. Mas não sou loucamente apaixonado por ela. Já vivi demais para esse tipo de tolice. Está vendo aquela hera ali? Aquela vermelha, no pinheiro? Se olhar de perto, verá que a hera foi, aos poucos, grudando na casca da árvore. E as partes da casca cresceram ao redor do caule da hera. Foi assim que Esther e eu nos tornamos. Estamos presos firmemente um ao outro. Duas pessoas diferentes, mas grudadas uma na outra. O vento gelado não consegue nos separar. O frio do inverno não consegue nem ameaçar nosso amor. Você e Ashley são assim, não?

Brad jogou o martelo na caixa de ferramentas.

— O senhor está brincando? Nem sei por que nos casamos. Ela fica furiosa comigo quase o tempo todo.

— Furiosa com você? Não pode ser. Ela ajuda Esther na cozinha quase todos os dias, e tece tantos elogios a você que eu tenho de sair de perto com medo de que minha esposa comece a me comparar com você.

— De jeito nenhum, sr. Moore. — Brad virou-se e olhou na direção que Ashley seguia quando ia trabalhar. O pequeno músculo em seu queixo quadrado tremeu de tensão. — Ela é uma... Bem, não vou completar.

— Obrigado.

— Ela pega no meu pé o dia inteiro. "Por que você não deixa as coisas no lugar? Porque não põe a roupa para lavar de vez em quando? Por que não tira seu prato da mesa?"

— Já ouvi essas perguntas muitas vezes.

— É por isso que almoço no Pop-In de Bitty Sondheim quase todos os dias. Se venho para casa para comer alguma coisa, Ashley implica comigo no momento em que piso aqui. Ela espera que a casa seja igual às daquelas revistas idiotas de decoração. Travesseiros empilhados na cama, pratos guardados, sapatos no armário. É ridículo.

— Bom, não sei opinar quanto a travesseiros, mas Esther gosta de manter a cozinha em ordem.

— Ashley comprou travesseiros nos quais não podemos encostar, muito menos dormir neles. Nós *moramos* naquela casa, entende? Ninguém vai tirar fotos dela nem exibi-la numa dessas drogas de "desfiles de casas". Não posso nem pôr os pés na mesinha de café sem que ela tenha uma crise de nervos.

— Hummm. As mulheres são assim. Levei anos para descobrir o que fazer para conquistar Esther. Não foi o dinheiro que eu ganhava. Não foi meu corpo perfeito. Não foi este rosto lindo.

Charlie alisou o queixo como se estivesse se admirando no espelho e viu que, finalmente, conseguiu tirar um pequeno sorriso de Brad. O rapaz sentou-se num balde emborcado e balançou a cabeça, desanimado. Boofer andava de um lado para o outro e cutucou a mão de Brad com o focinho.

— Não sei por que minha mulher age dessa maneira — ele disse, acariciando a cabeça peluda do cão. — Ashley era louca por mim, sr. Moore. Ela me agradava todos os dias. Vivia me beijando, cozinhando para mim e pendurada em meu pescoço como uma daquelas drogas de colares que ela faz. Agora, sou um bêbado, não sei ganhar dinheiro, sou preguiçoso, sou maçante... Ela chegou a fazer menção do grande D.

— Grande D? — Charlie percorreu um dicionário mental, mas só pensou em palavras que se encaixavam em sua vida. *Demência. Desespero. Dor. Destruição.*

— Divórcio — Brad disse, levantando-se e resmungando palavras obscenas entre os dentes. — Qual lugar é o lance daqui? Parece que convivo com um monte de panacas. Não quero ofendê-lo, sr. Moore, mas vocês parecem tão velhos que não têm ideia do que se passa no mundo real. Deepwater Cove... Por que Ashley quis comprar uma casa aqui? É como morar num cemitério. Não há nada para fazer. Ninguém com quem conversar. Não se pode soltar fogos de artifício, nem pilotar uma moto, nem dar um mergulho, nem fazer nada divertido.

Desta vez Brad chutou a caixa de ferramentas, e Charlie começou a imaginar o que o rapaz faria em seguida. Com as mãos fechadas dentro do bolso, Brad contemplava o lago. Charlie reconheceu-se na figura daquele jovem. Frustrado, zangado, sem saber o que fazer. Seus primeiros anos com Esther foram alegres, mas também uma bagunça de mensagens confusas e reviravoltas. Ela o amava? Ou o odiava? Ele era um rei? Ou um palhaço?

— Eu sou velho, tudo bem — Charlie admitiu, embora se considerasse muito mais esperto do que Brad imaginava. — Mas não sou velho demais para lembrar que não duvidei de ter feito a coisa certa ao me casar com Esther. Uau, aquela mulher era osso duro de roer. Falava o tempo todo. Às vezes, do nada, ela abria um berreiro como se o mundo fosse acabar. Quase sempre eu não tinha ideia do que havia provocado aquela explosão, mas no fim a culpa sempre era minha.

— Parece Ashley. Esse é o pior defeito dela. Ela fala, fala, fala sem parar. Quer me contar tudo sobre o seu dia, sobre as pessoas que conheceu e sobre o que cada uma fez e disse. Ai de mim se não prestar atenção em cada palavra e não der a resposta certa! Ela fica furiosa.

Charlie deu uma risadinha.

— Esther também é uma mulher de opinião. Eu esperava que essas opiniões se concentrassem no homem maravilhoso que eu era e na felicidade que ela sentia por ser minha esposa. É claro que eu estava totalmente errado. Na verdade, pensando nisso, Esther continua mal-humorada e teimosa.

— Ashley diz que nunca presto atenção no que ela diz. E ela está certa. Quem se importa com o que Brenda acha dos sofás? E quanto a Cody, aquele cara é doido. Ashley diz que ele é uma gracinha, bonito, doce, divertido e blá-blá-blá. Às vezes parece estar apaixonada por *ele*.

A mágoa na voz de Brad confirmou exatamente o que Charlie precisava saber. O rapaz amava profundamente a esposa e queria agradá-la. A ideia de perdê-la para outro homem, mesmo para um "doido" como Cody, era suficiente para amargurá-lo. Isso significava que havia esperança para aquele casamento conturbado. Aparentemente, havia sobrado apenas uma centelha de afeto entre os dois, mas Charlie tinha muita fé de que Deus seria capaz de atiçar aquela chama.

— Vou lhe contar uma coisa — ele disse antes de ter a oportunidade de refletir em suas palavras. — Que tal se eu o ajudasse nesse cômodo extra? Tenho tempo para conseguir o alvará de construção e levar sua ideia às autoridades. Sei manejar a serra circular e a pistola de pregos, e conheço uma caixa de ferramentas por dentro e por fora. Quem sabe se a gente conseguir deixar tudo isso pronto antes do próximo verão, Ashley vai achar que você continua a ser o Príncipe Encantado?

Brad olhou para o homem idoso. Evidentemente, ele não entendeu muito o que viu.

— Ela não vai ficar feliz, mesmo que eu termine a garagem.

— E se for o quarto do bebê?

Assentindo com um resmungo, Brad deu de ombros.

— É, pode ser, mas tenho outras coisas pra fazer após o expediente.

— Imagino que o Bar do Larry não irá à falência se deixar de receber o dinheiro de seu salário. O que você diz, Brad? Já pensou no que um rapaz e um velhote poderão fazer para transformar esta pilha de entulhos num verdadeiro cômodo?

— Não sei, sr. Moore. — Brad andava de um lado para o outro na área da construção como um tigre enjaulado. — Talvez eu devesse cair fora. Se ela me odeia tanto assim, por que continuar aqui? Não preciso disto, sabe? Ganho um bom dinheiro, e há um monte de mulheres querendo cuidar de mim. Não vejo motivo para me matar de trabalhar para construir este cômodo para Ashley se ela já está planejando pedir o divórcio. Preciso acabar logo com isso e ir embora enquanto posso.

— Você não quer fazer isso, quer? Vocês já completaram um ano de casamento, rapaz? Têm que, pelo menos, estabelecer esse marco na vida.

— Conforme eu disse, não quero ofendê-lo, mas o senhor é muito velho para saber como as coisas funcionam hoje em dia. As pessoas se divorciam o tempo todo. Isso acontece, sr. Moore. A família da maioria dos meus colegas do ensino médio era composta por pais, padrastos, meios-irmãos e os filhos dos padrastos. É assim que as coisas são.

— Pode ser, mas não é assim que Deus deseja. Ele prefere que o homem e a mulher permaneçam juntos e tentem fazer o possível para resolver os problemas. Às vezes não conseguem, mas penso que os casais desistem muito cedo. Estou casado há quase cinquenta anos. E como foram todos eles com Esther, tem valor muito mais que isso.

Brad riu.

— Ashley acha a sra. Moore uma mulher perfeita. Vou lhe dizer uma coisa, mas não é nenhuma crítica. Imagino que, se eu vivesse com sua mulher, ficaria louco. Qual é o problema com o cabelo dela, sr. Moore?

— Ah, é o estilo dela. Cada mecha no lugar. — Charlie pensou na maneira como Esther recuava quando a mão dele se aproximava do cabelo dela. Nas poucas vezes que conseguiu tocar aquelas madeixas brancas e brilhantes, descobriu que eram ásperas e sólidas como uma casquinha de chocolate por cima de um sorvete.

— É, deve ser — Brad disse. — Por mim, está tudo bem. Tenho certeza de que Ashley vai concordar comigo.

— O que está tudo bem? O cabelo de Esther?

— Não. O senhor e eu. Construir o novo cômodo juntos. Se o senhor conseguir o alvará, vou providenciar o que precisamos para continuar a construção. Acho que consigo um bom negócio com o material de vedação, e o empreiteiro para quem trabalho provavelmente me emprestará as ferramentas maiores que vamos usar, mas só nos fins de semana. Vou conversar com ele amanhã sobre o projeto. O trabalho vai ficar mais fácil se trabalharmos juntos, mesmo que o senhor não seja muito forte. Vou sair do trabalho por volta das quinze horas. O que o senhor acha?

Charlie franziu a testa por um momento ao entender subitamente que se comprometera com um projeto de longo prazo justo quando o inverno se aproximava. E mais, Brad Hanes era um rapaz grosseiro, respondão, boca-suja, nariz empinado e provavelmente a caminho do alcoolismo e do divórcio. A ideia de trabalhar com um homem que sempre bebia não agradou Charlie nem um pouco.

Além disso, Esther ficaria sozinha em casa. Atualmente, isso seria um problema. Exatamente no dia anterior, ele a vira tirar uma caneca ainda suja do lava-louças. Antes que ele tivesse tempo de impedi-la, ela encheu a caneca com café e afastou-se cantarolando. Ela não percebeu o que havia feito. Nem cogitou em ver se a caneca estava limpa. Charlie estava encrencado, para dizer o mínimo.

— Ah, deixe pra lá — Brad disse, pegando e abrindo uma lata de cerveja do engradado. — Ashley casou comigo, e vai ter de me aceitar como sou ou cair fora. Não dou a mínima para este cômodo. Em primeiro lugar, foi uma ideia boba.

— Ei, espere um pouco. — Charlie analisou o rosto do rapaz, que estava tomando um grande gole. — Saiba de uma coisa. Vou ajudá-lo, mas somente sob algumas condições. Nada de cerveja no trabalho. E você vai ter sua cota de trabalho. Tenho folga durante as manhãs, mas não pretendo trabalhar aqui sozinho. Você vai fazer a sua parte, eu vou fazer a minha, e terminaremos o trabalho.

Brad tomou outro gole e olhou para Charlie.

— Esta propriedade é minha. Bebo o que eu quiser.

— Não se quiser minha ajuda.

— Nada de palavrões. Nada de cerveja. Acho que isso também significa nada de ervas, hein? — Brad riu.

— Você tem muitas ervas plantadas aqui, mas não do tipo que pode nos levar para a cadeia. Nada de ervas, Brad.

— Tudo bem. — Amassando a lata, ele olhou para ela por alguns instantes e atirou-a na madeira atrás da casa. — Então, até amanhã.

Com um aceno, Charlie assobiou para chamar Boofer e dirigiu-se ao carrinho de golfe. Ela já havia tomado várias decisões erradas na vida, mas imaginou que esta última fosse a pior. Quando o cão se acomodou no assento de vinil ao lado dele, Charlie pôs o veículo em movimento. Chegariam logo em casa, e sem dúvida Esther ficaria mais que encantada ao saber que ele ia ajudar o marido de sua doce e querida Ashley.

Havia, porém, uma coisa que Brad dissera durante a conversa que estava incomodando Charlie muito mais do que a ideia de trabalhar com um rapaz grosseiro, que não merecia ajuda.

"Há um monte de mulheres querendo cuidar bem de mim", ele se vangloriara.

Um par de olhos irrequietos era um dos sinais mais comuns de um casamento com problemas. Será que o mesmo havia ocorrido com Esther? Será que ela andou tão frustrada com seu marido trabalhador, desatento e um pouco exigente a ponto de deixar-se levar pelo cuidado de outro homem?

"George Snyder." O nome foi pinçado através das lembranças confusas no cérebro de Charlie, como acontecia frequentemente desde o dia em que ele encontrara o desenho na gaveta da cômoda de Esther. Mas desta vez o nome se deteve ali e permaneceu.

Charlie parou o carrinho de golfe e olhou para o lago. Ele conhecia aquele homem. George Snyder morava no fim do corredor do mesmo andar do primeiro apartamento dos Moores. Era loiro, cordial, tinha olhos azuis e, na visão de Charlie, não passava de um vagabundo vivendo à custa do que o pai lhe deixara. Não tinha emprego, e sua cabeça era cheia de fantasias. Um artista, era o que ele planejava ser. Um ilustrador de revistas e jornais importantes da cidade. Charlie mal dera atenção àquele sujeito.

Esther, porém, permanecia em casa do momento em que o marido saía do apartamento até a noite. Sozinha. Sem ninguém. Louca para conversar. Necessitando de companhia.

Apesar de sua infelicidade, ela implorara a Charlie que não assumisse o cargo de inspetor postal em Washington, DC, para onde teriam de se mudar. Eles só tiveram casa própria depois que o apartamento do fim do corredor vagou — o inquilino partiu para Nova York em busca de seus sonhos.

Será que Esther teria dito algo semelhante ao que Brad dissera? "Há outro homem querendo cuidar bem de mim", Charlie quase ouviu o soluço dela. "E o nome dele é George Snyder."

8

— **Não, claro que não!** — Esther replicou sem hesitação à pergunta do marido, quando ele entrou em casa após a ronda no carrinho de golfe. Ela havia separado contas de argila até aquela hora da noite e estava exausta. As mãos doíam, e os olhos ardiam. A bem da verdade, ela não estava absolutamente certa de ter colocado as contas nos compartimentos certos da caixa de plástico de Ashley. Preparando-se para um banho de banheira e depois dormir, ela surpreendeu-se ao ouvir a grande novidade contada por Charlie.

— Por que eu me importaria de você ajudar Brad a construir o cômodo novo? — ela perguntou. — Estou encantada, querido. É uma ajuda inestimável a um vizinho.

Ela atravessou a sala de estar, pôs-se na ponta dos pés, passou os braços ao redor do pescoço do marido e deu-lhe um beijo no rosto. Charlie exalava o cheiro da rua — fumaça de chaminé, folhas caídas, prenúncio de chuva. A jaqueta dele estava fria, e ela esfregou as mãos nos braços dele.

— Brrr! Não posso acreditar que você esteve andando por aí por tanto tempo. — Ela ajoelhou-se e acariciou o cão. — Pobre Boofer. Você estava com frio? Por que não pediu ao papai que o trouxesse para casa? Estavam conversando com Brad Hanes? É verdade que ele disse isso? Sério? Que bom!

Em geral, Charlie ria quando ela fingia ter uma conversa com o cãozinho preto que eles adotaram em um abrigo de animais quase oito anos atrás. Naquela noite, Charlie não esboçou nenhum sorriso. Dirigiu-se à sua poltrona reclinável, afundou-se nela e pôs os pés no apoio para descansá-los. Quando ele esticou o braço para pegar o controle remoto, Esther pôs a mão em cima do aparelho.

— Não seja tão rápido no gatilho esta noite, Roy Rogers[1] — ela lhe disse. — Quero saber mais a respeito desse projeto. O cômodo vai ser quarto de bebê ou garagem?

Charlie virou-se para ela, e, pela primeira vez depois de tanto tempo, Esther achou-o envelhecido. Isso acontecia de vez em quando, e pegava Esther de surpresa. Na mente dela, eles eram mais ou menos como sempre foram. Um casal de pombinhos felizes e sortudos, arrulhando, construindo um ninho, criando os filhotes, enviando-os ao mundo para voar com as próprias asas e, então, acomodando-se para o descanso de um longo verão.

De vez em quando, porém, ela via que estava sentada à mesa com um homem idoso. Ele tinha cabelo branco, usava óculos trifocais e exibia um conjunto fascinante de rugas ao redor da boca e dos olhos, semelhante a uma teia de aranha. De onde viera aquele homem, e o que estava fazendo em sua mesa de jantar?

O mesmo acontecia quando ela via seu reflexo. Quem era aquela velha encarando-a? Baixa demais, de corpo rechonchudo e cabelo cor de prata, tinha pernas gorduchas e pés meio tortos. Em que se transformara a garota de sapatos *oxford*, saia esvoaçante, cachos castanhos macios e um sorriso que atraía os garotos como abelhas em direção a uma nova rosa?

— Não sei o que fazer com aquele casal — Charlie disse, e por um momento Esther imaginou que seu marido estivesse falando dele próprio e da esposa. Ele prosseguiu. — Brad ama muito Ashley, mas o rapaz tem ainda muita coisa para aprender. Não sei o que deu em mim para lhe oferecer ajuda.

— Você é um velho de coração mole — Esther disse, sentando-se perto dele no sofá. — Não me surpreende nem um pouco que você queira dar uma mão àquelas crianças. Ashley está passando por momentos terríveis, você sabe. Ela tem medo de que Brad se torne alcoólatra. Penso que ela está assustada, com medo de que o casamento termine em divórcio.

— Ele também está.

— Ele lhe contou isso? — Esther pôs a mão no coração e suspirou fundo. — Ah, Charlie, não podemos permitir que isso aconteça. Quero que eles tenham um casamento longo e feliz como o nosso. Ashley está muito ansiosa para ter filhos, e dará uma mãezinha perfeita. Brad é bonito e trabalhador. Mas sabe de uma coisa? Ele gasta dinheiro a torto e a direito. E nunca ouve a coitada da Ashley. Ela se sente muito sozinha, embora seja recém-casada e tenha uma casa bonita e muitos vizinhos. Se ela não tivesse a mim para conversar, não sei como essa menina conseguiria sobreviver.

Charlie mordeu os lábios, e isso dizia a Esther que o marido tinha algo em mente. Depois de tantos anos, ela mal precisava olhar para o marido. O som da voz dele ou a maneira como andava o traía.

— O que há de errado? — Esther perguntou, sabendo muito bem o que ele responderia.

— Nada.

— Ótimo — ela replicou — porque vou dormir. Fiquei separando contas até quase desmaiar de cansaço.

Ela fez um movimento para se levantar, mas deteve-se um pouco para receber a resposta que esperava.

— Esther? — Charlie disse em voz alta. — Você já se sentiu sozinha? Quero dizer, em nosso casamento. Você disse que gostaria que Brad e Ashley tivessem uma vida feliz como a nossa. Mas nossa vida tem sido feliz para você?

— Você é a pessoa mais boboca que conheço — ela disse para provocá-lo, batendo de leve no joelho dele. — Sim, sou feliz. Por acaso pareço um trapo infeliz, jogado num canto qualquer?

— Não, mas você disse algumas coisas no hospital que me preocuparam. Você se culpa por nossos problemas. Disse que me magoou. E isso me fez pensar que o oposto seja verdadeiro. Talvez eu a tenha magoado, Esther.

— Você nunca me magoou. Nem uma vez. — Ela pensou por um instante. Atualmente, era mais fácil lembrar-se de eventos antigos que lembrar-se do que ela acabara de fazer.

— Nunca mesmo?

— Bom, tivemos nossas discussões, e talvez você tenha me decepcionado uma ou duas vezes — ela admitiu. — Você se esqueceu do Dia dos Namorados um ano. Não me deu cartão nem presente, nada. E me deu aquele globo de neve no Natal, lembra? O que havia dentro? Um posto de gasolina! Por que você achou que eu ia gostar de um posto de gasolina dentro de um globo de neve, Charlie?

— Éramos muito pobres e eu não podia comprar-lhe um presente que você realmente queria. Você mencionou uma vez que adorava globos de neve. Vi uma promoção de um posto de gasolina no jornal. A cada 80 litros de gasolina, a pessoa ganharia um globo de neve. Todas as vezes que o tanque estava baixo, eu abastecia o carro lá e o frentista perfurava meu cartão fidelidade. Então consegui o número de furos suficiente para ganhar o globo de neve para você.

— E por que um posto de gasolina dentro de um globo de neve? Que mulher haveria de querer ver aquilo? — Enquanto falava, Esther sentiu um conhecido manto de escuridão envolvê-la.

Desde o acidente, uma sensação de frustração e tristeza a seguia, pairando, esperando envolvê-la enquanto ela prestava atenção em outra coisa. Ela tentava ver o lado bom das pessoas, mas quase sempre elas simplesmente a irritavam ao extremo. E muitas coisas deram errado. Pequenos aborrecimentos — e a maioria acontecera por descuido dela.

— Estávamos casados havia pelo menos um ano, não? — ela perguntou a Charlie. — Àquela altura, você já devia me conhecer melhor. Gosto de presentes bonitos. Joias, flores, até chocolate. Sei que você não tinha dinheiro, mas quanto custava uma caixa de bombons naquela época? Menos que um tanque de gasolina, aposto. Eu adorava me divertir e era muito animada. Você poderia ter me levado ao zoológico ou até feito um presente para mim, com suas ferramentas, Charlie. Eu gosto de artesanato. Uma peça artística teria sido ótimo. Mas um globo de neve com um posto de gasolina dentro? Bom, isso não importa agora. Dei aquela coisa a Charlie Jr. alguns anos atrás.

Esther percebeu que seu marido a olhava através das lentes trifocais. Ela se esquecera do que eles estavam falando — um súbito apagão no cérebro era habitual nos últimos tempos. Ela não tinha ideia de como chegaram ao assunto de globos de neve. Charlie era capaz de lembrar-se das coisas mais loucas.

— Vou tomar banho — ela avisou. — Estou muito cansada, e você me deixou como um trapo. Não importa que tipo de dor ou sofrimento senti; ainda tenho de tomar conta de você como se fosse um garotinho. Não sei como eu tinha ânimo para cozinhar, lavar, passar e cuidar das crianças, e satisfazer suas necessidades.

Desta vez a intenção dela era levantar-se, mas Charlie segurou-a pelo braço.

— Sente-se, Esther. Ainda não terminei a conversa.

Ela bufou. Será que ele não ouviu que ela queria tomar banho?

— O que você quer saber?

Charlie olhou para a TV, com o olhar fixo na tela desligada, como se ele também tivesse esquecido o assunto da discussão. Em seguida, virou-se para ela.

— É sobre o nosso casamento. Lá no começo, quando morávamos naquele apartamento pequeno. Eu finalmente me lembrei de George Snyder.

O coração de Esther bateu descompassado.

— George? O homem que morava no fim do corredor?

— Você conversava muito com ele?

— Acho que sim. Não se passa por um vizinho sem conversar. Sinceramente, Charlie, primeiro você falou do globo de neve e agora mencionou uma pessoa da qual ninguém se lembra. Não consigo imaginar de onde você tirou isso, mas estou começando a imaginar que suas artérias estão entupindo... O que me fez lembrar que... ligaram hoje do consultório do médico de Springfield. A recepcionista queria marcar a minha angioplastia, e decidi na hora que não quero ninguém mexendo em mim desse jeito. Por isso, pedi a ela que tirasse meu nome da lista. Imagino que se já convivi com esse problema por tanto tempo, posso viver bem por mais alguns anos.

Desta vez foi Charlie quem retesou o corpo. Ele derrubou o apoio para os pés e inclinou-se para a frente na poltrona reclinável.

— O que você quer dizer com "tirar meu nome da lista"? Você não pode desistir de um procedimento como esse, Esther! Metade de sua carótida está obstruída. O médico disse que precisa cuidar dela.

— Não, ele não precisa. A artéria é *minha*, e eu decido se alguém vai mexer nela. Além disso, tenho outra artéria perfeitamente saudável do outro lado do pescoço.

— Uma só não basta!

Agora Charlie estava agitado, e Esther se arrependia de ter mencionado o telefonema do consultório. No entanto, isso serviu para afastar George Snyder da cabeça do marido.

— Preste atenção, Charlie Moore — ela disse. — Não vou permitir que aquele médico enfie um balão em minha artéria. E com certeza não vou permitir que ele raspe nenhuma placa. Você sabia que essas artérias são muito pequenas? Dê uma olhada aqui. Você gostaria que alguém enfiasse um balão em *sua* veia? Acho que não. Você já desentupiu o ralo da cozinha muitas vezes, e sabe como funciona. A sujeira misturada com gordura tem de ir para algum lugar. Depois você retira toda essa sujeira do cano, e ela vai direto para o esgoto.

— Não estamos falando de encanamento, Esther. Essas artérias transportam o sangue de que você necessita.

— É a mesma coisa. O médico pode descolar um pedaço de placa, e ela irá direto para meu cérebro. Nós dois sabemos o que isso significa. Quer que eu tenha um derrame, Charlie? Pense nisso. Você quer mesmo que eu passe por um sofrimento tão devastador? Mesmo que eu sobrevivesse, teria de passar por toda aquelas sessões de fisioterapia, como ocorreu com minha mãe. Você perderia a paciência, e eu também. Não, muito obrigada. Foi o que eu disse hoje, e chega de conversa. E não se atreva a levantar o assunto de novo, senão teremos outra discussão.

Levantando-se, ela afastou a mão do marido quando ele tentou segurá-la. Sem permitir que ele voltasse a falar, Esther dirigiu-se penosamente ao banheiro. Ela detestava aquelas desavenças com Charlie.

Quase sempre surgiam algumas questões, e mesmo depois de quase cinquenta anos elas nunca foram resolvidas. Por exemplo, Esther não gostava dos sogros. Eles achavam que ela não soubera criar os filhos. Quando Ellie se envolveu com drogas e bebidas, eles tiveram um trunfo nas mãos. Ah, pareciam tão superiores quando vieram visitá-los para discutir o que deveria ser feito com a neta. O problema não terminou nem com a morte deles. De vez em quando, Charlie mencionava sua querida mãe ou seu velho e querido pai. Esther fazia o possível para refrear a língua, mas às vezes nem sequer tentava.

Ela tampou o ralo da banheira e abriu a torneira. Depois, espalhou sais de banho aromáticos. Enquanto dissolvia os sais, ela começou a pensar numa série de coisas que seu marido fazia para irritá-la. Ele deixava sua enorme bota de neve molhada na porta da casa. Esquecia-se de encher o bebedouro dos passarinhos. Estava sempre vendo aqueles programas malucos de entrevistas ou gritando durante os programas de perguntas e respostas, como se estivesse competindo. E, apesar de velho, o homem estava sempre correndo atrás dela para "fazer uma festinha", conforme ele dizia. Será que ele não tinha ideia do que a palavra *osteoporose* significava?

Era difícil entender como Esther se dera ao trabalho de incentivar Ashley a levar o casamento adiante. Charlie andava tão complicado nestes últimos anos, e Brad Hanes parecia dez vezes pior.

Quando entrou na banheira e se acomodou na água morna, Esther sentiu que, finalmente, seus nervos começaram a relaxar. Os maridos eram, às vezes, uma provação. Mas, pensando no assunto, eles não eram muito diferentes dos cães. Boofer sempre queria sair de casa. Depois de dar algumas voltas, ele latia querendo entrar. Teve pulgas, alergias e vermes. O dinheiro que eles gastaram com veterinários foi assombroso. Isso sem levar em consta os acidentes ocasionais do cão no tapete da sala ou no ladrilho da cozinha.

Bom, pelo menos Boofer não trazia para casa globos de neve com postos de gasolina. Nem fazia perguntas irritantes. O que estaria perturbando Charlie para sempre tocar no nome de George

Snyder? Deixe as coisas do passado enterradas no passado — esse era o lema de Esther. E, se dependesse dela, o nome do artista que morava no fim do corredor jamais voltaria à tona.

— **Sabe em quem** andei pensando hoje? — Pete perguntou assim que ele e Patsy se sentaram lado a lado na sala escura e vazia do cinema no *shopping* da praia de Osage. — Em Esther e Charlie Moore.

— Esther apareceu no salão ontem para pentear o cabelo, como fazia todas as semanas — Patsy disse. — Foi bom vê-la de volta. O CAC não era o mesmo sem Esther, e senti a falta dela todas as sextas-feiras à tarde. Por que você pensou neles?

Patsy conseguira entrar em sua saia lápis e usava suéter e botas de couro de cano longo. Havia cacheado o cabelo loiro, refeito as unhas e colocado cílios postiços tão discretos e naturais que Pete não chegou a notá-los. Em sua imaginação, ela se via como uma leoa esguia, andando a esmo pela savana. Mas se sentia como uma linguiça com tanto recheio a ponto de estourar. Ela teria de deixar de comer no Pop-In, caso contrário não caberia mais dentro das roupas.

— Charlie abasteceu o carro esta manhã — Pete contou-lhe. — Conversamos sobre amenidades: clima, pescaria, futebol. Ele disse que a seguradora decidiu dar perda total no carro de Esther. E ele não está planejando comprar outro.

— Que bom. Esther contou ao pessoal do CAC que os dois adormeceram no caminho de casa depois da consulta ao médico em Springfield. Foi engraçado. Mas quando a gente pensa no que poderia ter acontecido...

Apesar das dúvidas que teve antes de tomar a decisão de sair com Pete, Patsy estava se sentindo à vontade. Ele parecia bonito depois de ter feito a barba e penteado o cabelo. Em vez das costumeiras camisetas, Pete estava usando camisa social para dentro da calça *jeans*, com um cinto. Patsy não se lembrava de tê-lo visto usando cinto. No todo, ele tinha boa aparência. As roupas que ele costumava vestir deixavam-no barrigudo e desleixado. Mas naquela noite, ela achou que ele poderia ser descrito como um homem robusto. Seus ombros enormes ocupavam o encosto da poltrona do cinema de um lado ao outro. Ele tinha pernas compridas e musculosas. Pernas bonitas, para um homem, claro.

— Não gosto de quem dirige como louco — Pete disse. — Gosto de corridas de carro, e tenho ouvido reclamações a respeito do número de acidentes. Mas vou lhe dizer uma coisa, Patsy. Aqueles pilotos sabem exatamente o que estão fazendo. Eles também tomam muito cuidado com segurança. Acho bom Charlie deixar Esther sempre sentada no banco do passageiro. Por que correr o risco de outro acidente?

A propaganda exibida no telão havia terminado, e agora o projetor mostrava o *trailer* dos próximos filmes. Alguém atrás deles deixou cair um saco aberto de jujubas, e elas rolaram pelo chão. No ar, pairava o aroma de pipoca e salgadinho de queijo. Foi nesse momento que Pete passou o braço por atrás da poltrona de Patsy e passou-o ao redor do ombro dela.

No momento em que Pete a envolveu com aquele braço musculoso, Patsy desviou a atenção do que se passava na tela. Puxa, aquele homem tinha um cheiro bom. Ela reconheceu o aroma de pinho da loção pós-barba, do qual sempre gostou. A mão dele pousava firme em seu ombro, e ele puxou-a um pouco mais para perto de si.

— Sabe o que eu estava pensando sobre os Moores? — ele cochichou no ouvido de Patsy. — Estava pensando que eles foram feitos um para o outro. Como nós.

— Nós? — Aquele pronome foi tudo o que ela conseguiu resmungar antes que o filme começasse.

Pete escolhera o filme, e Patsy tentou concentrar-se na perseguição de carros, nos tiroteios, no barulho frequente e nas explosões. Mas só conseguia pensar nas palavras de Pete. Será que ele e Patsy haviam sido feitos um para o outro? Será que tinham alguma semelhança com Esther e Charlie Moore, casados havia tanto tempo?

A partir do momento em que conhecera o vizinho no centro comercial de Tranquility, Patsy só conseguiu notar as diferenças entre os dois. Pete era barulhento. Ela era silenciosa. Pete era tão desorganizado e descabelado que ela quase sempre se referia a ele como cão felpudo ou urso grande e desajeitado. Patsy adorava roupas modernas, cosméticos bonitos, unhas benfeitas e perfume caro. Ela estava constantemente mudando o cabelo — experimentando novas cores e penteados, tentando sempre ter a melhor aparência possível —, ao passo que Pete raramente se preocupava em cortar o dele, que crescia de forma irregular em volta das orelhas e pescoço. Ele só aparou a barba quando ela reclamou.

Quanto ao passado de cada um, não havia nenhuma semelhança entre eles. Embora a família de Patsy fosse pobre, eles valorizavam a moral e os bons costumes. A dedicação dos pais dela a Cristo e um ao outro havia proporcionado um alicerce firme para sua infância. Depois que o pai morreu e a mãe ficou doente, Patsy abandonou praticamente sua vida social para cuidar da mulher que a criara.

Pete, por outro lado, crescera sem nenhuma religião nem outro tipo de princípio moral. Havia sido um beberrão. Admitira ter sido um marido relapso para as duas ex-mulheres. Foi preso por dirigir embriagado. O tempo de abstinência passado num centro de reabilitação e alguns cursos de administração na faculdade levaram-no a seguir um caminho melhor. Apenas depois de ter se mudado para o lago de Ozarks foi que ele começou a frequentar uma igreja e a trabalhar regularmente.

Enquanto alguns pobres coitados na tela eram baleados oito vezes, Patsy decidiu que Pete não era absolutamente a pessoa certa para ela. Eles não haviam sido feitos um para o outro. Não havia nenhum *nós*.

No exato momento em que ela começou a prestar atenção no filme e descobrir quem estava tentando matar quem, Pete inclinou o corpo na direção dela e deu-lhe um beijo carinhoso no rosto.

— Você está usando um perfume delicioso esta noite, Patsy — ele murmurou. — Estou feliz por ter aceitado vir ao cinema comigo.

Todos os elementos da razão e do bom senso empilhados na mente de Patsy desabaram de uma só vez. Agradecida a Deus porque o cinema estava quase vazio, ela fechou os olhos quando ele beijou-a novamente. Por que, ah, por que ela sentiu aquele desejo ardente ao toque dos lábios dele em sua pele?

Patsy concentrou-se em formar as palavras de uma oração para pedir ajuda. Certamente o bom Deus não permitiria que ela sucumbisse a um homem apenas por puro prazer. Será que Deus não a ajudara a erguer uma enorme barreira contra aquele tipo de coisa? Ela decorara muitos versículos bíblicos, quase tantos como Cody, e sabia que não deveria envolver-se com um homem que não tinha a mesma fé que ela. Os relacionamentos aprovados por Deus eram fundamentados em união espiritual, amizade, zelo mútuo e não... não...

Ah, aquele beijo foi muito doce. Agora os lábios de Pete tocavam os dela. Patsy virou-se e envolveu-o com seus braços. Ele puxou-a para mais perto e beijou-a de novo. E de novo. Ela tocou o cabelo dele com as pontas dos dedos e descobriu que eram macios, muito diferentes do queixo quando raspou o dela.

Ó céus, era maravilhoso ter Pete abraçando-a com aquele cheiro de homem, músculos de homem e pele de homem. Patsy passara grande parte da vida convivendo com mulheres. Pete, porém, era homem em todos os sentidos, e ela achava que sempre haveria de querer mais.

— Eu gostaria de beijá-la o tempo todo — ele murmurou. — Você é mais doce que mel, garota.

— Só mais uma vez — ela respondeu baixinho.

Ele ficou mais que feliz com a ordem, e Patsy sentiu o mesmo. *Eternamente.* Queria ficar nos braços daquele homem pelo resto da vida. Fazia muitos anos que ninguém lhe proporcionava tanta satisfação e alegria — e tudo acontecera no curto espaço de tempo entre algumas batidas de carro e tiroteios que mataram a maioria dos personagens do filme.

Não, não foi bem assim. Aquele redemoinho de emoções se formara entre eles havia muito tempo. Ao longo dos meses, eles haviam brigado, discutido e deixado de conversar um com o outro. Haviam rido juntos, provocado um ao outro, flertado. Mas mantiveram uma distância cuidadosa, sem revelar muita coisa nem fazer confidências a respeito de seus sentimentos. Até aquela noite, naquele cinema, no escuro.

— Eu amo você, Patsy — Pete disse no ouvido dela. — Amo tanto que nem acredito em mim. Faz tempo que tenho sentido isso, mas não tinha certeza. Mas, com você aqui esta noite, não tenho mais dúvida. Eu amo você, e ponto final.

Seria suficiente ele ter dito apenas as três primeiras palavras. Mas, quando Pete confessou sua dúvida inicial e a certeza que sentia agora, o coração de Patsy amoleceu. Como um bloco de parafina derretendo-se na seção de manicure, seus escrúpulos, hesitações e medos dissolveram-se. Pete Roberts a amava. Amava-a de verdade. E ela também o amava.

Engolindo as lágrimas inesperadas, Patsy olhou para a tela e viu um grupo de homens ofegantes e sangrando, com roupas rasgadas e rosto escurecidos pela fumaça, abraçando-se e caminhando em direção ao pôr do sol da floresta. A música aumentou, a tela escureceu e a lista de diretores, produtores, artistas e outros profissionais começou a rolar.

O que havia acontecido? E mais importante ainda: o que viria a seguir? Patsy mal conseguiu ficar em pé quando Pete a levantou da poltrona e segurou-lhe a mão. A saia lápis enrolara-se pelo menos 15 centímetros acima dos joelhos, e ela puxou a barra para ajeitá-la. Segurando a bolsa com força de encontro ao peito, como se fosse uma barricada, ela passou pela fileira de poltronas e acompanhou Pete pelo corredor até o saguão.

— Oi, Patsy e Pete!

A voz de Cody pôs Patsy em alerta total, e ela avistou o rapaz sentado num banco perto do balcão de doces.

Ele levantou-se e acenou.

— Não sabia que vocês estavam aqui — ele exclamou. — Estou aqui também. O que vocês acharam?

— Você estava no cinema? — Pete perguntou. — Viu o filme de guerra?

— Não, vou entrar agora. Mas não vou ver esse filme. Vamos ver um filme que tem água e açúcar.

Patsy olhou para os cartazes enfileirados na parede à procura de um filme que se encaixasse na descrição de Cody.

— Você veio com quem?

Naquele instante, Jennifer Hansen estava saindo do toalete feminino. Patsy quase morreu de susto. A moça loira, vestida com calça cáqui e blusa azul-claro, sorriu ao vê-los. Evidentemente tentando disfarçar um largo sorriso, ela juntou-se ao grupo.

— Ei — Jennifer disse. — Vocês se divertiram?

Pete sacudiu os ombros.

— Vimos um filme de guerra. Bastante violento.

— Muitos tiros — Patsy acrescentou.

Durante o tempo em que conversaram, Patsy olhava ora para Jennifer, ora para Cody. Como era possível? Será que ele a pedira em namoro? Jennifer aceitara? O que isso significava?

— Cody disse que vocês vão ver um filme que tem água e açúcar — Patsy disse. — É um filme sobre o quê?

Jennifer olhou de relance para Cody. Então sorriu e cutucou-o com o cotovelo.

— Ah, é um filme romântico, água com açúcar! Foi isso o que ele quis dizer.

— Água com açúcar — Cody repetiu. Ele inclinou o corpo para confidenciar a Patsy. — É um filme para garotas, mas vou assistir assim mesmo.

Patsy riu. Certamente ele estava bonito, trajando jaqueta, calça social e camisa branca. O cabelo encaracolado estava cortado no comprimento perfeito. Talvez Jennifer Hansen — ou seu generoso coração cristão — estivesse disposta a deixar de lado alguns atributos mais inusitados de Cody e fazer amizade com o rapaz. Cody não era apenas um moço de boa aparência; era gentil, bondoso e sempre sincero, igual a Jennifer. Patsy esperava que Jennifer soubesse o que estava fazendo

— Ah, eles chegaram! — Jennifer disse, feliz. — Jessica e o noivo vieram passar o fim de semana aqui. Decidimos no último minuto reunir o pessoal e assistir a esse filme. Veja, Cody, há mais gente da igreja. Eles já compraram comida. — Ela sorriu novamente para o outro casal. — Desculpem, mas temos de correr. Vamos, Cody. — Jennifer segurou a mão dele e saíram apressados.

Quando se aproximaram do resto do grupo, Cody virou-se e gritou por cima do ombro.

— Patsy, você e Pete precisam lavar o rosto. Estão cheios de batom.

Abrindo a boca de espanto, Patsy olhou para o homem a seu lado. A boca e as faces de Pete Roberts estavam borradas de brilho labial.

Pete analisou-a em silêncio por um momento. Então, sacudiu a cabeça e caiu na gargalhada.

— Que surpresa boa, garota — ele disse rindo enquanto limpava o rosto com as costas da mão. — Formamos um belo par, não?

— Penso que sim — ela concordou. Andando apressada em direção ao toalete, ela complementou para si mesma: "Fomos feitos um para o outro, Pete Roberts".

9

Esther avaliou seu rosto no espelho do salão. Patsy estava ocupada, separando bobes com uma vareta, e não notou que sua cliente balançava a cabeça de um lado para o outro. "Estou velha e fim de papo", Esther concluiu. Não havia outra maneira de descrevê-la. O rosto à sua frente era velho. Os pés de galinha formavam um leque ao redor dos olhos, e havia uma bolsa embaixo deles. A idade esculpira um parêntesis ao redor da boca e um par de pontos de exclamação entre as sobrancelhas.

O pescoço, no entanto, encontrava-se em estado pior. Esther sacudiu a cabeça, consternada. O que teria levado toda aquela pele a se soltar e desprender do queixo? Aquilo a fez lembrar-se de uma cortina de veludo do cinema, caindo do teto ao chão.

— Qual é o problema? — Patsy perguntou. — Você está com a testa franzida. Fiz alguma coisa errada esta tarde?

— Não é com você — Esther tranquilizou-a. — Quer ouvir a coisa mais estranha do mundo? Não me lembro de ter sido mulher algum dia. Sabe do que estou falando? Uma mulher madura, como minha mãe.

— Você é uma mulher, Esther. E uma mulher encantadora, diga-se de passagem.

— Sou uma velha. É isso que sou. Esse é o problema, Patsy. Lembro-me de *querer* ser uma mulher. Mas nunca me senti uma mulher autêntica. Em minha mente, sempre fui jovem, dançando pela vida como as labaredas de uma fogueira. Quando meu cabelo começou a embranquecer, passei a tingi-lo. Quando meus ossos doíam, eu fingia não notar. Mas, de repente, não há mais jeito. Estou velha. Passei da juventude para a velhice. Devo ter pulado completamente a fase adulta.

— Eu cuido do seu cabelo há muito tempo, querida, e não penso em você como jovem, velha ou outra coisa qualquer. Para mim, você é apenas Esther. A bela, meiga, bondosa e generosa Esther Moore. Não creio que a idade tenha algum valor. É o caráter da pessoa que conta.

— Quantos anos *você* tem, Patsy? Eu sempre quis saber.

— É melhor tomar cuidado — a cabeleireira disse, dando uma risadinha. — Você está começando a ficar parecida com Cody. Precisamos seguir as etiquetas sociais.

Esther riu.

— Desculpe-me. Não é da minha conta. É que me preocupo com você, meu bem. Você dirige este salão há anos, mas o que tem feito por si mesma? Nunca tira férias. Não tem marido nem filhos. Está sempre ocupada demais para um passatempo ou para trabalhar como voluntária em algum lugar.

— Ei, espere um pouco. Sou membro do Clube dos Amantes de Chá, não se esqueça disso. E faço minha parte ajudando a vizinhança a viver em união. Sem falar do grande divertimento que proporcionei no último piquenique do Dia da Independência.

Esther ficou satisfeita ao ver que Patsy chegara a uma fase da vida em que encontrava humor para rir de sua queda no piquenique. O acidente com o carro de Esther havia sido o tema das conversas em Deepwater Cove mais recentemente, e ela decidira não levar o assunto muito a sério. Na vida, ela aprendera, era melhor não ruminar muitos os eventos passados. As coisas aconteciam

— certas ou erradas, boas ou más, engraçadas ou tristes — e as mulheres espertas seguiam adiante.

— Ouvi dizer que um novo salão de manicure vai instalar-se ao lado do estúdio de tatuagem — Esther disse. — Sei que essa gente vai concorrer com você. Já pensou em vender o salão e tomar outro rumo?

Patsy ergueu a lata de laquê, mas não apertou a válvula.

— Vender meu salão? Vender o Assim Como Estou? Por que eu faria isso?

— Conforme eu disse, há um novo salão de manicure, e ouvi dizer que Brenda está pensando em montar uma loja de decoração no lote vazio depois do Pop-In.

— Ela vai mesmo. A loja vai se chamar Bênção para o Lar, e não vejo a hora de ser inaugurada. Steve está construindo divisórias com prateleiras e treliças, e Cody já está pintando as paredes. Brenda planeja usar cores para dividir a loja em seções de artigos para quarto, sala, cozinha e banheiro.

— Tudo isso de cor num único cômodo?

— Vai combinar, Esther. Cinza, marrom e verde-água. A combinação parece linda, não? Brenda também vai vender produtos daqui: as contas de Ashley, os CDs do Cor de Misericórdia, tigelas de nogueira e muitos outros. Estou com um pouco de receio de que a loja dela vá fazer meu salão parecer totalmente fora de moda.

— É nisso que eu estava pensando um minuto atrás, Patsy. Você não está um pouco cansada de dirigir este salão dia após dia? Penso que, depois de tantos anos, você talvez quisesse seguir em outra direção.

— Que outra direção?

Patsy começou a aplicar o laquê. Para Esther, ela parecia um pouco mais animada que o normal ao encher o ar ao redor da cabeça de sua cliente com uma nuvem de vapor. Patsy estava nervosa, mas quem não estaria numa época de tanta correria na vida?

Esther tossiu e abanou a mão diante dos olhos antes de responder.

— Cody contou-me que viu você e Pete Roberts no cinema no último fim de semana. Ele mencionou que Pete estava usando... bem, Cody disse que ele estava usando batom. E com aquela informação, entendi que vocês dois deviam estar desfrutando da companhia um do outro um pouco mais do que você costuma revelar.

Patsy colocou a lata na mesa de seu local de trabalho e pôs a mão no quadril.

— Esther Moore, você está tentando extrair alguma informação de mim?

— Não sei se eu colocaria as coisas nesses termos.

— Bom, não estou nem um pouco preocupada com a loja de Brenda. E para sua informação, o novo salão de manicure também não é concorrente para o Assim Como Estou. Nem é um grande negócio. Estive lá para ver. O estúdio de tatuagem contratou uma mulher que pinta as unhas das clientes de preto, azul, verde ou roxo. Coloca *piercing* em qualquer lugar que a pessoa queira, e eles deram um emprego ao marido dela porque ele é especializado em fazer tatuagem de motociclista. Se você quiser parecer jovem novamente, Esther, por que não vai lá e pinta as unhas de verde brilhante e põe uma argola na sobrancelha?

Assim que as palavras lhe saíram da boca, Patsy virou o corpo e cobriu o rosto com as mãos.

— Ah, Esther, desculpe-me. Não sei o que deu em mim. Foi horrível o que eu disse, foi horrível mesmo.

Esther virou a cadeira em direção a Patsy e segurou a mão da amiga.

— A culpa foi minha por ter bisbilhotado. Eu nunca quis que você vendesse o Assim Como Estou, querida. O que eu faria sem meus penteados semanais? E quanto a você e Pete... eu só quis dizer que adoraria ver vocês felizes como dois pombinhos. Não há nada mais doce que um casamento no qual exista amor, mas não é da minha conta o que vocês, mais jovens, fazem hoje. Sou uma velha xereta e uma grande fofoqueira. Tenho certeza disso. Por favor, perdoe-me por ter invadido sua privacidade.

Quando Patsy virou-se novamente, Esther surpreendeu-se ao ver grossas lágrimas nas extremidades dos longos cílios negros da amiga.

— Ó céus — Esther murmurou, levantando-se para abraçar Patsy. — Eu não sabia que minhas palavras atingiriam seu coração de maneira tão profunda. Que tal você me aplicar um pouco mais de laquê e mudarmos de assunto? Assim, não vamos nos despedir de forma melancólica.

— Não é isso, Esther. — Patsy pegou a lata e começou novamente a encher o ar com o laquê. — Não sei o que dizer. Estou muito confusa a respeito de Pete.

— Então vamos falar de Charlie. Você sabe o que aquele meu marido fez? Apresentou-se como voluntário para ajudar Brad Hanes a construir o quartinho no lado da casa do casal.

— Charlie está construindo o quartinho do bebê?

— Ainda não se sabe a finalidade do quartinho, mas estou mais propensa a achar que será um quartinho de bebê, não uma garagem... pelo menos se a vontade de Ashley prevalecer. Quando Charlie voltou para casa e me contou do acordo feito com Brad, fiquei muito surpresa. Ele está ajudando a separar as contas, mas, verdade seja dita, ele gosta muito da vida de aposentado. Não faz nada, a não ser ver TV dia e noite. Aposto que ele vai ganhar 1 milhão de dólares naqueles programas de perguntas e respostas. Ele sabe todas as respostas antes dos competidores.

— Minha nossa! — Patsy disse.

— Charlie é muito inteligente, apesar de não aparentar isso. Enfim, ele entendeu que alguma coisa precisava ser feita a respeito daquele cômodo horroroso que Brad começou a construir na última primavera. Brad e Ashley são muito jovens para saber o que estão fazendo. Eles namoraram, casaram, compraram uma casa e um caminhão, e agora, você sabe, ela está abrindo um negócio de contas para colares e outras bijuterias. Os dois estão jogando muita carga um no outro. E vou lhe dizer uma coisa. Isso complica o casamento. Lembro-me de quando Charlie começou a trabalhar como carteiro. Mal conseguíamos pagar a contas, e, de repente, os bebês chegaram. Eu vivia exausta. Ele vivia cansado e mal-humorado. Foram anos difíceis.

— Mas veja como as coisas deram certo — Patsy disse. Ela olhou de relance para a parede divisória entre seu salão e a Rods-N-Ends de Pete. Em seguida suspirou. — Qual é o seu segredo, Esther? Como você e Charlie conseguiram manter um casamento tão feliz?

"Um casamento feliz?" Por um momento, no meio daquela nuvem de laquê, Esther só conseguiu pensar na imensidade de problemas que ela e o marido enfrentaram ao longo dos anos. Salário pequeno. Apartamento apertado. Fadiga. Fraldas sujas. Joelhos esfolados. Mudança de uma casa para outra. Gracinha de crianças seguida de rebeldia de adolescentes. Sem falar nas preocupações de ver os filhos enfrentarem problemas da vida adulta quando saíram de casa. Discussões. Doenças. Desavenças. Milhares de pequenas contrariedades. Era de admirar que eles tivessem vencido tudo aquilo.

No entanto, assim que a nuvem de laquê desapareceu e Esther olhou para o rosto esperançoso de Patsy, ela entendeu o desejo do coração de sua querida amiga. Patsy não queria saber das dificuldades e das angústias do casamento. Queria ouvir coisas boas. Alegria. Risadas. Comemorações afetuosas e amor.

— Um casamento tão feliz — Esther repetiu, pensando nas palavras de Patsy. — É uma questão de aceitar as coisas como são, querida. Um passo após o outro e continuar andando. É claro que a situação fica melhor quando o marido da gente é um homem tão maravilhoso quanto Charlie Moore. Eu simplesmente adoro aquele homem. Ele é a luz da minha vida, e não posso imaginar viver sem ele.

— Então é isso? — Patsy perguntou. — O grande segredo? Aceitar as coisas um dia de cada vez.

A decepção na voz de Patsy levou Esther a reconsiderar. Certamente ela não queria desencorajar uma relação romântica, mencionando uma lista de todos os problemas que o casamento traz. Patsy e Pete não eram dois adolescentes sonhadores. Pete teve um passado complicado, e Patsy sabia muito bem disso. O que ela queria era esperança. Um futuro para o qual ela poderia olhar com alegria e grande expectativa. A última coisa de que ela necessitava era de uma lista que incluía meias sujas, sapatos velhos e um homem com forte cheiro de suor ao entrar em casa todas as vezes depois de ter trabalhado no jardim, sob o sol de verão.

— O casamento é muito mais que um dia por vez — Esther disse enquanto se olhava no espelho. Ela fez um esforço para se lembrar dos tempos bons e descobriu que os problemas não foram tão difíceis assim. — O casamento é uma bênção de Deus. Quando você acorda de um pesadelo, alguém a abraça até que você volte a dormir. Quando está sentada à mesa de refeições, você vê o rosto de um homem que a ama na alegria e na tristeza. Quando vocês ficam de mãos dadas na igreja, você conhece cada saliência, cada calo na palma da mão de seu marido. Embora tenha havido ocasiões em minha vida em que desejei ter esperado um pouco mais para casar, no frigir dos ovos eu não teria feito nada diferente. Estou feliz por ter casado naquele dia, e não tenho nada a lamentar sobre nossa vida conjugal. Jamais gostaria de permanecer solteira e viver sozinha, rodando por aí como uma bolinha de gude numa caixa de sapatos vazia. Acho que choraria todos os dias se tivesse de viver assim. E você?

Esther ergueu a cabeça e percebeu imediatamente que seu interlocutor não era Charlie. Estava sentada na cadeira do salão de beleza de Patsy. Além do mais, ficou tagarelando sobre tudo o que tinha a ver com o casamento e suas glórias.

Como pôde ser tão insensível? Ali estava Patsy, parecendo tão infeliz quanto um cãozinho perdido. Esther sabia que era hora de mudar de assunto, e rápido. Mas não podia passar para outro tema sem dar a impressão de que sua mente estava deteriorando.

— Casamento — ela disse. — Sim, casamento. — Depois, sacudiu a cabeça por um momento, esforçando-se para lembrar-se de alguma coisa. De repente, a ficha caiu. — *Casamento* é o que me preocupa no caso de Jennifer e Cody. Tenho certeza de que ela não quer morar na selva sem um marido para protegê-la dos nativos. E todos nós sabemos que Cody é loucamente apaixonado por ela. Mas os dois juntos? É encrenca na certa, se quiser minha opinião. Ela não pode estar levando o rapaz tão a sério, você não acha?

— Jennifer é minha próxima cliente. Por que você não pergunta a ela?

— Ah, não! Não quero que ninguém pense que sou bisbilhoteira. Jennifer é quem sabe o que fazer com a vida dela. É que Cody é tão... bem, como posso descrevê-lo?

— *Autista* foi a palavra que Jessica usou. — Patsy pegou a bolsa de Esther. — Assim que voltou à faculdade, Jessica enviou à irmã um punhado de informações sobre aquela matéria que está estudando. Jennifer tem feito outras pesquisas, e as duas moças estão convencidas de que Cody é autista. Elas dizem que ele é muito habilidoso e que aprendeu a compensar a maior parte de suas fraquezas. Você sabia que autistas são talentosos em determinadas áreas? Já ouviu falar daqueles gênios da matemática e da música, tenho certeza. Jennifer contou-me que Cody aprendeu a ler muito mais rápido que qualquer pessoa imaginasse ser possível. E o talento artístico dele é impressionante.

— Ela não falaria o contrário — Esther confirmou, levantando-se e dando uma última ajeitada no cabelo. — Todos os desenhos de Cody têm o rosto de Jennifer, inclusive o seu mural inteiro. Nunca vi tantas Jennifers na vida. Não imagino o que ela pensa daquela parede.

— Ela parece aceitar tudo a respeito dele — Patsy disse enquanto ambas caminhavam em direção ao balcão. — Jennifer contou-me que, tão logo descobriu que Cody era autista, tudo se encaixou, como num quebra-cabeça. Não falta nenhuma peça. E Cody Goss é um quebra-cabeça muito bonito, diga-se de passagem.

— É verdade, mas ele é mesmo um enigma. — Esther pegou o talão de cheques e, para seu imenso alívio, viu que Charlie havia preenchido todos os espaços em branco, inclusive a quantia usual. Desde que ela acrescentara um zero ao pagamento das contas de água e luz, ele decidiu ajudá-la nessa tarefa. Ela não se importava nem um pouco.

— Estou certa de que não sou autista — ela disse a Patsy com um sorriso. — Nossa! Nunca tive talento para matemática. Disso tenho certeza! Também não sei pintar nem tocar nenhum instrumento. A bem da verdade, acho que não sou boa em... — ela sacudiu a cabeça, tentando afastar a nuvem negra. — Bom, não importa. Vou me sentar ali e aguardar Charlie. Ah, veja! Jennifer acaba de chegar. Ela não é a coisa mais linda do mundo?

Esther cumprimentou a moça e sentou-se perto do local de trabalho de Patsy. Ela gostava de ver o talento da cabeleireira. Patsy era uma artista com os cabelos. Não havia nada que aquela mulher não conseguisse fazer. Não importava se a cliente tinha cabelo liso ou ondulado, comprido ou curto, grosso ou fino, Patsy era capaz de transformar o corte e a cor.

Segurando a bolsa no colo, Esther olhou para a porta da frente. Ultimamente, era raro Charlie chegar no horário, assim parecia. Os dois tinham muitos problemas em acertar o horário e o local do encontro. Charlie culpava-a por ela não consultar o relógio. Esther culpava-o por não comprar outro carro. Antes do acidente, eles nunca tiveram problema em cuidar dos próprios assuntos de maneira independente. Agora, Esther sentia que estavam ligados para sempre.

— Quem imaginava que Cody fosse capaz de fazer efeitos decorativos na parede? — Jennifer estava dizendo a Patsy. Esther tentou não ouvir, mas a moça falava alto o suficiente para metade do salão ouvir. — Miranda Finley costuma levar Cody à biblioteca com os gêmeos, e ele consulta os livros. E consegue ler tudo.

— É mesmo? — Patsy havia começado a aparar as pontas do cabelo comprido, liso e loiro de Jennifer. — Não imaginei que ele já tivesse chegado a esse nível.

— Ele é incrível. Leu um livro sobre efeitos decorativos. Uma manhã, minha mãe entrou na loja nova e viu que ele havia pintado uma parede inteira com efeito de couro polido. A parede ficou linda.

— Couro? Na parede?

— Parece rústico... como couro bovino... mas bastante brilhoso. Mamãe acha que Cody é capaz de fazer o mesmo na parede de alguns clientes do escritório imobiliário do papai. Você sabia que Miranda ajudou Ashley Hanes a deslanchar o seu negócio? Ela diz que vai fazer cartões de visita para Cody e criar um *site* para ele. Você acredita?

— Quem poderia imaginar!

Esther olhou para Patsy, querendo saber se as preocupações dela a respeito do entusiasmo de Jennifer por Cody seriam verdadeiras. Pintando paredes ou não, aquele rapaz tinha um longo caminho a percorrer antes de encaixar-se confortavelmente na sociedade. Havia muitas pessoas que não tinham a paciência da doce Jennifer Hansen.

— Cody quer pintar o céu no teto — ela prosseguiu. — Mamãe não tem certeza disso. Ela diz que é difícil desenhar nuvens. Mas Cody consegue fazer quase tudo o que tenta.

— E com arte — Patsy esclareceu. — Tenho certeza de que aquele moço é capaz de fazer um temporal aparecer no teto da loja de sua mãe. Mas ele ainda luta com muitas coisas, Jennifer. Você sabe disso.

— Ah, claro. Ele deixa o noivo de Jessica muito zangado. Papai também não gosta quando Cody começa a falar sem parar sobre seus assuntos favoritos. Papai diz que ele parece um disco arranhado. Nunca ouvi um disco arranhado, mas entendo o que ele quer dizer.

— Há muitas coisas das quais Cody fala sem parar. Cachorro-quente. Bolo de chocolate cortado em quadrados. — Patsy girou a cadeira de Jennifer de frente para ela, para ter certeza de que as pontas do cabelo da cliente estavam iguais. Ao fazer isso, ela olhou diretamente para a moça e falou de modo mais carinhoso. — Tenho certeza de que você sabe o que Cody sente por você. Para lhe dizer a verdade, estou um pouco preocupada. Ele está apaixonado, querida, e não quero que sofra.

— Eu não faria Cody sofrer. — Jennifer demonstrou angústia em sua voz. — Eu me interesso por ele.

— Mas ele a ama.

— É o que ele diz, mas não sabe realmente o que isso significa. — Jennifer olhou demoradamente para suas mãos no colo. — Ele nunca soube o que é amor verdadeiro. Amor romântico. Ele mal entende como os casamentos e as famílias funcionam.

— Apesar disso, querida, as emoções dele em relação a você são sinceras. Sei que você não faria nada intencional para magoar Cody, mas você é muito bondosa, muito generosa. Aceita verdadeiramente todas as pessoas e as ama. Por favor, tome cuidado para que Cody não interprete mal os seus sentimentos em relação a ele.

Jennifer calou-se por um momento, e Esther imaginou que a moça ficaria zangada. Jennifer certamente tinha capacidade para expressar-se com firmeza — como todos viram várias vezes nas reuniões do CAC. Mas agora ela sacudiu a cabeça e pousou a mão na de Patsy.

— Não se preocupe — Jennifer disse. — Não estou enrolando Cody. Ele sabe que meu objetivo na vida é trabalhar no campo missionário. Ele não está preparado nem foi educado para fazer algo parecido, e sabe disso. Porém, o mais importante, Patsy, é que já expliquei a Cody exatamente o que sinto por ele. Eu me preocupo com ele, da mesma forma que todos em Deepwater Cove. Não vou magoá-lo. Prometo.

Esther agradecia a Deus por aquelas palavras quando viu a porta da frente do salão abrir-se.

— Ah, vejam — ela disse alto o suficiente para que Patsy e Jennifer virassem em sua direção. — Charlie veio me buscar. E está usando uma blusa verde horrorosa. O que há de errado com esse homem?

Charlie caminhava com passos lentos quando Esther se levantou e deu o costumeiro rodopio diante dele.

— O que você acha, meu doce de coco?

— Linda como a primeira vez que pousei os olhos em você.

Charlie sempre dizia a mesma coisa depois que ela arrumava o cabelo. Esther enroscou o braço no dele e ficou na ponta dos pés para dar-lhe um beijo no rosto.

— Vamos, seu velho desajeitado. Vamos para casa.

Enquanto o casal se dirigia à porta, Patsy correu atrás deles com a bolsa de Esther na mão. Ela e Charlie pararam para conversar ao lado do carro enquanto Esther se acomodava no banco do passageiro. Esther reclamava porque ele nem sequer cogitava a ideia de comprar-lhe um carro novo. Mas, se não havia dinheiro suficiente no banco, de que adiantaria reclamar?

— Patsy fez um belo penteado em você — Charlie disse ao entrar no carro e dar partida. — Foi boa a conversa entre vocês?

Esther repousou as mãos sobre a bolsa. Sem saber explicar o motivo, ela não se lembrava de nada do que havia conversado com Patsy. Mas isso não acontecia sempre com as mulheres? Elas falavam, conversavam e abriam o coração, e de repente cada uma seguia o seu caminho — atarefadas demais com a vida para pensar em outra coisa.

— Tivemos uma boa conversa — ela disse ao marido. — Mas sinceramente, Charlie, eu não lhe disse uma centena de vezes que não usasse a blusa verde com esta calça? Você anda muito esquecido.

Toda quarta-feira de manhã, Steve Hansen e um grupo de homens da localidade compareciam à Rods-N-Ends para o estudo bíblico semanal. Charlie nunca faltava às reuniões. Aliás, o estudo bíblico era a âncora dentre todos os eventos que flutuavam ao longo de sua semana. Nem mesmo uma visita ao restaurante Boa Comida da Tia Mamie era capaz de superar a oportunidade de se reunir com os amigos, tomar uma xícara de café fumegante e bater um papo no depósito da loja de equipamentos para pesca.

— Bom dia, Charlie — Pete gritou da caixa registradora.

Pete estava calculando o troco para um cliente que acabara de abastecer o carro, por isso não podia parar para conversar. Charlie não se importou, e viu que Derek Finley já havia se sentado no lugar costumeiro. Na semana anterior, o jovem patrulheiro aquático Derek Finley pedira ao grupo que orasse por ele. Contou aos homens que sua mãe cogitava comprar uma casa em Deepwater Cove, e interessou-se por uma pequena residência ao lado da propriedade de Brad e Ashley. A casa não chegava aos pés da que ela possuía em St. Louis. Não tinha lustres, escada em caracol nem pé direito duplo. Não necessitava de empregada ou jardineiro. Porém, localizava-se a apenas cinco casas de distância da propriedade dos Finleys. Miranda queria morar perto do filho e da família dele.

Derek concordara com a ideia. Kim também. O problema, segundo Derek compartilhou com o grupo do estudo bíblico, era que, para o bem de todos, Miranda precisava voltar a viver sozinha. Ela havia ajudado a cuidar dos gêmeos durante o verão, mas agora havia interferência demais. Se já era difícil administrar um lar com padrastos e enteado, a situação se tornaria muito mais complicada com a adição de uma sogra.

— Oi, Charlie. — Derek cumprimentou, interrompendo sua leitura bíblica. — Como você está nesta manhã?

— Bem demais. Melhor que isso, só dois disso. — Charlie acomodou-se numa das cadeiras dobráveis de metal que Pete arrumara em círculo. As manhãs geladas de outono provocavam-lhe um pouco mais de dor nas articulações que o normal. — Continuo a orar por você. Alguma novidade em casa?

— Bom, por falar em dois disso, Luke teve um problema com o diabetes na escola num desses dias. Não foi uma crise grave, mas deixou Lydia preocupada de novo. Eles puseram os gêmeos em classes separadas, o que significa que ela não tem condições de vigiar o irmão. Ela odeia isso. Reclama o tempo todo.

— Tenho certeza que sim. Mas a escola está agindo corretamente. Dessa forma, Luke tem um pouco mais de espaço para respirar, e a professora e as outras crianças são forçadas a prestar mais atenção nele. É assim que deve ser. Imagino que a separação também melhore a concentração de Lydia nas aulas. Se ela continuar a tomar conta do irmão, não vai aprender nada.

— Você tem razão — Derek disse. — Kim e eu estamos felizes com a situação, embora ela se preocupe com Luke o tempo todo que ele fica longe. Você sabe como são as mulheres.

— Quero crer que sim. — Charlie deu uma risadinha. — Aquela minha esposa me faz pular miúdo. Sabe da última? Esther recusa-se a fazer a angioplastia.

— Não diga! Charlie, é melhor você fazer um pedido de oração. Esther precisa cuidar disso. A angioplastia é tão comum hoje em dia. As artérias obstruídas podem causar muitos tipos de problemas ao longo do tempo.

— Eu sei. Foi exatamente o que médico disse a ela. Mas ela está com medo de que uma placa se descole e cause um derrame. Ela comparou a cirurgia a desentupir um cano.

Derek riu.

— É um processo médico, não um problema de encanamento. Esther terá possibilidade de sofrer um derrame se *não* permitir a desobstrução da artéria.

— Tente dizer isso a ela.

— Vou tentar, se você quiser. Tenho visto muitas vítimas de infarto e derrame no lago. É importante que Esther permaneça com saúde o máximo que puder. Ela ainda é jovem.

Charlie refletiu naquelas palavras por um instante.

— Acho que não somos tão velhos quanto pensamos. De vez em quando sinto o peso dos anos, mas a atividade constante mantém-me jovem. Já estou morrendo de vontade de voltar a trabalhar no jardim, e por enquanto só reconstruí os canteiros. A primavera só vai chegar daqui a alguns meses, mas não vejo a hora de pôr as mãos na terra novamente.

— Ouvi dizer que você vai ajudar Brad Hanes a terminar o quarto de bebê que ele está construindo ao lado da casa. Kim achou ótimo você ter se voluntariado para ajudar Brad.

— Para lhe dizer a verdade, não tenho certeza de onde eu me meti. — Charlie coçou a parte detrás da orelha. — Aquele rapaz precisa avaliar melhor as coisas. Um bebê não vai tornar a situação mais fácil.

— Você e Esther tiveram filhos quando eram ainda muito jovens, não?

— Ah, sim, também éramos crianças tolas.

Charlie levantou-se e dirigiu-se à cafeteira. A lembrança daqueles primeiros anos trouxe-lhe imediatamente George Snyder à memória. Todas as vezes que Charlie decidia confrontar Esther sobre o desenho na gaveta da cômoda, algo o impedia. Ou ele ou ela estavam ocupados. Ou uma visita inesperada aparecia. Ou ele dormia diante da TV antes que ela fosse para a cama. Ele não havia conseguido fazer a pergunta. E estava começando a pensar que talvez não quisesse saber a resposta.

— Esperei muito tempo para me casar — Derek estava dizendo. — Se você me perguntar, a idade não importa. Nunca é fácil.

— Não é — Charlie concordou enquanto adicionava leite em pó à xícara de café. — Não é fácil... mas melhora com o passar dos anos. Na maioria das vezes. Talvez depois de você parar de pensar se o casamento está indo bem ou não. Vocês estão indo bem, e é isso o que importa. Você está trabalhando, cuidando das crianças, saindo de férias de vez em quando. Penso que Esther sempre esteve do meu lado. Não lembro quando não esteve. Não posso imaginar viver sem ela.

Derek marcou a página da Bíblia com o dedo e fechou-a enquanto Charlie voltava a acomodar-se na cadeira. Parecia que o homem mais moço queria dizer alguma coisa, mas naquele momento os outros companheiros já estavam entrando na loja, cumprimentando Pete e seguindo em direção ao círculo de cadeiras.

— Ouça, Charlie — Derek disse em voz baixa — você precisa convencer Esther a voltar ao médico. Vocês já tiveram dois problemas com o carro que poderiam ter tido consequências piores. Kim está preocupada com Esther. Elas conversaram muito pouco, uma ou duas vezes nas reuniões do CAC, quando Esther pareceu ter lapsos de memória por alguns instantes. Kim pensa que ela pode ter tido pequenos derrames.

Charlie endireitou o corpo na cadeira, e o café quente respingou em seu polegar.

— Pequenos derrames?

— O nome técnico é ataque isquêmico transitório, conhecido como AIT. Eu não queria assustá-lo, por isso não falei nada antes. Achei, por uns tempos, que deveria alertá-lo, mas aí soube que Esther faria a angioplastia. Agora que sei que ela não quer se tratar, acho melhor ser franco com você.

Engolindo o súbito medo que se alojou em sua garganta, Charlie assentiu com a cabeça.

— Vá em frente. Seja sincero comigo, Derek.

— Provavelmente você não deve ter notado esses pequenos derrames, mas eles comprometem o córtex cerebral, a área associada ao aprendizado, à memória e à fala. Os lapsos de memória de Esther e os problemas na direção podem estar ligados a isso. Esse tipo de perda de memória, conhecido como demência vascular, é degenerativo.

"Demência?" A palavra soou a Charlie como um filme de terror. Ele não queria sequer proferi-la em voz alta.

Derek não havia terminado.

— E quando a pessoa começa a ter AITs, é comum ocorrer um derrame de maiores proporções ao longo do tempo. Você precisa forçar Esther a voltar ao médico, Charlie.

Os outros homens estavam se acomodando nas cadeiras, discutindo sobre o clima e seus efeitos sobre a pescaria. Havia muitos peixes pequenos mordendo a isca, Steve Hansen contou aos outros. Ele havia saído para pescar na noite anterior e pescara uma fieira de peixes. Um dos homens contou uma história sobre ter pescado um peixe-agulha, o que provocou risos nos outros.

Charlie estava paralisado. Não conseguia concentrar-se em nada, a não ser no café em sua xícara. Não conseguia sequer pensar no significado da palavra.

Demência.

Isso não seria um pesadelo na vida das pessoas? Estar em perfeitas condições físicas, porém ser incapaz de se lembrar-se do rosto ou nome de alguém querido seria pior que a morte. Essa sempre fora a opinião de Charlie. Aliás, ele detestava a ideia a tal ponto que se recusava a pensar no assunto. Ninguém em sua família sofrera de mal de Alzheimer, e ele mantinha o cérebro em perfeitas condições, concorrendo com pessoas que competiam nos jogos de perguntas e respostas na TV, além de outras atividades como palavras cruzadas, medição para projetos de construção, planejamento do jardim. Ele pretendia permanecer mentalmente alerta e saudável até o fim da vida.

Nunca lhe ocorrera, porém, que Esther poderia ter um problema. Claro, ela andava esquecida, mas quem não se esquecia de uma coisa ou outra de vez em quando? No dia anterior, Charlie queria pôr um prato no micro-ondas, mas abriu a porta do lava--louça por engano. Às vezes ele não conseguia lembrar-se de um nome ou de um rosto. De vez em quando, não se lembrava de uma simples palavra — bem no meio da frase. Lapsos de memória eram comuns, não? O caso de George Snyder, por exemplo. Quanto tempo levou para Charlie lembrar-se dele?

Não, não podia ser possível. Não com Esther.

Mesmo assim, Charlie pretendia colocá-la no carro e levá-la de volta ao médico em Springfield imediatamente — por mais que ela protestasse. Esther era às vezes ranzinza, irritada, brava e até confusa. Mas Charlie não queria perdê-la. De jeito nenhum.

10

Esther não viu Cody quando entrou na sala de estar na tarde seguinte. Ela olhou ao redor e viu poeira na mesa de café, restos de folhas secas no que as patas de Boofer levaram para o tapete, e jornais empilhados no chão ao lado do sofá. Todo o serviço por fazer.

— Você merecia umas palmadas, Cody Goss — ela resmungou. — Onde se escondeu?

— Estou aqui! — A cabeça de Cody apareceu no espaço entre o sofá e a parede. O cabelo encaracolado emoldurava seus brilhantes olhos azuis quando ele sorriu para ela. — Encontrei uma camada grossa de poeira aqui, sra. Moore. Encontrei também uma caneta. E um pedaço de biscoito. E este osso.

Ele colocou toda a sujeira na mão e levantou-a. Antes que Esther pudesse reagir, Cody espalhou tudo — inclusive as bolas de poeira — sobre a mesinha de café, como se fossem pedras preciosas escavadas de uma mina na África.

— Ponha esta sujeira no lixo — ela disse ao rapaz. — Não espalhe sobre o meu lindo móvel.

Cody colocou as mãos nos bolsos da calça *jeans* e analisou a coleção.

— Este osso é de Boofer, a senhora sabe. Ele pode querer. Acho que não devemos jogar fora.

— Ele já roeu o osso, caso contrário não estaria atrás do sofá. Francamente, Cody, você me deixa muito frustrada. Contratamos você para tirar pó, passar o aspirador e levar os jornais ao lixo reciclável. Em vez disso, você fica fuçando embaixo dos móveis.

Os olhos de Cody encheram-se de afeição quando ele olhou para Esther.

— Isso faz parte da limpeza com o aspirador — ele explicou, dando-lhe um tapinha no braço. — Jennifer disse que eu devia afastar todos os móveis da parede, depois recolher a poeira, e depois passar o produto de limpeza no tapete inteiro, até embaixo dos sofás e das cadeiras. É assim que a senhora devia fazer. Ninguém ensinou a senhora?

Frustrada, Esther sacudiu a cabeça.

— Você não pode fazer todo o serviço de uma vez, Cody. Quero que tome conta desta parte central, por onde todos andam. Está vendo as folhas perto da porta da frente? E aquela meia que Boofer trouxe da lavanderia? É disto que eu preciso. Que você simplesmente passe o aspirador de pó.

— Mas, sra. Moore, eu *posso* fazer todo o serviço de uma vez — Cody disse solenemente. — Sou muito forte. Sei mudar as coisas de lugar sem quebrar nada. E a senhora deixou acumular tanta bola de poeira que dá para fazer coelhinhos com ela... Isso é só uma brincadeira.

Ultimamente o rapaz estava tentando aprender a fazer esse tipo de brincadeira. Esther notara desde o início que Cody parecia não entender uma brincadeira, e a levava muito a sério. Alguém — provavelmente Jennifer Hansen — assumira a responsabilidade de ensiná-lo a fazer trocadilhos. Evidentemente, os esforços da moça foram em vão.

— É engraçado porque os coelhos são muito... — Cody fez uma pausa e olhou para o teto — *prolíferos*. Significa que os coelhos adultos fazem muitos coelhinhos. Li sobre coelhos num livro da biblioteca que falava de animais. No sábado passado, a sra. Finley me levou lá com os gêmeos, e eu peguei todos os livros sobre animais que consegui carregar, e que foram muitos porque, como eu disse, sou muito forte. Eu quis dizer, brincando, que a senhora poderia fazer uma criação de coelhinhos com toda aquela poeira embaixo do sofá. Entendeu?

Esther mordeu os lábios e abraçou Cody.

— Muito engraçado. Mas, se estou pagando para você limpar esta casa, é melhor parar com essa brincadeira e começar a trabalhar. Dizem que as mulheres falam muito, mas você e Charlie falam mais que papagaio. Ele deve estar andando por aí, tagarelando com o coitado do Brad Hanes, que só quer construir o novo cômodo.

Pegando tudo o que encontrara atrás do sofá, Cody voltou a falar.

— Por que a senhora anda tão brava com o sr. Moore esses dias? Esqueceu que ele é legal? Ele é mais bondoso que todos os velhos que moram em Deepwater Cove. Quando fui a Kansas para visitar minha tia, pensei muito no sr. Moore e decidi que ele é um de meus amigos favoritos.

Esther estava a caminho da cozinha, mas parou ao ouvir as palavras de Cody.

— Não estou brava com Charlie. Por que você está dizendo uma coisa dessa? Ele é meu marido há quase cinquenta anos, e eu o amo muito.

— A senhora dá bronca nele.

— Todo mundo dá bronca em alguém de vez em quando. Ninguém fica de bom humor o tempo todo. Além disso, Charlie é muito cri-cri, se você quer saber.

— O que é cri-cri?

— É uma pessoa que faz muitos comentários irritantes e vive resmungando, é isso.

— A senhora tem certeza? Porque não é assim que eu vejo o sr. Moore. Ele é muito legal comigo. Para e conversa comigo quando está dirigindo o carrinho de golfe com Boofer. Ri das minhas piadas e me conta outras que nunca ouvi.

Sentindo remorso por não ter entendido melhor os esforços de Cody para fazer piadas, Esther respirou fundo.

— Charlie é um homem maravilhoso, senão eu não teria casado com ele. Você sabe que eu amo meu marido, Cody. E ele também sabe disso.

— Acho que o amor é uma coisa que a gente *faz*, não uma coisa que a gente *sabe*. — Cody pegou o aspirador de pó no armário perto da porta de entrada e ligou o fio na tomada. — A senhora não devia dar bronca no sr. Moore, porque ele vai pensar que a senhora não o ama. As pessoas confiam mais no que a gente faz do que no que a gente diz. Foi o que expliquei a Jennifer. Ela vê que eu a amo porque pintei retratos dela na parede de Patsy Pringle. E também porque presto atenção quando ela está falando sobre coisas importantes, como levar o evangelho a terras distantes. E para comprovar isso, compro cachorro-quente para ela na Rods-N-Ends de Pete. Jennifer gosta de cachorro-quente quase tanto quanto eu, e, quando eu compro um com meu dinheiro, ela vê que eu a amo muito. Ela não precisa saber. Ela vê o que eu faço.

— Está bem — Esther murmurou.

Ela entendeu que o trabalho de limpeza daquela tarde não iria adiante, e seus pés quase a estavam matando, por isso resolveu acomodar-se no sofá com os pés em cima do móvel. Seria confortável continuar a ouvir Cody. O rapaz era muito doce, mas ele seria capaz de falar sobre o mesmo assunto sem parar até Esther perder completamente o fio da meada.

Ela colocou uma almofada nas costas e acomodou-se para uma longa conversa.

— O que Jennifer falou quando você lhe disse que a amava muito?

Cody lançou um olhar desconfortável e virou-se para o aspirador de pó. O som alto do aparelho eliminou qualquer esperança de conversa. Evidentemente ele não queria falar da reação de Jennifer. Esther tinha a impressão de que a resposta da moça não foi a que Cody esperava ouvir.

Ela se calou por um instante, observando o rapaz passar o aspirador ao redor e embaixo da grande poltrona reclinável de Charlie. Cody estava certo ao dizer que era muito forte. Provavelmente seria capaz de levantar o sofá sozinho.

E aquelas coisas que ele havia dito antes? Será que Esther dava bronca no marido? Em público? Claro que não. Charlie era problemático, e ela tinha muitos motivos para se queixar dele. Mas, se ela fosse infeliz, deveria guardar isso para si. Será que não guardava?

No meio das reflexões de Esther, Cody desligou o aspirador.

— A senhora vai ter de se levantar agora. Preciso limpar embaixo do sofá. Eu poderia erguê-lo, mas a senhora poderia cair.

— Sente-se um pouco aqui, Cody. E não volte a ligar esse aspirador enquanto não terminarmos de conversar. — Ela apontou para a cadeira do outro lado do sofá. — Quero saber por que você disse que eu dou bronca em Charlie.

— Eu disse porque é verdade. — Ele assentou-se na ponta da cadeira, visivelmente relutante em parar o trabalho. — Quando cheguei a Deepwater Cove, a senhora vivia feliz o tempo todo. Levou morangos para Brenda quando ela não estava bem. Ajudou a fundar o CAC e permitiu que eu fosse o único homem do clube. Disse que eu era uma gracinha, um doce de coco. Achei que a senhora era a pessoa mais animada do mundo.

— Eu era... E ainda sou.

— Sinto muito, mas não concordo, porque a senhora anda muito mal-humorada. Jogou a culpa em mim por ter destruído seu carro, mas eu não fiz nada. Não me deixou vir limpar sua casa porque achou que eu ia quebrar suas coisas. E todas as vezes que a ouço conversando com alguém, a senhora está reclamando do sr. Moore. A senhora está muito diferente do que era. É bom mudar, mas só se for para melhor, como eu, que estou aprendendo a ler e pintar. Mas não é bom mudar e ser uma pessoa resmungona.

Esther recostou-se no sofá e olhou para Cody.

— Resmungona? Foi isso mesmo que eu ouvi?

— Sra. Moore, por que eu ia dizer uma coisa que não é verdade? Eu sempre digo a verdade.

— Sim, você sempre diz a verdade, Cody — ela suspirou. — Bom, estou confusa com tudo isso. Charlie disse quase a mesma coisa ontem à noite. Estávamos sentados aqui na sala separando as contas de Ashley, e de repente ele me disse que quer que eu volte ao médico antes que eu tenha um derrame. E disse ainda que ando esquecida, impaciente e irritada. Disse que mudei.

— Acho que o sr. Moore também diz a verdade. — Cody apertou o botão do aspirador de pó. — A senhora anda mal-humorada.

— Mal-humorada *e* resmungona? — Esther franziu a testa. Ela sempre se viu como uma garota alegre e despreocupada, que sorria diante dos problemas e das dificuldades.

— Mal-humorada e resmungona são a mesma coisa — Cody esclareceu. — E isso não é bom. Penso que a senhora anda mal-humorada porque o sr. Moore quer que a senhora vá ao médico para desentupir suas veias.

— Eu não *quero* passar por uma cirurgia — Esther exclamou, frustrada. — Não quero! A ideia de alguém me abrir é a coisa mais horrível deste mundo. E você sabe o que aquele médico maluco quer fazer? Quer fazer um corte na parte de cima de minha perna, enfiar um balão ali. Ele diz que o balão vai dissolver a placa e abrir a artéria. Depois ele vai colocar uma coisa em minha artéria e deixar ali. Dentro do meu pescoço. Vou andar por aí com um objeto estranho na artéria.

— É uma ideia assustadora, sra. Moore — Cody admitiu. — Mas a senhora não deve ficar mal-humorada com o sr. Moore por causa disso.

— Você ficaria mal-humorado se estivesse em meu lugar. Essa cirurgia se parece com aquelas que os médicos faziam antigamente, antes de conhecer a medicina a fundo. Não sei por que não posso tomar alguns comprimidos para resolver esse problema.

— Às vezes os comprimidos não funcionam, sra. Moore. Não há comprimidos para autismo. Se alguém é autista, não pode ser curado. Vou ser autista pelo resto da vida, até morrer.

— Bom, pelo menos você não tem ninguém que fique pegando no seu pé o tempo todo. Em vez de ouvir, Charlie vai me pôr no carro, dirigir até Springfield e me forçar a fazer aquela cirurgia. Ontem à noite, discutimos esse assunto desde o jantar até os programas de entrevista na TV. E depois da hora de dormir. Eu disse não, não, não. Mas Charlie não desistiu. Entendeu por que ele me irrita até me tirar do sério? O pescoço é *meu*! Eu é que sei o que se passa com ele.

— O pescoço é seu, mas a senhora é esposa dele. Ele quer que a senhora fique bem, e a senhora deveria deixar de ser resmungona...

— Quer parar de dizer essa palavra? — Esther levantou-se e cruzou os braços. — Tudo bem, talvez eu tenha me comportado mal nesses últimos tempos. Talvez eu tenha sido negativa e crítica em relação a Charlie.

— Não existe *talvez*, sra. Moore. Seu marido tem muitas coisas boas, mas a senhora só vê as ruins. Todo mundo faz coisas irritantes. Até a senhora.

Esther encarou Cody.

— Eu?

Cody assentiu com a cabeça.

— Com certeza.

— Ora, o que você sabe sobre essas coisas? — Esther disse. — Eu amo você, Cody, mas você está sendo desagradável.

— Eu também amo a senhora. Mas a senhora é resmungona.

Eles se entreolharam em silêncio. Esther pensou em todas as respostas que poderia dar diante da análise fria de Cody sobre sua personalidade. Mas a verdade é que o comportamento de Charlie nos últimos dias *a deixava* com os nervos em frangalhos. Desde o acidente, ela sentia dores, cansaço e... sim, estava mal-humorada, em grande parte por causa da nuvem escura que rondava sua cabeça o tempo todo. Não conseguia coordenar os pensamentos. Perdia o fio da meada no meio da conversa. Esquecia o que estava fazendo. Isso era muito irritante e a assustava.

— Agora vou continuar a passar o aspirador — Cody disse.

— Espere um pouco, rapaz. — Esther franziu a testa e fitou-o atentamente. — Você não respondeu à minha pergunta. Não me contou o que Jennifer disse depois que você se declarou a ela.

O rapaz revirou os olhos e afundou-se na cadeira.

— O que ela sempre diz, sra. Moore? "Eu também amo você, Cody. Todo mundo ama você." Jennifer me ama da mesma forma que a senhora me ama. Mas eu a amo de maneira diferente do que amo a senhora. Quando a senhora me abraça, eu não me importo, apesar de não gostar que as pessoas me toquem. Mas, quando chego perto de Jennifer, começo a querer que ela me abrace. E me beije também. Eu gostaria de ganhar um beijo de Jennifer. Um beijo dela seria maravilhoso.

— Mas, Cody, você e Jennifer são opostos, meu querido. Você não vê isso? Ela foi criada por Steve e Brenda num lar cheio de carinho e tem boa instrução. Tem diploma de faculdade! Está estudando para ser missionária por sentir que Deus a chamou para falar de Jesus a outros povos, povos que moram muito longe de Deepwater Cove.

— Eu sei tudo sobre Jennifer. E a senhora não falou das coisas mais importantes que me fazem amar essa moça. Ela é bonita, simpática e sincera.

— Essas coisas são importantes, mas não no decorrer da vida. — Esther fez uma pausa. — Talvez algumas sejam. Bom, talvez todas sejam. Ou talvez sejam mais importantes que a criação e a educação que ela recebeu. Ah, não importa, Cody. Jennifer é meiga em todos os sentidos. Seria uma namorada maravilhosa para você. Até mesmo esposa. Uma ótima esposa.

— Também acho.

— Mas e *você*?

Ele encolheu os ombros.

— Sou bonito. Também sou simpático e sincero. Todos dizem isso. Acho que Jennifer e eu seríamos felizes juntos, principalmente por causa do amor que sinto por ela.

— Mas você e Jennifer são *diferentes*, Cody. — Esther esforçou-se para expressar seus temores de maneira gentil. A ideia de que Cody poderia sofrer muito por causa desse amor era-lhe quase insuportável. Mesmo assim, ela não queria magoá-lo.

— Eu sou muito diferente — ele estava dizendo. — Não conheço muitos homens de minha idade, mas posso dizer que não sou nem um pouco parecido com eles. Nunca bati em alguém nem ofendi ninguém com palavrões, como aqueles caras fizeram comigo antes de eu chegar a Deepwater Cove. Agora sou muito forte, e posso me proteger e proteger Jennifer. Também aprendi a ganhar dinheiro. Sei limpar uma casa, fazer arranjo de flores e pintar rostos de pessoas. Sei recitar mais versículos da Bíblia que qualquer pessoa. E além de tudo sou autista, por isso sou completamente diferente dos outros. A maioria das pessoas não é assim. Deus me fez do jeito que ele queria, e isso é muito especial.

Esther sentiu lágrimas formando-se e receava que elas começassem a rolar por seu rosto e demonstrassem seu sentimento. Todos os psicólogos consideravam o autismo uma deficiência. Chamavam-no de anormalidade — como se alguém no mundo soubesse o que era realmente normal. Cody, porém, considerava o autismo um dom excepcional de Deus! Uma bênção! Ah, como ele entenderia as realidades duras deste mundo cruel e pecaminoso?

— Bom, Cody — ela conseguiu dizer — você é realmente um rapaz maravilhoso, incrível e de muito talento. Sou privilegiada por conhecê-lo.

— Mesmo que eu seja desagradável e a senhora seja resmungona, somos bons amigos. Isso é maravilhoso, sra. Moore. Mas acho que a senhora deveria desentupir essa artéria. Todas as vezes que olho para a senhora, vejo a veia do seu pescoço entupida. E, para ser sincero, fico com vontade de vomitar.

Tendo dito aquilo, ele levantou-se, ligou o aspirador de pó e dirigiu-se à televisão.

Com uma pistola de pregos em punho, Charlie subiu a escada. Dentre todas as coisas tolas que havia feito na vida, esta estava entre as dez mais. Por que um homem de sua idade subiria em escadas de pedreiro, manusearia pistolas de prego e ferramenta de serrar madeira? Se Esther o visse naquele instante, teria uma síncope. A qualquer momento, ele poderia perder o equilíbrio e estatelar-se no chão, quebrando todos os ossos de seu corpo velho e cansado.

— Está tudo certo aí em cima, sr. Moore? — Brad gritou do chão.

— Tudo bem. Estou bem. — Charlie disparou vários pregos numa viga de madeira.

Todas as vezes que a pistola disparava, a pressão quase lhe derrubava os óculos. Bons tempos aqueles em que o homem usava um simples martelo para bater um prego! Bem, para ser sincero, Charlie imaginou que provavelmente não se acostumaria com aquilo. Lembrou-se dos tempos em que era um rapaz presunçoso. A pesada sacola de cartas que carregava o dia inteiro proporcionara-lhe bíceps torneados, físico avantajado e muita resistência. Mas, no atual projeto, isso era o máximo que conseguia para acompanhar o ritmo de trabalho de seu parceiro.

— O restante do material de vedação deve chegar aqui amanhã — o rapaz disse. — Precisei comprar pouco a pouco quando tinha dinheiro em mãos. Ashley estourou o limite do cartão de crédito novamente. A máquina de lavar roupa parou de funcionar outro dia, e, antes que eu chegasse em casa do trabalho, ela comprou e instalou uma nova.

— Ashley instalou a máquina? — Charlie tentou visualizar a ruivinha alta e magrela retirando a máquina velha de casa e arrastando outra para o lugar. — Você está dizendo que ela fez todas as ligações?

— Inclusive a elétrica. Quase nove metros de fios. Não pediu minha ajuda, apesar de ser esse o trabalho que faço. Tenho certeza de que poderíamos consertar a máquina velha. Mas não, ela teve de comprar uma nova. A mais chique, de aço inoxidável.

Charlie desceu cuidadosamente da escada, um degrau por vez. Quando finalmente pisou no chão de madeira do novo cômodo, ele suspirou de alívio.

— Ashley disse que pagaria o cartão de crédito com o dinheiro da venda dos colares — Brad estava dizendo a Charlie. — Mas até agora, essa aventurazinha comercial só serviu para levar o dinheiro embora. Ela continua a dizer que esse negócio ainda vai dar muito lucro, mas, se o senhor quer saber, ela é exatamente igual ao pai.

— O pai de Ashley é dono de uma lanchonete, não?

— É. Ele comprou aquela lanchonete que vende cachorro-quente e sorvete em Camdenton. Sabe qual é? Fica logo depois do colégio. Ashley sempre trabalhou lá.

— Lembro que ela contou a Esther e a mim que vocês se conheceram no pequeno restaurante do pai dela. Que você ia lá comprar sorvete. Até no inverno.

— Pode ser. A gente faz muitas bobagens quando é jovem.

Charlie lembrou-se do primeiro momento em que notou Esther — a bolsa combinando com o suéter roxo. Brad era tão cético e durão que nem admitia ter paquerado Ashley. Que garoto!

Embora estivesse pronto para deixar o trabalho e ir para casa, Charlie havia orado para que Brad se abrisse com ele de maneira mais pessoal. Quase todos os dias o rapaz tagarelava sobre seu trabalho ou sobre ferramentas, caminhões, filmes e jogos eletrônicos. Charlie não entendia metade do que ele dizia. Portanto, naquela tarde quando Brad começou a falar da esposa, Charlie adiou sua ida para casa.

— Eu gostava do pai de Ashley — Brad disse enquanto ele e Charlie pegavam as ferramentas e as guardavam na caixa. — Mas agora ele me irrita. O cara é um idiota. Não digo isso a Ashley, mas é verdade. O pai dela está sempre falando de expandir seu comércio. Pensa que vai ter um lucro enorme com suas ideias mirabolantes. Primeiro decidiu instalar uma máquina de *frozen yogurt*, achando que aquilo ia fazer dele um milionário. Depois foi a cebola gigante. Depois as pimentas *jalapeños* empanadas. Ele tem um esquema atrás do outro para ficar rico, por isso investe em novos equipamentos e em todos os tipos de ingredientes. Aí fica assustado quando chega a hora de pagar os impostos e quando não ganhou mais dinheiro que no ano anterior. Não vou ficar parado e permitir que Ashley faça o mesmo e nos leve à falência.

— Tenho certeza de que o pai de Ashley não é nenhum bobo — Charlie observou. — A indústria alimentícia é muito competitiva, e ele mantém aquele estabelecimento por muito tempo. Mas essas ideias custam muito caro. Talvez ele devesse continuar a vender o que sempre vendeu.

Enrolando um carretel de fio de extensão elétrica, Charlie começou a pensar no que Esther havia feito para o jantar. Aquela conversa de cachorro-quente, cebola gigante e sorvete o deixou faminto. Eles haviam comido o último prato que os amigos e vizinhos trouxeram após o acidente com o carro, e agora Esther voltara a preparar as refeições.

— Na família de Ashley é festa ou fome. — Brad cuspiu tabaco no chão do novo cômodo, um hábito que não agradava a Charlie. Mas o rapaz continuou a falar, portanto Charlie continuou a ouvir. — A venda de cachorro-quente estoura no verão inteiro com os turistas na cidade. — Mas, no inverno, as vendas do pai de Ashley dependem dos estudantes que passam na lanchonete a caminho de casa. O que aquela rapaziada gasta não chega nem aos pés do que ele lucra no verão. Ashley me contou que houve anos em que todas as roupas e sapatos que ela e as irmãs usavam eram comprados em brechós. E embora a família fosse dona de um restaurante, a mãe dela tinha de ir a organizações de caridade para pegar uma cesta básica para a família. Que coisa patética!

— Talvez você não se importe com o pai — Charlie disse — mas parece que se importa muito com Ashley.

— Eu casei com ela, não?

Brad disse aquilo com tanto desprezo, sarcasmo e desânimo que Charlie sentiu uma necessidade urgente de agarrar o rapaz pelos ombros e sacudi-lo para ver se punha um pouco de juízo na cabeça dele. Ashley era meiga e inocente. Não tinha culpa se o pai não sabia administrar o negócio. Será que Brad não lembrava por que havia se casado com a ruivinha bonita?

Charlie engoliu a raiva e concentrou o olhar no trabalho que ambos haviam realizado naquela tarde. Ele não se lembrava de ter ficado com tanta raiva ou tão frustrado com Esther como Brad se sentia em relação a Ashley. Charlie sempre aguardava ansiosamente a hora de voltar para casa, para a esposa e para os filhos todas as noites. Os fins de semana eram melhores ainda — dias de risadas, jogos, piqueniques e descanso. O que poderia ter acontecido entre os Hanes para causar tantas desavenças?

— Eu diria que trabalhamos muito hoje — Charlie observou. Brad não disse nada, por isso ele acrescentou — Ashley deve estar feliz com tudo o que fizemos até agora. Vocês já decidiram se o cômodo vai ser garagem ou quarto de bebê?

— Vai ser um cômodo extra. Eu disse a ela que não quero um bebê neste momento. De que adiantaria? Ela quase não liga para mim. Não acho boa ideia trazer uma criança a esse tipo de casamento.

— Você tem razão — Charlie observou. Após uma pausa, ele perguntou — Por que você não descobre o que está deixando Ashley brava nesses dias?

Brad sacudiu a cabeça.

— Quando eu pergunto qual é o problema, ela começa a chorar. Depois se fecha. Depois fala sem parar até eu não aguentar mais. Não sei qual é o problema dela. Eu só quero o que todo homem quer, entende? Uma esposa, três boas refeições, roupas limpas. Eu gostava de verdade do casamento. Ashley era muito divertida. Agora... esqueça.

— Você até parece um homem de minha geração, Brad. Mas não se casou com uma dona de casa. Você tem uma esposa que sabe instalar sozinha uma máquina de lavar roupa. Ashley trabalha em período integral no clube de campo e está fazendo o possível para atender aos pedidos de bijuterias que não param de chegar. Ela precisa remeter aqueles colares e pulseiras antes do Natal. E você espera que ela cozinhe e lave roupa também? A maioria dos maridos de hoje não ajuda a esposa nesse tipo de trabalho?

— Eu não. Não sou mulherzinha. Trabalho na construção o dia inteiro. E agora estou trabalhando neste projeto todas as tardes. Não sou homem de ficar passando roupa ou pondo o jantar na mesa. Esse trabalho é de Ashley.

— Entendo. — Charlie coçou o queixo. Ele sempre teve a mesma ideia a respeito de Esther ao longo da vida de casados. Só que Esther nunca trabalhou fora de casa. Sua vocação era cuidar da família e da casa, e fazia isso extremamente bem.

— Você tem certeza de que conversou sobre esse assunto com Ashley? — Charlie perguntou. — Talvez vocês precisem se esforçar um pouco mais para abrir o jogo. Diga a ela como se sente, e deixe que ela faça o mesmo. Não há nada melhor que uma conversa boa e sincera para resolver os problemas.

Com um sorrisinho no rosto, Brad enfiou os polegares nos bolsos do *jeans*.

— Quando a sra. Moore vai desobstruir a artéria? O senhor já resolveu esse problema?

Charlie sacudiu a cabeça e foi forçado a rir.

— Você me pegou, rapaz. Não há conversa capaz de convencer aquela mulher a permitir que o médico a opere. Ela não quer ouvir.

— Sabe o que eu penso, sr. Moore? Penso que as mulheres só ouvem o que querem ouvir. E metade do que ouvem de verdade faz parte da imaginação delas. Por exemplo, quando sento na sala para ver um jogo de futebol, Ashley começa a chorar, dizendo que não ligo para ela. Não é verdade. Estou apenas tentando assistir ao jogo. Ela fica imaginando coisas. Sonhando. Admita, sr. Moore. Não adianta tentar conversar com as mulheres e também não adianta ouvir o que elas dizem. Quando a gente é casado, tem de cumprir as obrigações e esperar sobreviver mais um dia.

Dizendo aquilo, ele cuspiu tabaco no chão mais uma vez.

Charlie pensou em Esther por um momento. Certamente *parecia* que eles tinham um bom casamento. Mas ela tinha a tendência de falar sem parar até ele perder o interesse ou começar a divagar. Ouvir Esther era penoso demais. E depois de Brad levantar o assunto, Charlie percebeu que, recentemente, também não teve muito sucesso em conversar com a esposa. Esther recusava-se peremptoriamente a ouvir outra palavra sobre a angioplastia. E pensando bem, Charlie nunca conseguira discutir com ela o assunto de George Snyder e o desenho na gaveta da cômoda.

Teriam eles enganado um ao outro durante todos aqueles anos? Ambos imaginavam ter um casamento feliz... mas na realidade, seriam mais semelhantes a Brad e Ashley, agindo por conta própria e esperando sobreviver mais um dia?

Charlie e Brad entreolharam-se. O sol do fim de tarde criava sombras compridas na estrutura daquele cômodo extra. De repente, uma leve sensação de desafio tomou conta do peito de Charlie. Ele não deixaria passar nem mais um dia sem pôr tudo em ordem em seu casamento. Decidiu que seria um exemplo para Brad Hanes e, por tudo o que era mais sagrado, confrontaria Esther a respeito de suas preocupações e deixaria tudo às claras entre eles.

— O casamento é bom — ele disse ao rapaz. — Mas não é fácil conviver com outra pessoa todos os dias. Não estou dizendo que tudo seja perfeito. Mas Esther e eu temos quase cinquenta anos de vida conjugal, e eu não trocaria nem um só deles. Você e Ashley decidiram casar, e têm a responsabilidade perante Deus e perante vocês de fazer o possível para dar certo.

Brad analisou Charlie com os olhos semicerrados.

— É verdade, sr. Moore — ele disse pausadamente. — Mas, se não houver alegria, para que esforçar-se tanto?

— Responda você mesmo a essa pergunta, Brad. — Não vejo a hora de saber o que decidiu. — Charlie colocou o cinto de ferramentas no ombro e afastou-se do local. — Até amanhã, rapaz.

Enquanto subia no carrinho de golfe, ele ouviu outra cuspida no chão de madeira atrás de si.

11

Esther havia preparado uma carne assada excepcionalmente deliciosa naquela noite. Ao levar o prato à mesa, ela não conseguiu esconder seu orgulho. Batatas, minicebolas e cenouras formavam um círculo colorido ao redor da saborosa carne bovina que havia sido lentamente dourada durante a tarde inteira. Na verdade, o aroma era tão forte que ela teve de abrir a janela da cozinha para deixar a brisa fresca de outono adentrar a casa. Só depois que Charlie chegou do trabalho com Brad foi que ela voltou a fechar a janela e ligou o aquecedor central.

— Aqui está! — ela disse, colocando a travessa diante do marido. — O jantar perfeito para meu marido que adora carne com batata. — Tem pãezinhos no forno do fogão e salada na geladeira, mas vamos orar primeiro.

Encantada com seu sucesso, Esther sentou-se à mesa. Porém, assim que cruzou as mãos e curvou a cabeça, ela notou o semblante sério de Charlie. Ele tinha olhar fixo no assado e a testa franzida.

— Qual é o problema? — ela quis saber. — Você está com cara de quem chupou limão.

— O que você fez com a carne, Esther? — Charlie ajustou os óculos trifocais com uma das mãos e começou a espetar o assado com um garfo.

— Eu assei, como sempre faço. O que eu poderia ter feito?

— Há alguma coisa errada aqui. — Charlie espetou uma cebola, levantou-a até a altura do rosto e voltou a jogá-la na travessa, como se fosse veneno. — O que é *isso*?

— Minicebolas — ela respondeu, resmungando com irritação crescente. — Não costumo usá-las, mas encontrei algumas no armário hoje, e elas eram tão pequenas e tão bonitas que decidi incluí-las no assado.

Charlie olhou para ela.

— Isso não é cebola, Esther. É uma cabeça inteira de alho. Você assou quinze ou vinte delas aqui.

— Alho? Como assim? É uma cebola.

Ele cutucou novamente as brilhantes pelotas brancas ao redor da carne.

— Isso é alho, querida. Percebi que havia algo errado assim que me aproximei de casa. O aroma chegou até a rua. Quando estacionei o carrinho de golfe na garagem, não entendi qual era a causa desse cheiro tão forte.

— O quê? — Esther colocou a palma das mãos sobre a mesa e ergueu seu corpo de 1 metro e meio de altura. — Charles Moore, você acha que não sei diferenciar uma cabeça de alho de uma minicebola? Você parece minha mãe, criticando minha comida pelas costas. Você nunca me considerou boa cozinheira, e agora está tratando meu assado como um atropelamento! Vou resolver esse problema para você!

Com um movimento rápido, ela tirou a travessa da mesa e dirigiu-se à lixeira.

Charlie foi atrás dela e tomou a travessa da mão dela com mais ligeireza.

— Dê-me este prato, Esther.

— Não! — Com lágrimas no rosto, ela virou-se e tentou pegá-lo de volta. Enquanto os dois lutavam pela travessa, o assado caiu no chão com um baque e foi parar embaixo da mesa. Cenouras e batatas voaram pelo ar, caindo em forma de um arco perfeito ao redor do casal. O molho quente espirrou nos balcões e armários, deixando respingos marrons.

Esther cobriu o rosto com as mãos e começou a chorar.

— Tudo estragado! Você estragou meu lindo jantar com seus insultos e comportamento odioso. Você é um homem horrível, horrível!

Esther não se lembrava de ter sentido tanto ódio pelo marido em toda a sua vida. Nem quando ele jogou fora sua boneca favorita de infância durante um de seus ataques de limpeza na garagem. Nem quando ele bateu com o cotovelo em seu vaso de porcelana de Limoges em cima da cômoda e o quebrou. Nem quando ele confessou ter ido a um bar com os amigos e terminou a noite num clube de *striptease*. Mas e se Charlie estivesse comemorando a despedida de solteiro de um amigo? E se nunca tivesse bebido antes disso? Ela o maltratara muito na época! E imaginou que nunca mais voltaria a amá-lo. De certa forma, apesar de tudo, ela o perdoara e aprendera a aceitar seus defeitos.

Mas agora! *Agora!*

— Esther — Charlie murmurou, pousando a mão no braço dela. — Esther, olhe para mim.

— Afaste-se! — ela gritou, esbofeteando-o. — Não toque em mim, seu animal!

Sentindo que ia desmaiar, Esther agarrou-se na tampa do balcão e deixou o corpo cair lentamente no chão. Entre lágrimas, ela viu Charlie ajoelhado, rastejando embaixo da mesa, esforçando-se para afastar Boofer do que restara do assado. Ofegante, Esther tentava aliviar seu sofrimento. Sua calça comprida cor de ferrugem estava manchada de molho, e ela viu uma rodela de cenoura na sola do sapato de Charlie.

Que cena horrorosa! A pior, a pior cena do mundo! Como duas pessoas decentes e civilizadas poderiam ter feito aquilo? Gritar uma com a outra. Jogar comida no chão. Rastejar no chão. Eles pareciam dois seres irracionais.

Esther pegou uma minicebola do chão e cheirou-a. Talvez *fosse* alho, mas isso seria desculpa para Charlie dizer aquelas coisas? Tudo bem, ela havia cometido um erro. Não era o primeiro nem seria o último. Charlie também cometia erros.

— Você jogou minha boneca fora, não esqueça! — ela gritou para ele. — Jogou-a no lixo como se não significasse nada. Mas ela era minha! Ganhei de presente de minha avó quando completei cinco anos, e minha mãe costurou roupas para ela, e eu a amava. E você a jogou fora como se fosse lixo!

— Do que você está falando? — Charlie olhou-a por entre as pernas das cadeiras. — Disse alguma coisa sobre sua boneca?

— Você nunca presta atenção ao que eu digo, não é mesmo? Você me ignora para ver esses programas idiotas de pergunta e resposta. Muito bem, sr. Sabichão, você também erra. Jogou minha boneca fora... isso mesmo. E daí que usei alho em vez de cebola? Você também não é perfeito.

— Esther, estou tentando limpar esta sujeira. Chame Boofer, para ele sair daqui, por favor. Ele agarrou um pedaço de carne e não quer soltá-lo.

— E não se esqueça de meu vaso de porcelana, Charles Moore! Meu tio Bob o trouxe da França depois da guerra. Era de porcelana de Limoges, você sabe. A única coisa bonita que eu tinha. O único objeto valioso que tive em toda a minha vida. E você o derrubou da cômoda com esse seu cotovelo desajeitado que não serve para nada. Não sei quanto aquele vaso valeria hoje se você não o tivesse quebrado. E não me venha falar de alho. Isso não é nada comparado ao vaso de porcelana de Limoges.

A lembrança de ter recolhido os pedaços delicados do vaso e tentado colá-los emergiu na mente de Esther com a força de um tornado. Ela se viu ajoelhada, catando com uma pinça os cacos de porcelana francesa presos entre as tábuas do assoalho. Mas de nada adiantou. O presente valioso estava irremediavelmente espatifado.

Além de ter quebrado o vaso por descuido naquele dia, Charlie partira seu coração. "Era só um vaso", ele dissera. "Vou comprar outro para você na loja de 1 dólar." Ele não fazia ideia do significado daquele objeto único e frágil para ela. Todas as vezes que olhava para o vaso, ela se sentia uma princesa francesa, trajando um longo vestido esvoaçante com uma capa roxa nos ombros e uma tiara de brilhantes na cabeça.

Ela começou a chorar mais alto ao se dar conta de que nunca, nunca seria uma princesa francesa. Aquela vida só lhe trouxera os trabalhos exaustivos de dona de casa. Nem seus dois filhos, em quem ela investira todo o seu tempo, amor e energia por tantos anos, se tornaram adultos perfeitos... Esther enrolou-se no chão.

A nuvem escura envolveu-a, e ela viu Ellie, sua querida filha, embriagada e com os olhos inchados. Viu molduras de quadro empoeiradas e teias de aranha no teto, zombando de seus esforços inúteis de ser uma boa dona de casa. Viu bolos solados, tortas com merengue mole demais, molho queimado, purê de batatas encaroçado. Viu ervas daninhas no canteiro de rosas. Rugas em seu rosto.

E agora, vinte cabeças de alho na carne assada, e o cheiro saindo de sua casa e invadindo a rua, para que todos os vizinhos olhassem uns para os outros como que dizendo: "Sim, sabemos que a Esther é péssima cozinheira. Não entendo como Charlie aguentou essa mulher durante tantos anos".

— Consegui! — Charlie disse triunfante, como se estivesse anunciando sua superioridade sobre o fracasso da esposa. —

Consegui tomar a carne de Boofer. E peguei todos os legumes também. Agora precisamos passar um pano úmido neste chão e tudo vai ficar bem. Podemos comer aquela salada com cara deliciosa que vi na geladeira. Uma salada com pãezinhos quentes fará de mim o homem mais feliz do mundo.

Esther ouviu Charlie andando de um lado para o outro com um saco de lixo na mão — sem dúvida levando seu fracasso à lixeira, ao lugar que era seu destino. Charlie abriu a torneira da cozinha para molhar o pano com água quente. Ele limparia direitinho, a cozinha voltaria a ficar novinha em folha e ambos fingiriam que nada havia acontecido entre eles.

Esther, porém, sabia. Agora sabia. Estava perdendo a memória.

Charlie deu uma mordida no pãozinho meio queimado e observou a esposa do outro lado da mesa. Esther continuava a chorar baixinho, aparentemente sem dar importância ao fato de ele ter limpado a cozinha inteira, passado o pano no chão, acendido algumas velas aromáticas e arrumado um prato com a salada e os pãezinhos.

Ela também não reparou quando Charlie se desculpou por ter achado defeito na carne assada. Ele havia revertido o comentário sobre alhos e afirmado que eram minicebolas. Mas a situação havia ido longe demais. Desculpar-se era uma coisa. Mentir descaradamente a fim de fazer as pazes era outra.

— Esther — ele disse, tentando atrair a atenção dela pela centésima vez — Ashley lhe contou que ela e Brad decidiram transformar aquele cômodo num quarto extra? Brad desistiu da garagem. Mas não tenho certeza se será um quartinho de bebê. Penso que ele ainda não está pronto para ser pai.

De cabeça baixa, Esther enxugou os olhos com um lenço de papel. Seu penteado perfeito havia desmontado. A cobertura grossa de laquê parecia ter rachado ao meio, e os dois lados despencaram. Charlie viu o couro cabeludo dela, claro e acinzentado, e aquilo o fez pensar novamente que sua esposa estava frágil e envelhecendo... e que ele a amava muito.

— Esther, querida, por favor, converse comigo. — Ele levantou-se da cadeira, rodeou a mesa e ajoelhou-se ao lado dela. — Não houve nada sério, meu amor. Não foi nada. Minicebolas ou alho, quem se importa com isso? Temos um jantar delicioso, e há muita comida aqui.

— Ah, Charlie! — com um soluço, Esther abraçou-o e começou a chorar como se estivesse com o coração partido. — Eu tenho mal de Alzheimer. Sei disso! Como pude achar que os alhos eram cebolas? Pareciam com alho e cheiravam a alho. Destruí a garagem. Coloquei o abridor de latas elétrico no lava-louças. E dormi enquanto dirigia o carro. Você deveria me pôr numa casa de repouso, trancar a porta e nunca mais olhar para mim até eu morrer!

— Olhe, Esther — Charlie acariciou-lhe as costas, percebendo a fragilidade daquele pequeno corpo sob sua mão calejada — você se lembra do que Derek Finley disse sobre a angioplastia? Esses seus lapsos de memória devem ser por causa disso. A artéria não está levando sangue suficiente ao cérebro. Vamos conversar sobre essa cirurgia de novo. Aposto que, se você fizer isso, voltará ao normal.

— Não posso. Estou com muito medo. Lembra o que aconteceu com meu pai, não? Ele foi internado no hospital para tratar de pneumonia, e nunca mais saiu de lá! Morreu naquela cama horrorosa de aço, com monitores, *bips* e enfermeiros ao redor dele.

— Ele tinha quase noventa e dois anos, Esther. Era muito velho, não?

— Mas e meu irmão? O médico encontrou um caroço, e ele também morreu no hospital. E meu primo ficou internado somente dois dias...

— Deus quis levá-los todos para casa, Esther. Mas não significa que ele esteja querendo levar você. Internação no hospital não é passagem para o cemitério. Essa cirurgia deve ajudá-la a continuar bem. Se não fizer, poderá piorar cada vez mais.

Ela gritou exasperada e levantou-se da mesa, dirigindo-se à sala de estar. Charlie seguiu-a e viu que o estômago de Boofer devolvera no tapete grande parte do assado que ele havia devorado.

Ao ver a sujeira, Esther gemeu de desespero e correu para o quarto.

— Acho que matei o cachorro! — a voz dela ecoou pelo corredor. — Matei meu cachorro por ter dado carne assada com alho para ele, e a próxima serei eu. Perdi a memória e vou ter uma morte horrível numa casa de repouso.

Cerrando os dentes de frustração, Charlie encontrou Boofer sob a mesa de café. O pobre cão tinha uma expressão de culpa — ou seria de náusea? — na cara. Incapaz de expressar suas emoções, Charlie recolheu a sujeira, jogou-a fora, limpou o tapete e convenceu o cão a sair dali.

— Venha aqui, Boof — Charlie disse. Quando ele se afundou no sofá, o cão pulou em seu colo. Charlie acariciou seus pelos compridos e negros. — O que vamos fazer com sua mamãe, Boofer? Por que você não vai lá e a convence de deixar que o médico coloque um balão na artéria dela? Você faria isso por mim?

Os olhos castanho-escuros do cão fitaram seu dono como se implorassem para livrá-lo daquela custosa tarefa. Charlie recostou-se na almofada por alguns minutos e tentou aliviar a tensão do corpo. Aquele havia sido um longo dia. Separar contas de bijuteria pela manhã, trabalhar na construção à tarde e, para culminar, o fiasco da carne assada. Muitas horas haviam sido gastas no serviço prestado a Brad e Ashley Hanes. Talvez *eles* retribuíssem o favor convencendo Esther de desobstruir a artéria. Ele delegaria a tarefa a Ashley. Quem sabe Esther ouviria a jovem amiga.

Charlie não podia negar que estava preocupado com a esposa. Esther havia feito muitas bobagens enquanto aprendia a cozinhar. Mas aquela confusão do alho com a cebola foi seu primeiro e maior erro culinário em muitos anos.

E se ela estivesse sofrendo um tipo de demência? Como seria a vida dos dois nos anos seguintes? Charlie não podia sequer pensar em internar a esposa num centro de tratamento, mas ele nunca havia sido médico na vida. Não tinha ideia de como cuidar de Esther se as faculdades mentais dela declinassem tão rápido. Um arrepio percorreu-lhe a espinha só em pensar que poderia perder sua meiga e inocente esposa para uma doença tão terrível.

Depois de garantir a Boofer que tudo estava bem, Charlie levantou-se e atravessou o corredor em direção ao quarto. Lá ele encontrou Esther, totalmente vestida e deitada em cima das cobertas, dormindo profundamente. Ele teria de levantá-la, tirar-lhe a roupa, vestir a camisola nela e colocá-la na cama. O problema era que ele não sabia se tinha ânimo para fazer isso.

Sentando-se na beira da cama, ele olhou para a cômoda e tentou lembrar-se do vaso que tanto aborrecera Esther naquela noite. Não se lembrava do dia em que bateu nele acidentalmente naquela mesma cômoda e o derrubou no chão. Mas o que um vaso quebrado tinha a ver com carne assada e alho?

O incidente com o vaso acontecera muito tempo atrás, quase no início do casamento. Esther colocara aquele treco com várias outras bugigangas em cima da cômoda. Charlie nunca notara aquela pequena coleção até uma manhã de inverno, quando estava se vestindo no quarto meio escuro, com apenas parte da cortina aberta, e esbarrou no vaso com o cotovelo. Durante dias, Esther lamentou tanto aquele pequeno vaso francês a ponto de fazer Charlie começar a acreditar que o objeto continha todos os sonhos e esperanças dela. Todas aquelas fantasias, como o vaso, haviam sido destruídas por um marido desajeitado que não tinha ideia do que a palavra *Limoges* significava.

Enquanto a recordação daquele tempo difícil no início do casamento assomava-lhe à mente, Charlie lembrou-se de algo que ele havia descartado há muito tempo por considerar sem importância. No dia do vaso quebrado, ele voltou ao apartamento do casal depois de ter percorrido a rota de entrega da correspondência e encontrou Esther sentada na sala com um vizinho. Ela havia chorado, tomando várias xícaras de chá e estava enxugando os olhos com seu lenço. Sentado ao lado dela no sofá havia um rapaz de cabelo dourado que Charlie vira uma ou duas vezes no corredor.

George Snyder.

Na ocasião, Charlie não deu muita atenção ao caso. Esther disse que George a ouvira chorando e batera na porta do apartamento para ver se ela estava bem. Eles conversaram sobre os acontecimentos da manhã, e George entendeu os dois lados — o que o vaso de porcelana de Limoges significava para Esther e como pôde ser facilmente quebrado por um homem que estava se vestindo no escuro. Charlie agradecera a George por tomar conta de Esther, e ambos se despediram com um aperto de mão. Nos meses seguintes, Charlie raramente voltou a vê-lo, e somente a distância.

Com o cenho franzido, Charlie olhou atentamente para a última gaveta da cômoda. O que George escrevera embaixo do desenho?

Todo o meu amor...

Amor eterno...

Sempre a amarei...

Era mais ou menos isso, porém Charlie esquecera as palavras exatas. Ele olhou de relance para Esther, que continuava dormindo.

Charlie se inclinou, abriu a gaveta e localizou o desenho. Enquanto o tirava do envelope, ele foi novamente arrebatado pela beleza da moça desenhada. Ela parecia viçosa, viva e cheia de sonhos. Seus olhos brilhavam. E os lábios, um pouco entreabertos, quase imploravam por um beijo.

Charlie estaria imaginando coisas? Ou a amizade entre George e Esther havia ido longe demais? Teria havido um romance verdadeiro entre eles? Uma aventura extraconjugal?

Ao pensar em Esther nos braços de outro homem, Charlie estremeceu. Por quase cinquenta anos, ele acreditou que Esther lhe pertencia. Ela era um prêmio conquistado. Era sua mulher. Sua esposa querida. Sua melhor metade. Esther era a mãe de seus filhos, companheira nas horas boas e más, e o único amor que Charlie conhecera.

Teria ela guardado um segredo dele durante tantos anos? Teria havido uma época no casamento em que o coração dela pertenceu a um artista desempregado, de cabelo loiro encaracolado que morava duas portas depois da deles?

— O que você está olhando?

A voz de Esther no ombro de Charlie assustou-o. Ele tentou enfiar o desenho de volta no envelope, mas ela já estava ao lado dele, olhando para o desenho. E embaixo havia as palavras que ele lera.

"Eu sempre a amarei, Esther."

Charlie levantou o desenho para que a esposa pudesse vê-lo.

— George Snyder fez este desenho. Aquele cara que morava no fim do corredor.

— Onde você achou isso? O que estava fazendo em minha cômoda? Você não tem nada que fuçar aí. É onde guardo todos os meus cartões, cartas e tesouros. Você deveria ter me perguntado antes.

— Por que George Snyder fez um desenho seu, Esther?

— Ele é artista. É o que ele faz.

Charlie olhou para ela. As palavras dela soaram como se eles ainda morassem no pequeno apartamento. Esther estaria perdida no tempo ou ainda mantinha contato com o homem? As cartas de George Snyder estariam entre aquelas amarradas com fitas na gaveta dela?

— Quando ele fez este desenho? — Charlie perguntou.

— Quando você acha? É claro que não foi ontem. Faz anos que não sou mais assim.

— Você sentou-se para ele desenhá-la? Posou para ele?

— Não foi uma pose. Quando as pessoas posam, a vida se escoa. Era o que George sempre dizia. Eu pareço sem vida neste desenho? — ela tomou-o da mão de Charlie. — Acho que este é o melhor retrato que alguém já fez de mim. George desenhou-me como eu sou realmente, você não acha? Foi o que ele disse quando me entregou. Ele disse: "Esta é a Esther verdadeira. Esta é a sua essência na forma de desenho". Nunca vou me esquecer disso. Estas foram as palavras que ele usou: "sua essência na forma de desenho". George sempre dizia essas coisas. Isso não lhe soa maravilhoso e imaginativo? No desenho, foi exatamente assim que ele me desenhou. Está vendo? Sou jovem, viva e viçosa. Ah, querido. Como o tempo voa!

Ela pegou o envelope e guardou o desenho. Em seguida, colocou o envelope de volta na gaveta e fechou-a.

— Isso foi há muito tempo, não? — Esther encostou a cabeça no ombro do marido. — Ah, meu amor, sinto muito. Sinto muito mesmo.

Cada músculo do corpo de Charlie enrijeceu diante daquelas palavras.

— O que você fez, Esther?

— Todo aquele alho. Reconheço que errei. Tinha certeza de que eram minicebolas. Eu não deveria ter discutido com você sobre a carne assada, meu bem. E não deveria ter brigado com você por causa da travessa. Você teve de limpar a cozinha inteira e a sujeira feita por Boofer. Fez tudo sozinho, cuidou de tudo. Eu não ajudei nem um pouco. Você me perdoa?

Charlie soltou a respiração.

— Claro que sim, Esther. Essas coisas não têm nenhum valor. Você cometeu um erro, mas quem não erra?

— Foi uma coisa tão boba quando a gente pensa nela. — Esther cobriu a boca com a mão e riu. — E se tivéssemos comido aquela carne assada, Charlie? E se você não tivesse notado que as minicebolas eram alhos? Posso me imaginar no CAC, derrubando todo mundo com meu hálito enquanto estivesse lendo a minuta! E coitado do Brad. O que ele pensaria se você chegasse para ajudá-lo na construção? Acho que cairia da escada!

No final daquela pequena viagem humorística em sua imaginação, Esther levantou-se da cama e foi ao banheiro. Charlie ouviu-a escovando os dentes e lavando o rosto. Mais uma vez, ele deixara de confrontá-la. Não estava a fim de conversar com ela sobre a desobstrução da artéria. E ainda não sabia até que ponto havia ido o relacionamento entre ela e George Snyder.

Quase à beira da angústia, Charlie não sabia o que faria se descobrisse alguma terrível verdade sobre Esther. Saber que ela lhe fora infiel o afetaria agora, depois de tantos anos? Se tivesse tomado conhecimento antes, o segredo faria alguma diferença no casamento? Talvez, se ela tivesse confessado no início, eles não estariam juntos agora — discutindo por causa de carne assada e artérias.

E se Esther houvesse deixado uma pequena parte de seu coração com George Snyder? E se ela nunca houvesse pertencido de verdade a Charlie?

A maneira com que ela gritava com ele ultimamente o fez pensar. O humor de Esther parecia mudar muito mais que o normal. Por alguns momentos, ela estava feliz consigo mesma. De repente, do nada, ela ficava irritada, mal-humorada e até furiosa. Lembrava-se de algo como aquela boneca velha que ele jogara no lixo. Ou do vaso de porcelana de Limoges que ele quebrara. Se ele não tomasse cuidado, ela o surpreenderia atirando-lhe na cara sua aventura no clube de *striptease*.

Ah, que lembrança horrível. Que erro! Mas ele era muito jovem e tolo. Sair com os amigos para passar uma noite na cidade. Coagido a entrar num bar para comemorar, Charlie começara a beber, o que ele nunca havia feito. E, de repente, os homens o levaram para um clube de *striptease*. Charlie nunca se esqueceria de como chegou cambaleando em casa, contando toda aquela baboseira a Esther. Por incrível que possa parecer, ela o perdoara.

Talvez não.

— Achei! — Esther saiu detrás da porta do banheiro e atirou-lhe um beijo. — Achei você, Charlie Moore!

Ele levantou os olhos e não pôde deixar de sorrir. Aquela brincadeira de esconde-esconde era um de seus muitos códigos. O braço de Esther serpenteou na porta do quarto, balançando o roupão de seda até deixá-lo cair no chão. Como sempre, todas as preocupações na cabeça de Charlie voaram pela janela.

É claro que os anos haviam passado e que o corpo de Esther mudara ao longo do tempo. Mas no instante em que ela começou a dançar na porta do banheiro com todos aqueles trejeitos, o coração de Charlie começou a bater mais forte.

— Achei você também — ele disse, mexendo as sobrancelhas para ela.

Esther jogou a cabeça para trás e riu. Com um belo rodopio, ela caiu nos braços dele e começou a beijá-lo. Quando passou as mãos nas costas sedosas e perfumadas da esposa, Charlie só conseguiu pensar em quanto a amava e como se sentia grato por Deus ter-lhe dado uma mulher linda, maravilhosa e deliciosa só para ele.

12

— **Você tem o cabelo mais grosso** que eu já vi num homem de sua idade. — Patsy pegou uma mecha entre o indicador e o dedo médio e cortou pouco mais de 2 centímetros. — E cresce muito rápido também. Não posso acreditar. Parece cabelo de menino. E você não tem um só fio de cabelo branco.

Pete olhou atentamente para a mulher no espelho enquanto ela se empenhava em seu corte de cabelo. Já estava na hora de aparar as pontas, mas aquela visita repentina ao salão de Patsy não tinha essa finalidade. Eles precisavam conversar.

A recente ida deles ao cinema martelava a cabeça de Pete dia e noite. Quanto mais ele pensava no assunto, menos conseguia tirar os acontecimentos da mente. Talvez aquele pensamento obsessivo sobre a situação tivesse algo a ver com espanto. E encantamento. E preocupação.

No escuro da sala do cinema, Patsy envolveu-se espontaneamente nos braços de Pete. Aceitou seus beijos. Beijou-o também — mais de uma vez. Aliás, grande parte da noite foi tomada por aquela atividade em particular. Mas somente dentro do cinema.

No momento em que pisaram no saguão, toda a empolgação de Patsy desapareceu. A princípio, Pete pensou que a mudança na atitude dela teve a ver com o encontro repentino com Cody e as meninas Hansens. Aparentemente, Patsy sentia-se constrangida na presença de Pete, e naquela noite não foi diferente. Ao olhar-se no espelho do banheiro, ele viu batom cor-de-rosa na boca e no rosto, e teve o pressentimento de que aquela noite não terminaria de forma maravilhosa.

De fato, quando eles entraram no caminhão de Pete para voltar a Deepwater Cove, Patsy mergulhou em silêncio. E quando a deixou na porta de sua pequena casa, ele não recebeu sequer um beijo no rosto.

Aquilo não estava certo.

Durante o filme, Pete confessara seu amor por Patsy, e ela reagira de maneira positiva. Mas depois disso, não tocaram mais no assunto. Nas poucas vezes que se cruzaram no estacionamento ou conversaram por alguns minutos no Pop-In de Bitty, Patsy não mencionou o encontro nem os momentos de intimidade entre eles.

Talvez o incidente com o batom tivesse deixado Patsy mortificada, Pete admitiu. Ela ficara furiosa com ele várias vezes porque não gostava de atrair a atenção para si. Mas ultimamente ele imaginava que o silêncio e o afastamento dela tinham um motivo.

— Sei que você não tinge o cabelo — ela estava dizendo enquanto aparava as costeletas. — Reconheço um cabelo tingido a um quilômetro de distância. Mas você já devia estar com o cabelo ralo no alto da cabeça ou com alguns fios prateados.

— Faz parte de minha herança genética — ele replicou. — Índios. É o que meu pai dizia, apesar de minha mãe afirmar que nós, os filhos, tínhamos cabelo escuro e olhos azuis por causa de sua descendência galesa. Enfim, sou grato por isso. Já tenho problemas suficientes para manter o corpo em forma. Ficar careca seria muito triste.

— Você mantém o corpo em forma? — Patsy perguntou, inclinando a cabeça e rindo para ele no espelho.

— Bom, não tanto quanto o seu, claro.

Ela corou.

— Ora, fique quieto, Pete Roberts. Você sabe muito bem que estou a ponto de estourar as costuras dessas calças. Não se atreva a me humilhar no meu salão.

— Pensei que o nome deste lugar fosse Assim Como Estou. Você aceita todas as pessoas como são, menos você?

— Assim Como Estou é como Jesus aceita cada um de nós. Você conhece o hino. Há uma estrofe que diz: "Assim como estou: sem mais demorar, minha alma do mal querendo limpar. A ti, que de tudo me podes lavar".[1] Quando eu era criança, entendia *pó de lavar* em vez de *podes lavar*. — Ela riu por um instante. — Ora, você já deve ter ouvido esse hino na igreja, Pete. Parece que o cantamos todos os domingos. "Bendito Jesus, me chego a ti!"

— Devo ter ouvido, mas não me lembro.

Ela murmurou a música e começou a cantarolar o hino baixinho.

— "Assim como estou: sem nada dizer, senão que por mim vieste a morrer. E me convidaste a ti recorrer: Bendito Jesus, me chego a ti." Significa que Deus nos aceita com todos os nossos pecados, dúvidas e preocupações. Podemos recorrer a ele em qualquer situação. É por isso que eu também tento acolher as pessoas aqui no salão.

— O que você disse a respeito de lavar?

— Você já se sentiu sujo por ter feito algo errado com alguém e, depois de pedir perdão a essa pessoa, sentiu-se de alma lavada? É o que Jesus faz. Ele lava todos os nossos pecados.

— Já fiz muitas coisas erradas — Pete disse.

— Deus não se importa com o número de coisas erradas que você fez. Ele quer você, só isso. Ele quer seu coração assim como ele está: pode ser um pouco fora dos trilhos, completamente sujo, cheio de maldade ou culpa.

— Isso tem a ver com aquela história de "nascer de novo" que conversamos no ancoradouro algum tempo atrás? No grupo de estudo bíblico desta manhã, ouvi tantas coisas diferentes sobre religião que não consegui entender tudo. Ser pescador de homens. Nascer de novo. Entregar o coração ao Senhor. Render-me a Jesus. Assim como estou. Lavar. É muito confuso. Esse tipo de coisa me dá vontade de virar as costas e sair correndo.

Patsy começou a limpar o pescoço dele com uma escova macia, e Pete percebeu que ela estava meditando em suas palavras. Um pequeno sulco surgiu entre suas sobrancelhas, e ela mantinha os lábios cerrados. O que ele havia feito de errado desta vez?

Enquanto ela tirava a capa dos ombros dele, Pete notou o mural que Cody pintara na parede em frente à estação de trabalho de Patsy. As mulheres desenhadas apresentavam uma variedade de estilos e cores de cabelo, mas todas tinham o rosto de Jennifer Hansen. Não havia dúvida quanto a isso.

Cody era loucamente apaixonado por Jennifer tanto quanto Pete era por Patsy. Mas as duas mulheres estavam fora do alcance dos homens que as adoravam. Quanto mais Pete pensava nisso, mais entendia que o motivo era o mesmo.

Jesus.

Jennifer Hansen planejava ser missionária. Seus pais, sua igreja e sua educação a haviam preparado para uma vida que a conduziria a um país distante, no qual ela proclamaria o evangelho. Pelo menos foi o que Patsy contara a Pete. Ainda que Cody fosse tão normal quanto qualquer outro rapaz, não teria nenhuma chance com Jennifer. Ela viveria trancada atrás de um enorme portão de ferro com uma palavra escrita de um lado a outro: *Jesus*.

O mesmo ocorria com Patsy. Ela estabelecera altos ideais para si e para as outras pessoas. No salão, não permitia mexericos nem linguagem obscena, e tocava música cristã o dia inteiro. Queria que todos tomassem parte na marcha para Jesus — avante, soldados de Cristo, como o hino dizia. Sem dúvida, qualquer homem que namorasse Patsy teria de ser tão santo e perfeito quanto ela. E isso não se encaixava na descrição de Pete.

Pete e Cody estavam fora de sincronia com a perfeição. Cody não passava de uma criatura estranha. Ultimamente diziam que o rapaz era autista. Pete não sabia quase nada sobre autismo, mas sabia que não era culpa de Cody. Ele simplesmente nascera assim. Pete, porém, era responsável pela desorganização de sua vida. Não podia jogar a culpa de seus erros em ninguém, a não ser nos próprios ombros. E certamente não podia recorrer a Jesus, conforme Patsy cantava. *Assim como estou* não incluía Pete Roberts. De jeito nenhum.

— Você é mesmo um covarde, não? — Patsy perguntou enquanto varria o chão ao redor da cadeira. — Quer virar as costas e sair correndo, fugir de Jesus, mesmo sabendo que ele o ama exatamente como você é? É a atitude mais covarde de que já ouvi falar.

— Patsy, querida. — Pete segurou-a pelo braço enquanto ela jogava o conteúdo da pá no recipiente de lixo sob a bancada. Ele abaixou o tom de voz. — Precisamos conversar. Estou falando de uma conversa séria. Aconteceram algumas coisas entre nós no cinema. Você sabe que sim. Preciso que você me dê alguns minutos para eu coordenar os pensamentos. Caso contrário, vou enlouquecer tentando entender o que se passou.

Ela olhou ao redor do salão.

— Pete, está quase na hora da reunião do Clube dos Amantes de Chá. Não posso conversar com você hoje. Sinto muito.

— Preste atenção, garota. Se você encontra tempo para a reunião do CAC, pode também encontrar tempo para mim. Devo ser tão importante quanto aquelas mulheres. Pelo menos foi o que você deixou transparecer na outra noite.

— Você é importante, Pete. Mas... — Ela olhou novamente ao redor do recinto com ar de preocupação, como se alguém pudesse ouvi-la conversando com ele. — Pete, eu me interesso por você. De verdade. Mas acho que devemos continuar a ser amigos. Nada mais.

Palavras que todos os homens têm pavor de ouvir. Pete sentiu como se tivesse engolido uma pedra. Afundou-se na cadeira e olhou para suas botas. *Amigos. Nada mais.*

— Pete. — A mão de Patsy cobriu a dele. O esmalte rosa queimado de suas unhas reluziu ao sol da tarde que brilhava através das grandes janelas do salão. As mãos de Patsy eram bonitas e perfeitas, iguais a ela. — Pete, sinto muito pelo que houve no cinema — ela disse em voz baixa. — Eu não devia ter deixado a situação chegar onde chegou. Tenho emoções e necessidades como todas as mulheres, mas sei que não devo ceder aos sentimentos. O que fiz não foi certo. Pensando com mais clareza, eu o seduzi. Por favor, perdoe-me. Gosto de você. Gosto muito. Talvez mais que isso. Mas você não entende? Isso não vai dar certo. Não pode dar certo.

— Por que não? — ele ergueu os olhos para ela, tentando engolir o nó na garganta. — É por causa de meu passado, não? Dos divórcios. Dos problemas com bebida. Da prisão.

Ela suspirou fundo.

— Não, Pete. Você não prestou atenção às minhas palavras? Meu salão chama-se Assim Como Estou. E, conforme eu disse, é assim que Jesus aceita as pessoas, e é como eu tento aceitá-las também. Sei que você teve um passado problemático, mas entendo isso. Vejo que seu comportamento mudou.

— Então é porque não sou proprietário da Rods-N-Ends ou porque estou sempre mudando de uma casa para outra ou coisa parecida. Não passo de um pobre coitado, bobo e caipira.

— Ora, por favor, eu não me importo com essas coisas. Algumas de minhas clientes mais ricas são as piores em questão e comportamento. São muito exigentes e críticas. Para mim, não faz diferença se a pessoa é rica ou paupérrima. É o caráter que conta.

— Então você não aprova meu caráter?

— Você é um homem bom, Pete. Aliás, eu o admiro. Você viu que estava errado e voltou a andar na linha. Gosto que seja meu vizinho aqui em Tranquility. Não poderia ter vizinho melhor.

Então, só restava uma coisa. Pete sabia o que era, mas esperava que a recusa de Patsy fosse causada por outro motivo. Agora não tinha escolha, a não ser pôr as cartas na mesa.

— Eu não nasci de novo — ele disse. — Ainda preciso ser lavado. Não fui pescado pelo pastor Andrew. E não sou um cristão comprometido, conforme você diz, e isso é um enorme empecilho. Estou certo?

Patsy acariciou o braço nu de Pete mais de uma vez. Aquele toque suave o deixou mais fraco do que nunca. Podia jurar que aquela pedra que engolira começara subitamente a queimar como fogo e a derretê-lo em cima da cadeira do salão de Patsy. Não havia nada que ele não fizesse por ela. Nada.

— Vou ser batizado — ele conseguiu dizer. — Juro que vou ser tão bom quanto ouro, Patsy. Já estou frequentando a igreja, a escola dominical e o estudo bíblico para homens. Vou começar a comprar comida enlatada e doá-la a instituições de caridade. Vou me comprometer a tirar a neve do estacionamento da igreja neste inverno e cortar a grama ao redor do templo no próximo verão. Posso ser um homem decente, Patsy. Acredito piamente que sou capaz de viver assim pelo resto da vida. Gostaria que você me dissesse o que deseja de mim e o que posso fazer para merecer você.

Pete notou lágrimas nos olhos de Patsy enquanto ele falava, mas não confiou nelas. Ele a havia provocado mais de uma vez, fazendo-a chorar. Mas agora estava sendo sincero e esperava de todo o coração que ela entendesse.

— Esther já chegou — ela disse baixinho. — Kim e Miranda Finley entraram enquanto você falava. E Brenda está estacionando o carro. Pete, não posso sair daqui com você. Não é hora própria para conversarmos. Preciso participar da reunião.

Ela enxugou os olhos e curvou-se para olhar no espelho.

— Ah, por que não usei rímel à prova d'água? Estou horrível. — Com o auxílio de um lenço de papel e creme, ela começou a retirar os riscos pretos no rosto e a retocar a maquiagem. — Pete, tudo está complicado. Não sei como explicar o que sinto por você, nem tenho certeza se devo tentar. Por que você não volta à Rods-N-Ends agora? Quem sabe a gente possa conversar no domingo após o culto?

A espera até a chegada do domingo era muito longa para um homem com o coração em chamas. Pete não gostou da ideia, e acima de tudo estava magoado em razão da preferência evidente de Patsy pela companhia das amigas. Toda aquela paixonite no cinema não significou nada para ela. Sua confissão de amor — palavras vindas das profundezas do coração — não significou nada.

Apesar das lágrimas, Patsy foi fria e indiferente com ele. Pete nunca a considerou uma mulher capaz de seduzir um homem, mas ela admitira isso poucos minutos atrás. Estava brincando com ele. Confundindo sua mente. Pete conseguia aguentar muitas coisas, mas não aquilo.

— Você não tem obrigação de me explicar o que se passa no seu coração — ele disse, levantando-se e retirando os fios de cabelo da calça *jeans*. — Seu coração é duro e gelado como pedra. Posso não ter nascido de novo, mas não estou morto e enterrado. Tenho sentimentos, Patsy, e não gosto que ninguém brinque com eles.

— Sei que você tem sentimentos — as lágrimas voltaram a encher-lhe os olhos — e também tenho fortes sentimentos por você. Mas estou assustada. Vivo sozinha há muito tempo, e me acostumei a isso. Se eu continuar a agir como agi no cinema, vou me meter numa grande roubada. Você não entende?

Sacudindo a cabeça, ela aproximou-se dele e apontou na direção das mulheres que começavam a reunir-se na sala de chá. Esther Moore havia se levantado da cadeira e estava lendo alguma coisa para o grupo. Cody, sorrindo como um coelho numa plantação de cenouras, sentou-se ao lado de Jennifer. Ele não tinha ideia de que a moça partiria seu coração em pedaços.

— Você sabe que não gosto de mexericos — Patsy cochichou para Pete. — Se repetir uma palavra do que eu lhe disser aqui, vou ficar tão brava que não voltarei a falar com você.

— Minha boca está fechada com um zíper.

— Está vendo Kim ali? Ela me contou que cometeu um erro quando não deu ouvidos aos ensinamentos da Bíblia sobre casamento. Derek é um homem bom, mas não tem a mesma fé que ela, e isso trouxe problemas para o casamento. Eles estão se esforçando para construir um alicerce firme, mas é quase impossível sem esse ponto em comum.

Pete olhou a mulher magra de cabelo escuro do outro lado do salão. Kim era bonita de uma forma misteriosa e silenciosa. Ela sempre encantou Pete, e ele estava feliz por Derek ter se casado com ela. Eles eram ótimas pessoas, e Pete surpreendeu-se ao ouvir que tinham problemas conjugais.

— E está vendo Brenda Hansen? — Patsy disse baixinho. — Ela e Steve também tiveram problemas. Mas ambos são comprometidos com Deus. Penso que isso fez grande diferença para eles vencerem as dificuldades.

Pete coçou a cabeça. Kim e Derek. Brenda e Steve. Será que aqueles casais decentes e trabalhadores tinham ou tiveram realmente problemas conjugais? Quem Patsy mencionaria a seguir? Esther e Charlie Moore?

— Você e eu — ela disse. — Somos muito diferentes. Eu me apego somente em minha fé, Pete. É tudo o que tenho feito em muitos anos. A fé é tudo de que necessito para ter uma vida plena... E você nem sequer entende isso. Está agindo corretamente e tentando fazer o melhor. Mas morro de medo que você não tenha o que precisamos para que tudo dê certo entre nós. É o que estou tentando dizer. Estou morrendo de medo, tá? Apenas morrendo de medo, Pete.

Antes que ele pudesse responder, ela pôs a capa no encosto da cadeira e dirigiu-se apressada à sala de chá. Pete pensou em colocar o boné na cabeça e sair silenciosamente do salão. Ele tinha o direito de estar zangado. É difícil demais abrir o coração diante de uma mulher — oferecer-se para ter o comportamento de um santo todos os dias até o fim da vida — e descobrir que você não tem nada para agradar a ela.

Pete tinha certeza de que não sabia como viver para Jesus da forma que Patsy vivia, porém descobriu que estava muito perto de conseguir isso. Quando ele morresse, provavelmente não atravessaria portões de pérolas, mas talvez fosse ao menos capaz de vê-los.

Além disso, de que adiantava ter fé se ela não livra ninguém de ter problemas? Se Brenda e Steve Hansen — o Casal Perfeito da Igreja — tinham problemas no casamento, quem não teria? De que adiantava ter um relacionamento com Deus se isso não tornava a vida mais fácil? E por que esse assunto era tão importante para Patsy Pringle?

Pete analisou por alguns momentos as mulheres tomando chá e conversando enquanto Esther Moore tentava fazer-se ouvir. Todas estavam sentadas — um bando de peruas com roupas da moda, joias brilhantes e cabelo coberto de laquê.

A seguir, a atenção de Pete foi dirigida a Cody. Puxa, ele era um rapaz bonito. Se não estivesse marchando fora do compasso, provavelmente teria Jennifer Hansen em seus braços. Cody, no entanto, parecia não notar que era diferente das outras pessoas. Estava rindo, comendo biscoitos, tomando chá e vidrado nela.

Pensando bem, Cody não perdia uma só reunião do CAC. Se o rapaz podia fazer parte do grupo, por que Pete não poderia? O homem que ele contratara para ajudá-lo de vez em quando planejava permanecer na Rods-N-Ends por mais algumas horas. Talvez Pete pudesse... bem, por que não? Ele seria o segundo homem a frequentar o Clube dos Amantes de Chá.

Patsy notou Bitty Sondheim sentando-se silenciosamente numa cadeira perto da jarra de água quente. Estava atrasada para a reunião, mas ninguém se importava com isso, a não ser Esther Moore. Como sempre, Bitty apresentava um visual bonito e estranho ao mesmo tempo. Usava saia vermelha, *legging* azul e blusa cor-de-rosa com bolinhas brancas. O cabelo volumoso e comprido de Bitty caía-lhe sobre os ombros, e Patsy sentiu uma comichão nos dedos para pegar uma tesoura e fazer um bom corte naquela gloriosa cabeleira. Chegara a insinuar algumas vezes, mas Bitty não mordera a isca. Evidentemente a californiana que se instalara na localidade gostava das longas tranças e não tinha intenção de permitir que Patsy se aproximasse delas.

Tão logo Bitty se sentou, outro movimento chamou a atenção de Patsy. Ela quase gritou ao ver Pete Roberts sentando-se na cadeira vazia ao lado de Cody Goss.

Ele dizia alguma coisa a Cody e Jennifer, que riram e olharam na direção de Patsy. Pete colocou o boné em cima da mesa e recostou-se na cadeira para ver melhor a vitrine de assados perto da jarra com água quente. Evidentemente sem ouvir a leitura da minuta feita por Esther, da mesma forma que Patsy não ouvia, ele levantou-se e foi servir-se de uma xícara de chá.

Patsy não pôde deixar de seguir Pete com os olhos enquanto ele escolhia um saquinho de chá inglês e o colocava dentro de uma delicada xícara de porcelana. Conforme ela o ensinara, Pete encheu a xícara com água quente e deixou-a de lado para ficar em infusão enquanto escolhia um doce.

Ah, com certeza ele era um homem decente, bem-intencionado. Mas não foi como se ele a houvesse pedido em casamento. Apenas dissera que a amava e queria conversar com ela sobre o relacionamento entre ambos. E Patsy retrucara que ele não estava à altura de seus altos e grandiosos padrões cristãos. Como se ela fosse um primor no que se referia a seguir os ensinamentos de Jesus.

Sentindo-se pior que na noite em que viu seu rosto manchado de batom no banheiro do cinema, Patsy observou Pete pegar a xícara de chá e uma barrinha de limão e voltar à mesa ao lado de Cody. E se Pete não soubesse como entregar a vida a Jesus? Embora se considerasse cristã, Patsy acreditava que o processo para ser semelhante a Cristo era gradual — dois passos para a frente e um para trás. Talvez com o tempo os homens do estudo bíblico ajudassem Pete a entender o que Jesus quis dizer quando afirmou que devemos nascer de novo.

— Onde eu estava mesmo? — Esther Moore perguntou. — Acho que ninguém está prestando o mínimo de atenção em mim nesta tarde. Patsy, do que eu estava falando?

Desviando o olhar do homem na mesa ao lado, Patsy sentiu o rosto arder.

— Não tenho muita certeza, Esther, mas estava pensando na reunião do Dia de Ação de Graças em Deepwater Cove. Vocês já discutiram o assunto?

— Dia de Ação de Graças? — Esther piscou várias vezes. — O Halloween já passou? Não me lembro... Ah, que loucura, Patsy. Você me deixou totalmente confusa.

— Estamos em novembro, sra. Moore — Cody interveio. — O Halloween passou voando, e isso é uma metáfora. Brenda diz que sou muito bom em metáforas. Metáfora é quando a gente compara duas coisas numa sentença. Como... Pete e Patsy são apaixonados como dois pombinhos. Ou... Patsy está vermelha como um pimentão.

— Obrigada, Cody — Esther disse. — E para minha surpresa, vejo Pete Roberts sentado a seu lado. Pete, você está nos visitando hoje ou planeja ser membro do Clube dos Amantes de Chá?

Não bastassem as metáforas de Cody para afligir Patsy, agora Pete havia se levantado para falar ao grupo.

— Ouvi dizer que o CAC está aberto a qualquer um que goste de uma xícara de chá e queira ajudar a comunidade. Eu me enquadro nesses requisitos, e se ninguém se importar, gostaria de fazer parte do grupo.

O rosto de Esther brilhou.

— Alguém tem alguma objeção? Não, claro que não. Pete, é um prazer tê-lo conosco. Convidei Charlie para participar, mas ele está me levando à loucura por causa do problema de minhas artérias. Você sabe como ele é. Uma coisa atrás da outra. Resmungos, resmungos, resmungos. Ele não vai comprar um carro para mim por causa do acidente e do problema de termos dormido enquanto dirigíamos. Bom, *eu* estava dirigindo, por isso Charlie põe a culpa em mim, claro.

Enquanto Esther falava, ocorreu a Patsy que a mulher mais velha se dirigia apenas a Pete — como se tivesse esquecido que estava diante dos membros do CAC.

— Além de tudo isso — Esther prosseguiu — Charlie insiste o tempo todo em saber como estou. "Como você está, Esther?", ele quer saber, mesmo que tenha feito a mesma pergunta dois minutos atrás. Ontem, fiquei tão aborrecida que lhe disse que vou à Califórnia para visitar Charles Jr. e meus netos. Ou então à Flórida, visitar Ellie. Quando o inverno chegar, não poderei viajar a lugar nenhum, mas Charlie poderia fazer uma viagem sem nenhum problema. Mas ele não sai de perto de mim. Parece que estou vivendo com um abutre pairando sobre mim o tempo todo. O CAC é o em único lugar em que fico longe daquele homem.

De repente, Esther pareceu notar que estava de volta à sala.

— Ah, bom — ela disse, fazendo um gesto com a mão para esquecer tudo o que acabara de falar. — Alguém se lembra de onde estávamos na reunião? Esqueci-me completamente.

— A gente estava incluindo Pete Roberts na lista de membros do CAC — Cody a fez lembrar. — E Patsy queria saber da reunião do Dia de Ação de Graças.

Perturbada pela revelação de Esther sobre a tensão entre ela e Charlie, Patsy olhou ao redor da mesa. Como Esther teve coragem de contar aqueles detalhes diante do grupo inteiro? E por que aparentava não se lembrar do que acontecia a sua volta? A impressão era de que todos na sala notaram a confusão de Esther. O burburinho usual havia cessado, e agora se ouvia apenas o barulho do secador de cabelo e da torneira aberta na área do salão.

Patsy notou que Ashley Hanes, que passava a maior parte do tempo com Esther, tinha testa franzida.

Esther começou a virar rapidamente as páginas de seu caderno de anotações.

— Tem certeza de que o Halloween já foi, Cody? Não me lembro de nada. As crianças visitaram as casas este ano?

— Não muitas, sra. Moore. — Cody parecia estar um pouco a par do comportamento estranho de Esther. — Estava chovendo naquela noite. Jennifer diz que a chuva é uma forma de Deus mostrar sua desaprovação ao Halloween. A outra sra. Finley disse que foi uma mudança normal do tempo. Mas desta vez elas não discutiram. Elas estão tentando ser amigas sobre o Halloween, sobre Buda e sobre Jesus e sobre haver muitos caminhos que levam ao céu.

— Tenho algo a falar sobre os planos do Dia de Ação de Graças — Kim disse subitamente, levantando-se e desviando a atenção de todos quanto às divagações de Esther. — Bitty e eu discutimos muito esse assunto durante várias semanas. Derek conversou com o comitê da cidade, e poderemos realizar nosso evento no sábado à tarde antes do Dia de Ação de Graças. Estamos planejando várias atividades na praça de Deepwater Cove. Bitty, você quer apresentar suas ideias?

— Claro. — Bitty levantou-se, atirou delicadamente algumas mechas de cabelo por cima dos ombros e leu as notas que rabiscara num guardanapo. — Teremos a brincadeira da maçã e uma máquina de algodão-doce. Vou montar uma barraca para pessoas que queiram fazer maçãs do amor. Steve Hansen encontrou uma carroça e um trator para usarmos, e Brad Hanes sabe onde conseguir feno, portanto estamos planejando um passeio de carroças pela vizinhança. Charlie Moore e vários outros homens estão ajuntando madeira para a grande fogueira.

— Neste ano, em vez de trazer grelhas ao lago — Kim prosseguiu — todos vão assar salsichas de cachorro-quente na fogueira.

— Ah, rapaz, cachorro-quente! — Cody exultou. — Eu adoro cachorro-quente! Ei, Jennifer, você ouviu? Cachorro-quente!

— Esta é uma lista de assinaturas. — Bitty exibiu uma folha de papel amarelo timbrado. — Precisamos de *marshmallows*, feijões, pão de milho, pãezinhos, sobremesas, esse tipo de coisa. Cada família trará suas salsichas. Escrevam seu nome, o número de pessoas participantes e o que planejam trazer. Se Patsy prometer que não fará nenhuma acrobacia com cadeiras, eu também prometo não ficar falando que a comida de vocês não é saudável. Apesar disso, devo acrescentar que agora existe existe cachorro-quente vegetariano à venda, e eles são tão bons quanto os comuns.

— Cachorro-quente vegetariano? — Esther fechou o livro de anotações da reunião. — Parece a pior coisa que posso imaginar. Você não concorda, Pete?

Patsy prendeu a respiração quando o homenzarrão empurrou a cadeira para trás e levantou-se.

— Cada um tem o seu gosto, é o que penso — Pete disse, caminhando em direção a Esther. — Se Bitty quiser comer vegetais e eu preferir carne de porco, tudo bem. Devemos fazer o possível para ter boa convivência, principalmente entre os membros do CAC.

Com toda delicadeza, ele passou o braço ao redor dos ombros de Esther e ajudou-a a sentar-se.

— Penso que tratamos de todos os assuntos que precisavam ser discutidos hoje — ele prosseguiu, colocando o caderno na bolsa dela e fechando-a. — A senhora pode encerrar a reunião, sra. Moore.

Esther sorriu para Pete.

— Obrigada pela gentileza. Sim, vamos terminar a reunião. Que tal você sentar-se aqui a meu lado e me contar como vão as coisas entre você e Patsy? Ouvi dizer que foram ao cinema uma noite dessas. E como foi? Um encontro de verdade!

13

Charlie estava subindo no carrinho de golfe quando avistou Cody vindo em sua direção.

— Oi, meu amigo — Charlie gritou. — O que vai fazer neste dia tão lindo de outono?

— Quero ir à casa dos Hanes, mas ainda tenho um longo caminho pela frente — Cody respondeu. — Tenho de caminhar até Tranquility para trabalhar no Assim Como Estou.

Charlie não pôde deixar de rir diante do comentário típico de Cody. O riso era um ótimo antídoto para seu mau humor. Ele levantou no meio da madrugada e não parou de pensar em George Snyder e no desenho. Todas as vezes que Charlie tentava incluir o nome do homem na conversa, Esther mudava de assunto com muita habilidade. Tratava-se de uma boa saída para uma mulher que colocava no lava-louças quase tudo o que encontrava. Charlie passou a ter o hábito de inspecionar a máquina, e encontrou flores, guardanapos rendados, apoios de copo e até velas no meio dos pratos e copos.

Além de colocar todas essas coisas no lava-louças e recusar-se a conversar sobre George Snyder, Esther não permitia que Charlie tocasse no assunto da condição de suas artérias. Tudo o que ele fazia a irritava, assim parecia, desde os programas de TV até seus resmungos enquanto separava as contas de argila para Ashley. Quanto mais pensava nesses assuntos, ainda deitado na cama esperando pelo raiar do dia, mais ele queria sair de casa.

Em razão disso, ele havia engolido com pressa o café da manhã. Depois de deixar um bilhete para Esther, foi com o carrinho de golfe à casa dos Hanes. Chegou cedo, a tempo de cumprimentar Brad e discutir os problemas da construção na qual os dois trabalhavam. Ambos estavam preocupados, porque poderia haver infiltração na emenda do antigo telhado com o novo.

Ashley saíra de casa algumas horas antes de Brad seguir para o trabalho. Ela estava a caminho da casa dos Hansens para confeccionar as contas. No geral, a manhã transcorrera de modo tranquilo — Charlie vedando as vigas e conversando com um outro transeunte até decidir que era hora de almoçar.

Daquela vez Charlie conseguira concentrar-se no trabalho, e não na esposa, e isso serviu para relaxar seus nervos. Porém, ao avistar Cody vindo em sua direção, ele voltou a sentir-se tenso. Cody era um rapaz cordial, bondoso e prestativo, mas ao mesmo tempo deixava Charlie um pouco zonzo com toda aquela conversa e excentricidade. Charlie, contudo, respondeu ao aceno animado de Cody com um cumprimento.

— Já está mais que na hora de lavar as vidraças, Patsy me disse. — Cody parou ao lado do carrinho de golfe. — E sou o homem certo para fazer esse trabalho.

— Com certeza.

— Se eu tivesse cartão de motorista... — Cody fez uma pausa — Quero dizer, carteira de motorista, eu poderia ir a qualquer lugar. Mas não tenho, e não tenho carro também. Às vezes Jennifer me dá uma carona a Tranquility quando vai para as aulas no Centro de Treinamento para Tribos Desconhecidas perto de Camdenton. Mas hoje não. Ela está fazendo as malas porque vai fazer uma viagem para ajudar a construir uma igreja no México. E vai ficar lá duas semanas. Uns dezessete ou vinte dias. É muito tempo.

— É menos do que você imagina. Duas semanas são catorze dias — Charlie disse. — Não sabia dessa viagem missionária. Você vai sentir saudade dela.

— Meu coração vai ficar triste como um cãozinho abandonado na beira da estrada, e essa é uma boa metáfora para explicar como me sinto por ter de dizer adeus a Jennifer.

— É difícil ver alguém partir, mas ela voltará. — Charlie olhou para o banco vazio ao lado dele. — Aceita uma carona até Tranquility, Cody? Estava pensando em comprar uns enrolados na lanchonete de Bitty para o almoço. Posso deixá-lo na porta do Assim Como Estou.

— Obrigado, sr. Moore — Cody disse, subindo no carrinho e acomodando-se no banco.

Charlie pisou no acelerador e guiou o veículo pela estrada em direção à entrada de Deepwater Cove. Sabia que Esther não se importaria se ele não fosse almoçar em casa, mas pensou em telefonar para ela só para ver se tudo estava bem. Na verdade, ambos precisavam distanciar-se um pouco, e seria bom deixá-la em paz.

— Dizer adeus é muito mais difícil do que a gente imagina, e eu já disse adeus a muitas pessoas. — Cody estava olhando o lago. — E se Jennifer gostar muito do México e não voltar para casa? Fui a Kansas e senti saudade de todo mundo, por isso decidi voltar. Mas Jennifer me disse que ama Jesus mais do que a qualquer coisa ou pessoa, e ela está planejando falar dele ao povo de lá, porque isso é importante. Acho que *eu* é que não sou importante.

— Ora, isso não é verdade — Charlie disse, esperando animar Cody. — Jennifer gosta muito de você. Eu já a ouvi dizer isso. E ela não vai morar na selva o tempo todo. Os missionários voltam aos Estados Unidos para visitar a família depois de alguns anos. Ela vai tirar férias, e você poderá vê-la.

— Aqui vai outra metáfora para essa ideia: dói muito. — Cody segurou-se no trilho que sustentava o teto do carrinho de golfe. — Não é uma boa metáfora, mas é como eu me sinto só de pensar em ver Jennifer de vez em quando. E se ela morrer na selva, sr. Moore? Eu quase morri quando morei na floresta. Eu quase morri duas ou três vezes, ou mais. Se Jennifer morrer, vai doer tanto que vou ter de ir para o céu para estar com ela.

— Ei, espere um pouco. Você não vai querer fazer isso, Cody.

— Vou, sim. O céu é um lugar muito melhor que a terra. Não vejo a hora de ir para lá.

— Você não está dizendo... que vai se matar, não é, Cody? Com certeza não vai se sentir tão mal a ponto de fazer isso.

— Não. Não quero me matar, porque acho que todos vão ficar muito tristes se eu morrer dessa maneira. Todos me amam muito. *Muito* mesmo. As pessoas dizem que sou bonito, divertido, artista e também autista. Todos vão chorar muito se eu morrer. Mas eu digo que não vejo a hora de ir para o céu. É meu lugar favorito, e gostaria de estar lá agora.

Enquanto o carrinho de golfe serpenteava pela colina para pegar a estrada rumo a Tranquility, Charlie refletiu nas palavras do rapaz. Ele nunca pensara muito no céu. A vida sempre foi repleta de trabalho, filhos, passatempos, livros, televisão e todas as coisas que ocuparam sua mente e mãos ao longo dos anos.

Quando pensava na vida após a morte, Charlie fazia questão de desviar rapidamente essa imagem da mente. Entregara a vida a Cristo na infância e sabia que seu destino seria passar a eternidade com Deus. Embora não tivesse medo do lago de fogo e do tormento incessante do inferno, ele nunca se preocupara muito com a ideia de céu. A Bíblia dizia que era um lugar onde não há dor, nem sofrimento, nem choro. As pessoas adoram a Deus o tempo todo. Mas, verdade seja dita, parecia um pouco enfadonho para Charlie — principalmente sob a óptica da ideia quase incompreensível de eternidade.

— O céu é um lugar feliz, eu sei — Charlie disse a Cody — mas você não deve ter pressa de querer ir para lá. Mesmo que Jennifer ou outra pessoa querida morra, você não vai querer estar no céu em vez de estar na terra, onde as folhas de outono e os flocos de neve caem, e o verão produz legumes frescos. A terra é um lugar bonito.

— Pode ser. Mas o céu é melhor.

— E por que você diz isso?

— "Para mim o viver é Cristo e o morrer é lucro" — Cody citou. — "Estou pressionado dos dois lados: desejo partir e estar com Cristo, o que é muito melhor." Esse texto está em Filipenses 1. Meu papai falava muito do céu porque achava que ia ser maravilhoso morar lá. Eu também acho. O senhor conhece Hebreus 11, não? É um capítulo da Bíblia que faz uma lista de todas as pessoas de fé. Os versículos 13 e 14 dizem assim: "Todos estes viveram pela fé, e morreram sem receber o que tinha sido prometido; viram-no de longe e de longe o saudaram, reconhecendo que eram estrangeiros e peregrinos na terra. Os que assim falam mostram que estão buscando uma pátria". Somos estrangeiros aqui na terra, sr. Moore, porque nossa casa verdadeira está muito longe, lá no céu. O céu é uma pátria, e Deus construiu uma cidade enorme para nós lá.

Charlie continuou a dirigir em silêncio. Provavelmente já ouvira aqueles versículos, mas não significavam muito para ele. Sem dúvida, enquanto algum pastor os lia, Charlie e Esther estavam tentando controlar as crianças irrequietas com olhares de censura ou ocupando-as com bolachas e giz de cera.

— "Esperavam eles uma pátria melhor" — Cody disse — "isto é, a pátria celestial. Por essa razão Deus não se envergonha de ser chamado o Deus deles, e lhes preparou uma cidade." Isso está no versículo 16. Veja, sr. Moore, o céu é melhor que a terra porque Deus andará conosco lá. "Como disse Deus: 'Habitarei com eles e entre eles andarei; serei o seu Deus, e eles serão o meu povo'". Está na segunda carta aos Coríntios 6.16. Se Deus está no céu e meu papai e minha mamãe também, então é lá que eu quero estar.

— Bom, isso parece bom — Charlie admitiu. — Só que eu amo muito esta velha terra.

— Espere para ver, sr. Moore. Deus é o Rei do céu, e ele preparou um novo céu e uma nova terra para nós. Nesta velha terra, vemos através de um vidro escuro. Meu papai e eu tínhamos uma janela com vidro escuro em nosso *trailer* velho. Ficava no meu quarto. Eu tentava olhar através dele, mas só via cores borradas. Quando eu abria a janela, via que os borrões eram árvores, pedras, um rio e a casa grande do homem bravo que não sabia que a gente morava num *trailer* na propriedade dele.

— Onde ficava isso? — Charlie perguntou.

— Não sei, mas uma vez o meu papai estava fora do *trailer* e bateu no vidro escuro para chamar minha atenção. Fiquei muito assustado. Não consegui ver meu papai, e achei que era o homem bravo da casa grande. Mas quando fiquei em pé na cama e abri o vidro escuro, lá estava ele. O meu papai. Vi meu papai face a face, como Deus.

Charlie parou o carrinho de golfe em frente ao salão de beleza de Patsy Pringle. O fato de Cody conhecer a Bíblia muito mais que ele deixava-o aborrecido — e Charlie lera a Bíblia praticamente a vida inteira. Quando chegou a Deepwater Cove, Cody não sabia ler. Mas ele e o pai haviam memorizado trechos enormes da Bíblia, e Cody era capaz de recitar os versículos com muita facilidade. E mais impressionante ainda: entendia o significado das palavras.

— Chegamos — Cody anunciou. — É hora de lavar as janelas do salão. Ninguém gosta de olhar através de vidros escuros, sr. Moore. É por isso que o céu é muito melhor. Entendeu?

— Entendi, Cody. — Charlie assentiu com a cabeça enquanto o rapaz corria em direção à porta de entrada do salão. Que rapaz estranho! Parecia que Deus se esquecera de pôr um filtro entre o cérebro e a boca de Cody. Mas de uma coisa Charlie tinha certeza. Nunca poderia acusá-lo de mentir. Ele dizia exatamente o que pensava, nem mais nem menos.

Pensando no céu e no desejo surpreendente de Cody de ir para lá, Charlie dirigiu-se ao Pop-In. Não podia imaginar viver no céu sem Esther. Ou viver na terra sem ela. Por mais que um enervasse o outro, por mais que ela deixasse o marido angustiado por guardar um desenho feito por outro homem, por mais que ela parecesse cada vez mais esquecida, de uma coisa Charlie tinha certeza: ele amava sua esposa.

Amava-a com uma paixão que extrapolava a razão. Aquela paixão vinha da parte mais profunda e central de quem ele era como ser humano. Se algo acontecesse com ela, ele se sentiria desolado — como se parte dele próprio houvesse morrido também.

— Ei, Charlie Moore! Não esperava vê-lo aqui para almoçar. Entre!

A voz animada de Bitty Sondheim afastou a melancolia de Charlie no momento em que ele entrou no pequeno restaurante. Embora ele e outros homens do estudo bíblico das manhãs de quarta-feira tivessem planejado fazer algumas mesas para Bitty, Charlie se envolvera na construção do cômodo extra dos Hanes. No entanto, ele notou que ela abrira uma varanda para o restaurante na calçada, onde colocara várias mesas e cadeiras perto da grande janela frontal.

O local estava fervilhando de clientes na hora do almoço, e Charlie entendeu que precisaria aguardar na fila. Não era uma tarefa fácil. O aroma do local sempre lhe dava água na boca. Queijo, cebola, alho, tomates frescos, manjericão, tomilho e todos os tipos de ervas, vegetais e carnes misturavam-se formando uma fragrância que enchia o ambiente e fazia o estômago de Charlie roncar de fome.

— Tenho uma *fajita* especial hoje, Charlie — Bitty gritou enquanto entregava uma embalagem de lanche a um cliente. — Se você não achar suficiente, tenho também um rocambole de carne especial para oferecer. Parece que você andou trabalhando muito. Seu boné está coberto de serragem.

Charlie tirou o boné e sacudiu-o na grande lixeira num canto. Enquanto o colocava embaixo do braço, ele avistou Jennifer Hansen dirigindo-se à porta com as mãos cheias. Ele cumprimentou-a com uma leve batida na cabeça.

— Então, você está de partida para o México. Cody me contou que você e outros missionários vão construir uma igreja lá.

A loira encantadora recompensou-o com um largo sorriso.

— Não vejo a hora, sr. Moore! Será minha segunda viagem para fora do país. Vamos a uma parte remota do México, perto de Oaxaca, e vou ter de praticar meu espanhol enquanto estivermos trabalhando.

— Parece divertido.

— Vai ser ótimo! — Ela dava pulinhos de alegria enquanto falava. — A maioria de nosso grupo fará a construção, mas eu vou trabalhar com as crianças. Planejei todas as aulas de histórias da Bíblia que vou dar. Minha mãe está me ajudando a costurar marionetes hoje, por isso vim até aqui para almoçar rapidamente. O grupo parte amanhã cedo.

— Todos nós vamos sentir saudades sua, moça. Principalmente um rapaz de cabelo encaracolado que acha você fantástica.

As faces dela coraram um pouco.

— Eu vou voltar, sr. Moore. Cody está levando isso muito a sério. Está agindo como se nunca mais fosse me ver.

— Nunca sabemos quando o Senhor nos chamará, e tenho certeza de que você conhece os sentimentos de Cody a seu respeito.

A expressão de Jennifer tornou-se séria.

— Sr. Moore... posso...?

Antes que ele tivesse tempo de responder, ela inclinou o corpo, colocou a mão em concha no ouvido dele e começou a cochichar.

— Por favor, sr. Moore, ore por mim. Sei o que Deus quer que eu faça com minha vida... mas... estou muito confusa sobre algumas coisas... sobre Cody.

Charlie prendeu a respiração quando ela lhe segurou o braço.

— O senhor vai orar por mim? — Os olhos da moça encheram-se subitamente de lágrimas, e ela afastou-se.

Charlie assentiu com a cabeça.

— Claro que sim. Prometo.

Aturdido, ele viu-a passar apressadamente pela porta. Ainda não havia processado o pedido de Jennifer quando Bitty o chamou no balcão. Ele pediu *fajita* e logo em seguida já estava com o lanche na mão.

— Onde está Esther? — Bitty perguntou. — Espero que esteja bem.

— Está em casa — Charlie disse por entre os dentes. — Eu estava trabalhando. Na construção dos Hanes. Você deve saber.

— Ah, claro. Passei de carro por lá outro dia. Está bem melhor. Achei que Brad havia desistido. Ele esteve aqui para almoçar, como sempre, e parecia bem animado. Tenho certeza de que você é responsável por isso, Charlie.

Bitty riu, e pela primeira vez Charlie notou as sardas espalhadas no rosto dela.

— Será que Esther se importaria se você e eu nos sentássemos juntos lá fora? — ela perguntou. — O movimento da hora do almoço está diminuindo, e eu poderia fazer uma pausa. Pedro pode tomar conta do balcão por alguns minutos.

— Tudo bem. Por favor, venha me fazer companhia.

— Ei, Pedro — Bitty gritou por cima do ombro. — Tome conta do balcão pra mim, tá?

Charlie viu o novo empregado de Bitty sair da cozinha e dirigir-se ao balcão. Pedro Baca não falava inglês muito bem, mas ele e sua família já haviam se acomodado confortavelmente na comunidade do lago.

— Este é um dia perfeito de outono, não? — Charlie voltou a colocar o boné na cabeça enquanto ele e Bitty saíam do Pop-In e sentavam-se nas cadeiras da área externa. Depois de pedir licença, ele curvou a cabeça e fez uma oração silenciosa de agradecimento pela refeição. Depois, voltou a falar alto. — Céu azul, a últimas folhas nas árvores e uma brisa soprando do lago. Adoro esta estação.

Bitty deu uma risadinha enquanto mexia o café fumegante na xícara.

— Este será meu primeiro inverno de verdade. O sul da Califórnia não tem muito a oferecer na questão de mudanças de estação. Estou gostando do lago e também do tempo mais frio. Mas o inverno será uma grande aventura. Acho que vou me acostumar. Esther contou-me que vocês sempre moraram no Missouri.

Charlie analisou a mulher diante dele e deu a primeira mordida no lanche. Nunca prestara muita atenção a Bitty Sondheim, a não ser para surpreender-se com as roupas extravagantes que ela usava. Hoje, seu cabelo cor de palha estava preso atrás da cabeça numa trança habitual. Antes de sair do ambiente quente do restaurante, ela havia vestido uma blusa azul-turquesa com grandes botões pretos. Por baixo, ela usava um vestido vermelho, solto e enrugado que Esther jamais usaria. Charlie imaginou ter visto meias xadrez em branco e preto e um par de sandálias de couro nos pés dela, mas eles estavam escondidos sob a mesa.

Apesar de sua vestimenta espalhafatosa, Bitty era bonita. Charlie demorou um pouco para notar isso, mas agora estava quase boquiaberto. Aquela mulher tinha as sardas mais bonitas que ele já vira; seus olhos verdes brilhavam de felicidade e os lábios entreabertos deixavam entrever dentes perfeitamente brancos.

— Bitty, você já foi casada? — Charlie perguntou. Ao perceber imediatamente que estava agindo de modo tão grosseiro quanto Cody, ele limpou a garganta. — Desculpe-me. É um assunto pessoal, mas ele sempre me vem à mente nos últimos tempos. Não você. O casamento. Estou me referindo ao casamento em geral.

Quanto mais ele falava, mais piorava a situação, por isso decidiu que a melhor opção seria dar outra mordida no lanche.

— Muito saboroso — ele falou enquanto comia.

Bitty jogou a cabeça para trás e riu. Seu sorriso era tão grande e sincero que levantava o astral de qualquer pessoa. Erguendo a barra de seu vestido longo, ela esticou as pernas e colocou os pés na cadeira em frente a Charlie. Em seguida, colocou uma mecha de cabelo loiro atrás da orelha.

— Não no papel — ela disse. — Casada no papel.

— Ah. — Charlie deu outra mordida no lanche.

— Lá na Califórnia, morei com um homem por cerca de quatro anos. Ele passou a sofrer de uma doença mental, mas não queria tomar remédio. Por isso, o relacionamento não deu certo. Depois, morei junto com outro homem por – deixe-me pensar – ah, por uns dez anos entre uma separação e outra. Aquele também não deu certo. Depois disso, decidi que eu não sabia lidar com os homens. Por volta daquela época, um velho amigo disse que queria se casar comigo, mas eu recusei e fugi dele. Agora estou aqui, feliz como um passarinho e determinada a nunca mais começar um relacionamento.

Ao dizer isso, ela levantou o pé e balançou-o, deixando à mostra as meias xadrez em branco e preto. Sem saber o que dizer, Charlie riu com ela. Bitty era um pouco maluca, mas quem não era nesses tempos? Esther com certeza tinha seus momentos de loucura. Cody também. E o que se passava na linda cabecinha de Jennifer Hansen? Charlie sentia-se como se estivesse rodando na xícara maluca de um parque de diversões.

Sentada na varanda, Esther analisava o estojo com as contas confeccionadas por Ashley Hanes quando Charlie chegou dirigindo o carrinho de golfe. Boofer atravessou o jardim como um raio para saudá-lo, mas Esther não encontrou forças para se levantar. Estava muito cansada, como se estivesse olhando havia horas para aquelas contas. Ashley as organizara de uma forma que não fazia nenhum sentido para Esther. Por mais que tentasse, ela não sabia como arrumar aquela bagunça.

— Vedação instalada — Charlie anunciou enquanto subia a escada de acesso à varanda. — Brad e eu vamos começar a colocar o revestimento na próxima semana.

Ele fez uma pausa e levantou a cabeça.

— Esther? Você está bem?

Ela sacudiu a cabeça.

— Senti tontura o dia todo.

— Tontura? — Ele sentou-se ao lado dela e virou a caixa de contas para si. — Que estranho. Também estou me sentindo meio esquisito hoje.

— Talvez seja alguma coisa que comemos.

— Deve ser porque tenho muita coisa na cabeça. O que você fez com as contas, querida? Misturou tudo.

— Sério? Misturei tudo? — Ela tomou um gole de limonada e olhou atentamente para a caixa de contas de argila na mão do marido. O gelo no copo havia derretido há muito tempo, mas a bebida continuava gelada.

— Não, acho que Ashley não me orientou corretamente — Esther disse a Charlie, apontando para a fileira de objetos na mesa. — Hoje à tarde, ela trouxe todos estes saquinhos com as contas e pediu-me que as separasse, mas não consigo entender o que ela escreveu. Você é capaz de entender?

Charlie pegou o cartão com as instruções escritas à mão.

— Querida, esta é a lista de compras que levei ao supermercado na última segunda-feira. Veja. Ovos, leite, *bacon*, aveia. Foi você quem escreveu, Esther.

Ela concentrou-se nas palavras, e imediatamente tudo começou a fazer sentido.

— Ó céus! Que tolice a minha! Devo ter pegado a lista quando entrei em casa para buscar a limonada.

Charlie curvou-se e retirou um papel preso na perna da mesinha de vime.

— Aqui está o que Ashley escreveu. O mesmo de sempre. "Por favor, separe as contas por cores e tamanhos." Ela desenhou um pequeno diagrama para você.

— Deixe-me ver. — Esther analisou as instruções. — Tudo bem, mas veja a caixa. Por que as contas vermelhas estão misturadas com as azuis? Está vendo esta dourada aqui? Por que Ashley deixou a caixa desta maneira se esperava que eu seguisse as instruções que ela escreveu no bilhete? Aquela moça é um pouco desligada. Vou lhe dizer uma coisa, Charlie. Às vezes penso que ela usa drogas. Brad é péssima influência com toda aquela bebedeira.

Charlie reorganizou as contas de argila silenciosamente. Depois, abriu um saquinho de plástico e começou a encher os compartimentos.

Esther não gostou do semblante dele, portanto decidiu que era hora de dar a grande notícia.

— A propósito, decidi desentupir minha artéria — ela tentou dar um tom casual à voz, mas por algum motivo as palavras saíram embargadas. — Eu o amo muito, Charlie, e sei que tenho sido um osso duro para você por causa disso. Morro de medo de deixar o médico colocar todos aqueles balões e tubos em minhas artérias, mas vou permitir porque quero vê-lo feliz novamente. Você anda muito irritante nesses últimos meses, e sei que a maior parte da culpa cabe a mim.

— Ora, Esther. — Ele estendeu a mão na direção dela.

— Não, deixe-me terminar. — Ela pegou a lista do supermercado e usou-a para enxugar o rosto. — Cody disse que tenho sido dura com você ultimamente. As pessoas acham que mudei depois do acidente. Quando fui pentear o cabelo na semana passada, Patsy me disse que eu deveria deixar o médico fazer o procedimento. Disse também que estava preocupada comigo porque, na última reunião do CAC, não me lembrei do Halloween, e não me lembro até agora. Brenda me fez uma visita esta manhã e disse que ela e Kim conversaram a meu respeito. Imagine só! Falar da pessoa pelas costas.

Ao dizer essas palavras, Esther não conseguiu conter as lágrimas. Charlie continuou a dizer "Ora, Esther", mas de nada adiantou. A ideia de que as pessoas da vizinhança estavam falando de suas artérias em segredo foi tão angustiante que ela não conseguira concentrar-se em mais nada o dia inteiro.

— Brenda e Kim também querem que eu deixe o médico colocar o balão — Esther disse, soluçando. — O marido de Kim... ah, não lembro o nome dele neste momento... bem, ele conhece tudo sobre artérias, reanimação cardiopulmonar, infartos e derrames por causa de seu trabalho. Ele disse a Brenda que eu posso estar demente. Você acredita? Demente! E tudo por causa desta droga de artéria.

— Ora, Esther, você não está demente — Charlie acariciou a mão dela. — Derek também conversou comigo a respeito de suas preocupações. Eu já lhe contei, lembra? Ele disse que existe uma condição chamada demência vascular. Significa que a placa em sua artéria está impedindo que o sangue vá para o cérebro. Talvez tenha sido por isso que você esqueceu o Halloween, embora não haja muito a lembrar. Apenas três crianças bateram à nossa porta, e você já estava deitada quando elas chegaram.

— Verdade? E você deu alguma coisa a elas?

— Aham. Goma de mascar.

— Goma de mascar! Ah, isso não é guloseima, Charlie. Você sabe que sempre deixo prontos alguns saquinhos com doces. Bombons, pirulitos, docinhos, balas de menta e chocolate, todas as guloseimas dentro de um saquinho preto de tela, amarrado com fita laranja.

Sua frustração provocou novamente um rio de lágrimas.

— Deixe pra lá, Charlie. Estou tentando dizer que o amo muito, e quero que você seja feliz. E sei que não será feliz se tiver de conviver com uma demente pelo resto da vida. Por isso Brenda ligou para o médico enquanto estava aqui porque — você não sabe — perdi o número do telefone dele. Ela encontrou o número na agenda e marcou a cirurgia. Portanto, no dia seguinte ao Dia de Ação de Graças, você e eu vamos voltar a Springfield. Brenda disse que a cirurgia é simples, e que provavelmente não vão nem me anestesiar, mas a verdade é que eu até gostaria de estar sedada. Todos aqueles cortes e aquelas coisas enfiadas em minhas veias... bem, não importa. Vou fazer isso e ponto final.

Charlie deu um suspiro longo.

— Estou contente, Esther. Até dançaria de alegria se não estivesse tão cansado com aquele trabalho de vedação o dia inteiro. Você contou a novidade aos nossos filhos?

— Ainda não. Cody deve ter feito alguma coisa com nossa agenda na última vez que esteve aqui. Não a encontro em lugar nenhum.

— Vamos deixar que a tecnologia moderna resolva esse probleminha. — Charlie tirou o celular do bolso e apertou alguns botões. Esther sabia que ele ligaria primeiro para o filho. Charles Jr. sempre foi mais calmo e mais prático que Ellie. Embora a filha estivesse estabilizada e tivesse um bom emprego havia vários anos, nem Charlie nem Esther poderiam prever qual seria a reação dela em relação a um problema na família.

— Posso falar com Charles Moore Jr., por favor? — Charlie perguntou. — Diga que é o pai dele... com boas notícias.

Esther visualizou a recepcionista do lado de fora do escritório do filho. Que jovem encantadora! E era maravilhoso saber que Charles Jr. alcançara uma posição de tanto prestígio em seu trabalho. Algumas pessoas torciam o nariz por ele trabalhar numa fábrica de processamento de cebolas, mas Esther sempre se lembrava da importância daquele vegetal na vida de modo geral. A comida simplesmente ficava mais saborosa com a adição de cebolas, e a comida boa transformava o mundo num lugar mais feliz, mais saudável.

A voz de Charlie vibrou.

— Oi, filho. É o seu velho pai. Como estão Natalie e as crianças?

Esther aguardou pacientemente sua vez de falar. Charlie começou a contar amenidades e depois mencionou o procedimento médico e sua importância para a saúde de Esther. Ela preocupou-se ao ouvir novamente toda a história contada em detalhes. Talvez não devesse ter concordado com a cirurgia. Ela amava Charlie e esperava viver muitos anos felizes com o marido. Mas a ideia de permanecer deitada numa daquelas camas duras de hospital com luzes por todos os lados e médicos examinando...

— Ele quer falar com você — Charlie disse, entregando o celular a Esther.

— Alô! — Esther segurou o aparelho, sem saber exatamente onde deveria encostar a orelha e que tom de voz usar. Um descuido com a mão e o telefone poderia desligar-se ou discar outro número desconhecido.

— Mãe, como você está? — a voz forte de Charles Jr. inundou o coração de Esther com uma onda quente de amor e satisfação. — O papai disse que você vai se submeter a uma pequena cirurgia após o Dia de Ação de Graças.

— Bom, eu não chamaria de pequena, querido. Eles vão colocar um balão na artéria de sua mãe. É um pouco sério.

— Quer que eu vá até aí para estar com você e com o papai? Natalie e as crianças poderiam ir comigo. Ficaríamos muito contentes.

Lágrimas encheram os olhos de Esther.

— Ah, que ótima ideia! Você tem mesmo a intenção de fazer isso, Charles?

— Claro que sim. Não haverá aulas por causa do Dia de Ação de Graças, e poderemos ficar uns dias aí. Faz muito tempo que não vemos você e o papai.

— Mas e os gastos?

— Não é problema, mamãe. Fui promovido mais uma vez, lembra? Agora sou vice-presidente. Ganho um bom salário. Poderemos estar ao seu lado se isso fizer você sentir-se melhor.

Esther pensou naquela notícia feliz. Vice-presidente! Ela teria contado a Brenda sobre a promoção do filho? As mulheres do CAC sabiam que Charles Jr. ocupava um cargo tão importante na empresa?

— Eu adoraria ver todos vocês — ela disse. Mas enquanto proferia essas palavras, a realidade instalou-se. — Só que não depois de estar com a perna cheia de pontos e de ter um balão dentro de minhas artérias. Não seria nada divertido. Vou ter de permanecer deitada, gemendo e de mau humor, como fiquei depois do acidente que provoquei com o carro. Que tal se eu e seu pai formos de carro até a Califórnia no Natal? Sei que isso parece impulsivo de minha parte, mas estou com muitas saudades de Natalie e de meus netos. Vou me sentir melhor assim, e poderemos abarrotar o carro de presentes para todos, como verdadeiros Papais Noéis.

Charles Jr. riu.

— As crianças já estão bem grandinhas para isso. Mas adoraríamos receber a visita de vocês. Vamos planejar. Talvez Ellie possa vir também.

— Não seria maravilhoso? Todos nós juntos, como fazíamos quando vocês eram pequenos. Que Deus o abençoe, querido. Vou pensar nisso quando eles estiverem iniciando a cirurgia.

— Combinado, mãe. Vou contar a Natalie hoje à noite.

— Eu o amo, meu garoto — Esther disse com voz macia. — Cuide-se. Seu pai vai voltar a falar com você.

Charlie pegou o celular e falou por mais um minuto ou dois. Em seguida, ligou para Ellie, mas, como sempre, ela não atendeu. Aparentemente a igreja ocupava o tempo daquela moça dia e noite.

Charlie deixou um recado e voltou a colocar o telefone no bolso.

— Ela vai ligar quando tiver um tempo livre — ele disse a Esther.

— Sabe de uma coisa, Charlie? Temos os melhores filhos do mundo.

— Com certeza. Será muito bom vê-los no Natal. Querida, se você passar por esse procedimento, tudo voltará ao normal. Sei que a palavra cirurgia é meio assustadora, mas você não vai sentir nada. Os médicos fazem isso o tempo todo e salvam muitas vidas. Quero que a sua seja salva também. Não sei o que seria de mim sem você.

Uma sensação agradável percorreu o peito de Esther ao ouvir as palavras do marido.

— Eu o amo, doçura. Sinto muito por ter encontrado tantos defeitos em você recentemente. Cody me disse que tenho sido resmungona e mal-humorada, e por mais que isso seja difícil de admitir, concluí que ele estava certo. Você me perdoa?

— Sim, claro que perdoo. Você já me perdoou por muito mais.

— É verdade. Já que você mencionou isso, jamais me esquecerei do dia em que você foi àquele clube de *striptease*... Ah, o que estou dizendo? Eu já perdoei há anos. Tudo ficou no passado. O importante é pensar nos bons momentos que temos tido e em nosso amor um pelo outro. Você sabe o que mais amo em você, Charles Moore?

— O quê? — ele perguntou, segurando-lhe a mão e beijando-a.

— Sua fidelidade. Apesar de tantos altos e baixos, dos bons e maus momentos...

— Na riqueza e na pobreza — ele acrescentou. — Na doença e na saúde.

— Até que a morte nos separe. — Esther levantou-se, rodeou a mesa e sentou-se no colo de Charlie. — Obrigada por me amar, meu docinho de coco.

Ele a abraçou, e ela pousou a cabeça no ombro do marido. A sensação era boa, ela pensou. Quase como se ela tivesse voltado a ser criança e ele estivesse embalando-a com sua proteção e força. Charlie Moore era um homem em quem qualquer mulher poderia confiar. Ela também confiava nele. E graças a Deus por isso.

14

Patsy sempre se emocionava ao ver a nova loja de decoração e presentes que Brenda Hansen planejava abrir no fim de semana após o Dia de Ação de Graças. Todas as vezes que tinha um tempo livre no salão, Patsy passava apressada pelo Pop-In e pelo estúdio de tatuagem para dar uma espiada na vitrina da loja de Brenda com seu novo letreiro acima da porta da frente: Bênção para o Lar.

O local não era grande, mas Brenda o dividira criativamente em várias seções. Patsy adorava a riqueza de cores que Brenda escolhera. Steve Hansen construíra divisórias interessantes com estantes e treliças, e à medida que se aproximava o dia da grande inauguração, a loja era abastecida com uma enorme variedade de artigos maravilhosos.

— O que você está olhando aí dentro, mulher?

A voz por sobre o ombro de Patsy assustou-a, desviando seu olhar das contas de Ashley Hanes no balcão frontal da nova loja. Ela focou o olhar em Pete Roberts, que se aproximara dela em silêncio e agora estava perto demais a ponto de deixá-la desconfortável. O braço dele tocou-lhe o cotovelo, e ela sentiu o calor da pele de Pete através da fina blusa que usava.

— Estou olhando a nova loja de Brenda — Patsy respondeu. — Ela contou com a ajuda de Cody para pintar as paredes e agora está abastecendo as prateleiras. Você tem algum problema comigo por eu estar entusiasmada com a loja?

— Não, mas estou curioso. Parece que todas as vezes que me afasto da bomba de gasolina ou vou pescar alguns peixinhos para um cliente, você está aqui, olhando com curiosidade. A loja tem apenas algumas toalhas, luminárias e coisas do gênero, não?

Pete aproximou-se mais dela e olhou através da vitrina. Quando o ombro dele tocou o dela, Patsy estremeceu. Por uma fração de segundo, não conseguiu nem falar.

— Tenho ou não tenho razão? — ele perguntou. — Não sei por que você fica tão alvoroçada com isso. Qual é o grande lance?

— São as coisas que Brenda escolheu e a maneira como ela arruma tudo. Você não vê? As cores das paredes são intensas e belas. E veja como Brenda instalou o balcão do caixa. E lá ela pôs cartazes para os clientes lerem enquanto pagam a compra. Está vendo? "Vá para casa, para a sua família e anuncie-lhes quanto o Senhor fez por você e como teve misericórdia de você. Marcos 5.19." Não é maravilhoso? Expressa tudo o que Brenda quer dizer.

Pete concordou com a cabeça.

— É legal, Patsy. Entendo o que você está dizendo. Aliás, todas as lojas aqui em Tranquility são muito elegantes. Preciso dar um jeito na vitrina da minha. Talvez eu tenha de fazer uma liquidação geral. A venda de *coolers* anda meio devagar, e a época de artigos para natação já era. O interior da Rods-N-Ends também precisa ser melhorado. Você tem um belo versículo bíblico no balcão do salão. Será que você ou Brenda poderia criar um cartaz como aquele para minha loja de artigos de pesca?

Patsy não conseguiu conter o riso.

— Quem sabe um versículo sobre pescadores de homens?

Pete deu uma risadinha.

— Não é má ideia. Se pudéssemos pensar em versículos bíblicos para o estúdio de tatuagem e para a clínica de quiropraxia do dr. Hedges, enviaríamos ondas de santidade para toda a região.

Patsy franziu a testa.

— Isso não é brincadeira, Pete.

— Eu sei. Só estou tentando deixar você mais leve. Outro dia, quando você cortou meu cabelo, não terminamos muito bem a conversa. Você disse que ficou assustada comigo. Ficou com medo porque não temos as mesmas crenças. Sei qual é o problema. Você acha que não temos coisas importantes em comum para que o casamento entre nós dê certo.

— Eu não disse nada sobre casamento.

— Bem, acho que foi eu que pensei nisso. Enfim, tenho pensado muito nisso. Até já escrevi algumas coisas. Fiz uma lista de tudo o que fiz de errado na vida... Enchi mais de uma página, tenho de admitir. Devo ter deixado algumas coisas de fora. Depois, tentei pensar nas mudanças boas que fiz. Não preciso dizer que a lista foi muito pequena. As coisas boas não chegaram nem aos pés das más.

— Não é o número de itens da lista que importa, Pete. É seu coração.

— Eu sabia que você ia dizer isso. Comecei, então a fazer uma segunda lista. Uma lista das qualidades de que gosto nos cristãos que conheço. Mais as qualidades de que não gosto, e para ser sincero, há um bom número delas.

— É claro. Os cristãos são humanos. Se você quiser fazer uma lista dos aspectos positivos de nossa fé, é melhor começar e terminar com Jesus.

— Imaginei que você fosse dizer isso.

Patsy pôs a mão no quadril.

— Se você sabe o que vou dizer o tempo todo, Pete Roberts, por que se dá ao trabalho de me contar? A verdade é uma só. Você não me conhece bem para prever qual vai ser minha reação.

— Bateu na trave — ele sorriu para ela. — Enfim, eu sabia que seria fácil relacionar as qualidades de Jesus, mas decidi analisar o efeito que ele causa em seus seguidores. O *fruto*, conforme o pastor Andrew diz.

— Ei, espere um pouco. Não é justo. Alguns cristãos são muito cruéis, entre eles e com os outros. Mas isso não é o que Jesus quer.

— Conheci alguns desses camaradas cruéis. Porém, no todo, eu diria que a fé produz bom resultado. Foi por isso que decidi conversar com o pastor Andrew. Mas vou dar muito trabalho a ele porque sou um peixe velho. Mas quem sabe ele consiga me pescar.

Patsy prendeu a respiração por um momento, para assimilar melhor as palavras dele. Mas a cautela diminuiu rapidamente seu entusiasmo.

— Você não está dizendo isso por minha causa, está? — ela perguntou. — Pete, não tenho certeza se fomos feitos um para o outro, mesmo que você decida seguir Jesus.

Pete desviou o olhar da vitrina, de onde ambos estavam vendo Brenda colocar uma capa num sofá marrom. Ele segurou Patsy pelos ombros e forçou-a a encará-lo.

— Você sabe tanto quanto eu que Deus no aproximou, srta. Patsy Pringle. Ele fez isso pelo meu bem e pelo seu também. Mas não, não é por isso que vou conversar com o pastor Andrew. É porque finalmente entendi a lagoa.

— Que lagoa?

— A lagoa do céu. Uma tarde dessas, eu estava no ancoradouro tentando pescar alguma coisa e, de repente, um pensamento me atingiu como um raio. Entendi que quando Jesus quer pescar homens e pega um, o sujeito não é ferido nas guelras, não é dependurado num varal, não tem as vísceras arrancadas nem é frito como um peixe. Não... é aí que ele "nasce de novo".

— Sério? — Patsy não tinha certeza se entendeu, mas aquilo fazia sentido perfeito para Pete.

— Claro. O sujeito é arrancado de sua velha lagoa, e Jesus o joga diretamente na lagoa do céu. Ele começa a nadar com um cardume novo. Vê a vida por um ângulo diferente, porque já viu a morte de perto e sabe que recebeu uma segunda chance. Ele nasce de novo na lagoa do céu. Essa lagoa está cheia de algas, iscas vivas e ovos de mosquitos, por isso ele cresce e passa a ser um peixe maior e melhor. É assim que funciona.

— Minha nossa! — Patsy exclamou. — Pete, vejo que há um pregador dentro de você pronto para sair para fora.

Um sorriso sem jeito surgiu no canto de sua boca.

— Você acha mesmo?

— Ah, Pete! — Patsy disse com voz entrecortada quando uma ideia lhe surgiu. — Sabe o que você poderia escrever no cartaz ao lado da caixa registradora de sua loja? "Lagoa do céu: lar do maior pescador que já existiu".

Ele passou o braço ao redor dos ombros dela.

— Você me faria um cartaz como esse, Patsy?

— Vou incumbir Cody dessa tarefa. Aquele rapaz sabe desenhar letras melhor que qualquer um. — Ela inclinou-se para ele. — Pete, você não precisa falar com o pastor Andrew para nascer de novo. Qualquer pessoa que conheça Jesus pode levá-lo à lagoa do céu.

— Mesmo assim, quero falar com ele. Preciso fazer algumas perguntas a ele.

— Por exemplo?

— Por exemplo, o que Deus acha de um ex-delinquente, ex--drogado e divorciado duas vezes, que se apaixonou por uma moça encantadora, meiga e virtuosa?

Tentando não ruborizar, Patsy quis responder, porém imaginou que o pastor Andrew seria a pessoa mais indicada. Além disso, ela não tinha certeza absoluta do que deveria dizer. O que Deus *acha*? E, tão importante quanto essa pergunta, o que Patsy achava? Será que Pete queria realmente se casar com ela?

Enquanto ambos olhavam a vitrina do Bênção para o Lar, Patsy imaginou como Pete e ela seriam dali a alguns anos. Estariam juntos, como o casal refletido no vidro da vitrina. Morariam num lar aconchegante, decorado como a nova loja de Brenda. Talvez tivessem um filho ou dois. Afinal, Patsy não era muito velha. Pete passaria o braço ao redor dela, e ela repousaria a cabeça no ombro dele. Talvez conversassem sobre o passado, quando Pete dirigia uma loja de artigos para pesca e Patsy era proprietária de um salão de beleza. Viveriam como Charlie e Esther. Confortáveis. Tranquilos. Satisfeitos. E continuariam apaixonados.

"Seria bom", Patsy pensou. "Bom demais. Tão bom que se Pete me pedir em casamento um dia desses... bem, vou dizer sim".

Esther não conseguia acreditar que se esquecera da reunião semanal do Clube dos Amantes de Chá. Sentada numa cadeira de vime na varanda, ela olhava para o lago, completamente atordoada. Como aquilo pôde acontecer? Ela sempre comparecia às reuniões do CAC nas quartas-feiras à tarde.

Charlie havia saído algumas horas antes para trabalhar com Brad na construção do novo cômodo, e Esther havia tirado um cochilo não planejado no sofá. Quando despertou, ela notou que o braço esquerdo estava adormecido e não conseguia movimentá-lo. Estava amortecido, e parecia que jamais voltaria ao normal.

"É nisso que dá cochilar no meio do dia", sua mãe lhe dizia. A mãe de Esther não aceitava isso. Estava sempre ocupada demais cuidando da cozinha, do quintal, da casa e dos filhos. "Estherzinha", ela dizia, "levante-se desse sofá agora. Mexa-se, Estherzinha!".

Sorrindo ao lembrar-se de sua mãe exigente, Esther pensou nos próprios filhos. Mais uma vez, a mesa do jantar do Dia de Ação de Graças seria ocupada apenas por ela e Charlie. Ah, as crianças telefonariam, claro. Charles Jr. passaria o fone de mão em mão até todos os membros da família terem desejado um feliz feriado ao vovô e à vovó.

Com certeza Ellie só se lembraria dos pais no fim do dia, depois que ela e outros membros da igreja tivessem terminado de visitar vários abrigos de sem-teto na área. E quando telefonasse, ofegante e agitada, contaria tudo o que se passava em sua vida numa sentença longa e ininterrupta. Todas as suas atividades atravessariam rapidamente o receptor, e ela diria adeus e desligaria o telefone. Ellie mudara muito nos últimos anos, mas continuava a falar apenas de si mesma.

Enquanto pensava nos filhos, Esther viu o carrinho de golfe de Charlie entrar na garagem. Boofer saiu correndo da varanda para saudar o dono. Charlie curvou-se e acariciou a cabeça do cão por um instante, coçou-lhe as orelhas e deu-lhe um tapinha nas costas. Depois, endireitou o corpo e caminhou em direção à varanda.

— Ei, meu doce de mel — ele gritou enquanto subia a escada. — Você está parecendo a rainha de Sabá, sentada no trono e admirando seu território. Hummm, tão linda que sinto vontade de beijá-la. — Ele curvou-se e beijou-a no rosto.

Esther sorriu.

— Estava pensando em Charles Jr. e Ellie. Eles se dedicam demais ao trabalho, você não acha? Charles está enredado na fábrica de cebolas. Quando tem um tempo livre, passa com a família. Parece que as crianças estão envolvidas em tudo. E Ellie mal tem tempo para respirar com todo aquele trabalho na igreja. Gostaria que eles viessem para o Dia de Ação de Graças, e você? Poderíamos comprar um peru enorme para a família toda. O que você acha de ligar para eles?

Charlie acomodou-se na cadeira em frente a ela e tirou o boné.

— O Dia de Ação de Graças já está chegando, Esther. Eles não vão ter tempo de mudar os planos. Vamos à Califórnia no Natal conforme planejamos?

— Planejamos?

— Já conversamos sobre isso.

— Você já parou para pensar por que Charles Jr. e Ellie se mudaram para lugares tão distantes de nós? E tão distantes um do outro? Um está na Califórnia e outro na Flórida. Talvez quisessem fugir de nós. Você acha que não fomos bons pais, Charlie?

— De jeito nenhum! Deus os encaminhou para caminhos diferentes, só isso. Charles recebeu uma bela bolsa de estudos na Universidade do Sul da Califórnia e se apaixonou por uma californiana. E Ellie... bom você sabe como ela foi parar em Miami.

— No centro de reabilitação. Qual foi mesmo? O terceiro ou o quarto que tentamos?

— O terceiro. Mas não foi por nossa culpa. Ellie tem personalidade forte desde que nasceu. Era uma garotinha teimosa. E ainda é.

— Você sente saudades daqueles anos quando eles eram pequenos? Das festas de aniversários, dos Dias de Ação de Graças e dos Natais? A gente se divertia muito, não?

— É verdade. Basta abrir o álbum de fotografias da família para a gente se lembrar dos bons tempos.

Charlie mergulhou em silêncio. Esther contemplou o pôr do sol no lago. Do outro lado da rua, na casa dos Finleys, a mãe de Derek começava seus exercícios diários de ioga. O ar gelado da noite obrigava Miranda a vestir um maiô de ginástica e, às vezes, um suéter. Ainda bem. Esther estava um pouco cansada de ver os olhares de admiração de Charlie lançados àquela mulher, fingindo o tempo todo estar ocupado separando contas ou lendo o jornal.

Homens! Pobres criaturas. Sempre movidos por hormônios. Lutando em guerras. Conquistando nações. Construindo máquinas enormes. Descobrindo novas terras. Tão poderosos, mas facilmente seduzidos pelo piscar de olhos de uma mulher ou por lábios sedutores.

Esther era grata por ter sido sempre corajosa. As pessoas consideravam-na uma mulher distraída, e ela gostava de cometer algumas tolices de vez em quando. Mas, no geral, a vida havia sido bem séria. Apesar de algumas dúvidas ocasionais a respeito de si mesma, ela sentia que havia cumprido bem o seu dever. Era digna de confiança. Estável. Leal.

Ao olhar para Charlie, ela sentiu uma pontada de orgulho. O casamento não era uma incumbência fácil, e eles lutaram muito para que o deles fosse bem-sucedido. Ultimamente, a situação havia ficado um pouco difícil, conforme ocorria com eles de vez em quando. Charlie passou a ser uma pessoa irritante na opinião de Esther. Mas ela estava determinada a tomar uma atitude em relação a isso. Decidiu controlar seu mau comportamento e estava esforçando-se para concentrar-se nas qualidades do marido. E havia muitas. Charlie sempre foi um homem gentil e tranquilo. Trabalhara muito a vida toda, tratava Esther com amabilidade, e de vez em quando lhe trazia um presente especial. Em algumas ocasiões, Charlie entrava em casa com um buquê de rosas. Ou comprava um colar ou brincos para ela.

Sim, ela se sentia feliz por ter se esforçado para voltar a concentrar-se nos pontos positivos do marido e não se esquecer de dizer-lhe frequentemente que o amava muito.

Enquanto Miranda movimentava o corpo de maneira esquisita no deque, Esther recostou-se na cadeira e suspirou de contentamento. Tinha certeza de que Charlie sempre estaria a seu lado, mesmo que ela não praticasse ioga.

— Esther — ele disse, com os olhos fixos no cão em seu colo — eu queria lhe fazer uma pergunta.

Ela foi obrigada a sorrir ao ver o esforço que ele fazia para não olhar na direção de Miranda.

— Tudo bem, minha doçura, que pergunta? Se quer saber se vou praticar ioga, a resposta é *jamais*. Não ligo se a osteo-qualquer-coisa deixar cada osso de meu corpo esfarelado. Não vou fazer essa bobagem.

Em vez de começar a rir, como sempre fazia, Charlie passou os dedos sobre o pelo grosso e escuro de Boofer.

— Não, Esther. O assunto é sério.

Ele ergueu os olhos para ela, e Esther viu tensão no rosto do marido.

— O que foi, Charlie? Você sabe que já aceitei a ideia de desentupir aquela artéria. O que mais pode estar perturbando você?

— George Snyder. Pronto, falei. Se você quiser conversar sobre o passado, Esther, vamos falar dele. Quero saber por que George Snyder fez aquele desenho de seu rosto. E mais importante. Quero que me conte por que ele escreveu embaixo que sempre a amaria.

A princípio, Esther só conseguiu ficar calada, em espanto. De onde Charlie havia tirado aquela pergunta? Ela achou que eles estivessem olhando para Miranda Finley, conversando sobre o Dia de Ação de Graças, relaxando após um dia de trabalho e vendo o sol se pôr enquanto se lembravam dos filhos. Qual o motivo da pergunta?

— Eu já lhe disse por que ele fez um desenho meu — ela respondeu, cada vez mais irritada, apesar de querer controlar-se. — George é artista. Ele desenha e pinta com aquarela e tinta a óleo. E faz ilustrações com nanquim. É o que ele faz.

— O que ele *faz*? — Charlie apertou os olhos. — Esther, por que você fala desse homem como se ele ainda morasse no apartamento no fim do corredor? Não vemos George Snyder há quase cinquenta anos. Pelo menos eu não. E você?

— Claro que não. Ele mudou-se para Nova York. — Ela tentou pensar num jeito de mudar de assunto, mas o braço ainda a incomodava, impedindo-a de se concentrar.

— O que ele quis dizer quando escreveu que sempre a amaria?

— Não é óbvio? Uma frase que não precisa de tradução.

— Precisa, sim, se foi escrita para a esposa de outro homem. — Agora, Charlie estava com os braços cruzados e encarando-a. — Você só conheceu George Snyder depois que nos casamos, Esther. Eu gostaria de saber quando aquele homem decidiu desenhar seu rosto.

— Ele desenhava o tempo todo. Não tinha emprego fixo. Você sabe disso. George estava tendo aulas de arte. Trabalhava com pinturas e ilustrações dia e noite.

— Ele foi ao nosso apartamento outras vezes? Esteve com você além daquela noite em que encontrei vocês dois sentados juntos no sofá, e ele enxugando suas lágrimas?

— Ora, Charlie, aonde você quer chegar? George era meu amigo. Ia me ver de vez em quando. As visitas eram recíprocas.

— Recíprocas? Você foi ao apartamento dele?

— Claro. Ele sempre queria me mostrar seu último projeto. Era um artista muito talentoso, se você quer saber. Percebi isso desde o início.

— Você está me dizendo que você e aquele... aquele... homem... — O rosto de Charlie tornou-se cada vez mais vermelho à medida que ele tentava pronunciar as palavras — que vocês dois...

— George Snyder foi o meu melhor amigo naquela época, Charlie. Não quero que você pense coisa errada sobre isso! Eu o amava, e ele me amava também. Mas não da maneira que você está pensando. Ele me visitava e levava pequenos presentes. Eu admirava o trabalho dele. Gostávamos de bater papo. Só isso.

— Só isso coisa nenhuma! — Charlie levantou-se e começou a andar de um lado para o outro na varanda. Depois voltou para perto de Esther. — Ele desenhou seu rosto de uma forma que eu nunca vi. Fez você parecer... diferente... naquele desenho. E escreveu que sempre a amaria. Enquanto eu dava um duro danado na rua entregando correspondência e ganhando dinheiro para nos sustentar, você e George Snyder se divertiam! Estou errado?

Cerrando os lábios, Esther levantou-se com a ajuda do braço bom e entrou em casa.

— Não quero que todos os vizinhos ouçam você gritando comigo, Charlie Moore. Se quiser discutir o assunto, é melhor entrar. E abaixe o tom de voz.

Esther atravessou o saguão e dirigiu-se a seu quarto. Sentia-se exausta, mesmo após o cochilo, e agora Charlie estava gritando e apontando-lhe o dedo como se ela fosse um cão mal comportado. Ah, que maneira horrível de terminar um dia difícil!

— Você teve um romance com George Snyder? — ainda aos gritos, Charlie entrou no quarto e pôs as mãos no quadril enquanto Esther se deitava na cama. — É melhor você me contar a verdade, mulher. Quero saber todos os detalhes.

Esther cobriu os olhos com o braço e respirou fundo. Queria ficar zangada. Mas não conseguia reunir forças para isso. Era horrível envelhecer e perder as forças.

— Abra a última gaveta, Charlie. Pegue tudo e espalhe aqui na cama a meu lado. Você não vai ficar satisfeito enquanto não vir tudo.

Ela sentiu lágrimas enchendo-lhe os olhos ao ouvir a gaveta de madeira ser aberta e sentiu o peso dos objetos — sempre tão particulares e queridos para ela — atirados na cama. Charlie estava resmungando, como sempre fazia.

— Pronto — ele disse. — Agora é melhor começar a falar, Esther, porque estou com um aperto no estômago como nunca senti.

— Ora, relaxe — ela disse. — Não tem motivos para você se alterar. Abra aquela pasta. A que está amarrada com fita cor-de-rosa. São desenhos e pequenas pinturas que George me deu. A propósito, valem uma fortuna hoje.

Com a cabeça no travesseiro, ela viu Charlie separar as folhas grossas de papel de desenho.

— Este é nosso prédio. Aquele é o canteiro de tulipas do lado de fora da porta da frente, lembra? Ele usava aquarela. George dizia que não era bom em aquarela, mas ele era. De tanto eu dizer, ele passou a acreditar. Este é outro desenho que ele fez de mim. E mais um. George desenhava tudo o que estivesse na frente dele. Não parava de movimentar os dedos. Desenhava em guardanapos de papel se não tivesse um bloco de desenhos.

— Ele estava apaixonado por você — a voz de Charlie parecia distante. — Aquele homem estava apaixonado por *minha* mulher.

— Não, não estava. Ele nunca me tocou nem disse nada inapropriado.

— Escreveu que sempre a amaria!

— E eu sempre o amei. Não há nada de errado em amar um amigo querido, há? Desamarre aquelas cartas. A pilha maior.

— São dele.

— Você acha que eu guardaria estas cartas se George e eu tivéssemos feito alguma coisa errada? Pode ler as cartas. Vai ver que tipo de amigos éramos. Ele escreveu para mim de Nova York. A princípio, as cartas chegavam com frequência. Você deve ter visto. Não sei por que está fazendo tanto estardalhaço.

— Ele *escreve para* você? *Para cá*?

Ao notar o tom de raiva na voz de Charlie, Esther teve um medo súbito de que ele sofresse um infarto. Esforçando-se para levantar da cama, ela segurou-lhe o braço.

— Não seja ridículo! — ela rebateu. — Paramos de nos corresponder séculos atrás. Pare com essa tolice. Já repeti mil vezes que George e eu éramos apenas amigos. Nada mais. Faz anos que ele trabalha em Nova York, e tenho certeza de que, a esta altura, já se esqueceu de mim. Tornou-se um ilustrador famoso, exatamente como sempre sonhou. Veja as revistas aqui, perto de mim. Guardei quase todos os seus trabalhos ao longo dos anos. Estou orgulhosa de George por ele ter ido atrás de sua ambição e ter tido sucesso, e não vou me desculpar por ter sido amiga desse homem há tantos anos, quando éramos jovens e solitários. Por isso acalme-se e pare com esse acesso de raiva. Você está fazendo tempestade num copo d'água.

— Tempestade num copo d'água? — Charlie cobriu o rosto com as mãos.

Ele calou-se por um momento, e Esther começou a preocupar-se de verdade. Não esperava que o marido se lembrasse de George Snyder. E estava convencida de que, mesmo que encontrasse as cartas, Charlie não ficaria aborrecido. Eles eram muito inocentes. Só queriam ter uma vida feliz como amigos. As revistas não significavam nada para ela, mas, um dia, alguém as jogaria fora, talvez sem perceber a importância que tiveram para ela.

Agora, Charlie estava terrivelmente agitado e talvez até chorando. O que ela fizera de tão errado? Certamente ele seria capaz de entender por que uma mulher gosta de guardar lembranças de um amigo.

— Charlie? — Ela pôs a mão no ombro dele. — Qual é o problema?

— Segredos. — Ele sacudiu a cabeça e coçou os olhos. — Esther, você manteve aquele homem em segredo durante todos esses anos. Nunca me falou de sua amizade com ele. Quando éramos jovens, você não disse uma palavra sobre ele. Ao longo dos anos, nunca mencionou suas cartas. Durante todo o nosso casamento, em cada fração de segundo, você pensou nele. Preocupou-se com outro homem, e ele faz parte de sua vida. E você nunca me contou.

Esther percebeu o sofrimento nas palavras de Charlie. Ela acariciou-lhe o braço, mas ele a repeliu.

— Guardar um segredo é o mesmo que contar uma mentira — ele disse através dos dentes cerrados. — É viver uma mentira. Você escondeu isso de mim porque sabia como eu me sentiria. Sabia que eu não iria gostar, e não gosto mesmo. Não é certo. Eu deveria ser o único homem de sua vida. Sou o homem com quem você se casou, e sou tudo aquilo de que você poderia necessitar.

— Bem, não foi — ela deixou escapar, magoada com as acusações injustas de Charlie. — No começo, você era grosseiro, ríspido e exigente, e levei anos para transformá-lo numa pessoa mais agradável. George foi agradável desde o início. Sabia dar presentes, e você até hoje não conseguiu me dar nada melhor que um velho globo de neve! Quando nos mudamos para nosso primeiro apartamento, eu vivia sozinha, assustada e com muito medo de ter cometido um grande erro por ter me casado com você. Mas George estava sempre presente, acalmando-me e enxugando minhas lágrimas. Eu estava grávida quando ele partiu para Nova York, e foi terrível perder sua companhia. Mas aí Charles Jr. nasceu, e a vida voltou a ter significado, a fazer sentido para mim. Entendi qual era minha missão. Finalmente sabia quem eu era e o que desejava da vida. E comecei a descobrir que eu amava você de verdade. George e eu permanecemos em contato por uns tempos porque nos preocupávamos um com o outro. Mas não era amor.

Não como o nosso. Você e eu somos marido e mulher, Charlie. Sempre fui fiel a você.

— Como você pode dizer que foi fiel a mim se tinha um namorado em segredo? Você guardou as cartas e os presentes dele. Guardou também todas as revistas que publicaram o trabalho dele. Isso não é amizade. É adultério!

— Adultério? Não! — Esther endireitou os ombros, com ar desafiador. — Nunca toquei em George, nunca o beijei nem fiz outra coisa qualquer. Não cometi adultério! Como você se atreve a dizer isso? Nunca me embriaguei nem fui a um clube de *striptease*. Você fez isso! Está sempre de olho nas garotas bonitas que passam por aqui. Gosta de olhar os catálogos com mulheres de *lingerie*! Sei que sim. E também gosta de ver Miranda Finley praticando ioga em trajes de banho! Pensa que não vejo essas coisas? Vejo, sim. Você já me magoou muitas vezes com esse seu olhar irrequieto, Charlie, e não venha me dizer que não. Eu era amiga de George Snyder, e daí? Não cometi um erro maior do que você quando foi ao clube de *striptease*.

— Fiz aquilo uma vez, e pedi desculpa — Charlie disparou. — Sabia que cometi um erro. Admiti e nunca mais voltei a fazer aquilo. Mas você guardou sentimentos por aquele homem por quase cinquenta anos! Nunca disse uma palavra. Guardou como um segredinho entre vocês dois. Isso é errado, Esther! Completamente errado!

Ela engoliu a ofensa.

— Mas eu não me apaixonei por George Snyder.

— Então, por que o escondeu de mim?

— Porque você ficaria furioso... e está. Você não entende.

— Diga-me uma coisa, Esther. Você gostaria que eu entrasse e saísse da casa de uma mulher todos os dias, na hora do trabalho, enquanto você estava aqui com as crianças? Como se sentiria se ela me desse presentinhos e me escrevesse cartas? Não ficaria furiosa se soubesse que guardei cartinhas e presentinhos durante cinquenta anos?

Esther abaixou a cabeça.

— Eu não gostaria. Mas você não entende o que se passou entre George e mim.

— Não sou obrigado a entender. Foi errado você manter amizade com outro homem! Foi errado ter recebido aquele homem em nosso apartamento e ter visitado o dele! Foi errado ter guardado estas cartas! — ele pegou um punhado de cartas e atirou-as na parede, espalhando-as no chão. — Tudo isso, Esther. Tudo isso estava errado, e você sabia, caso contrário teria me contado!

Tendo dito essas palavras, ele levantou-se, caminhou em direção à pilha de revistas e chutou-as. Enquanto elas voavam pelo ar como um bando de pombas, ele caminhou em direção à porta e bateu-a atrás de si.

15

Charlie pressionou a extremidade de uma fita na massa para colagem e passou-a por toda a emenda entre as duas placas de gesso da parede. Quando ele e Brad começaram essa fase no cômodo extra, o rapaz parou de cuspir tabaco no chão. Charlie estava grato por isso. Havia pensado que, se ouvisse mais um cuspe, iria torcer a cabeça do rapaz e atirá-la no lago.

— Está um pouco torto aqui, sr. Moore — a voz de Brad ecoou no espaço vazio. Ele estava preparando outra massa. — Não deixe entortar, porque não vou poder passar a massa sobre a fita enrugada. Precisa estar perfeito na primeira vez, senão vai ficar feio.

— Tá, tá, tá — Charlie resmungou. — A voz da experiência. A perfeição em pessoa.

— O que foi? O senhor disse alguma coisa?

— Só estou trabalhando aqui — Charlie disse por cima do ombro. — Você já preparou a massa?

— Estou chegando.

Brad carregou o balde pesado até a escada onde Charlie estava. Quando o rapaz começou a fazer mais massa, Charlie desceu da escada e respirou fundo. Estava exausto, e não havia nada a fazer em relação a isso.

A vida simplesmente o desgastara naqueles dias. Principalmente com Esther agindo de maneira tão ríspida e defensiva. Desde o conflito dois dias antes, ela não parou de tentar convencer Charlie de que sua amizade com George Snyder havia sido completamente inocente.

Seria difícil resolver essa situação, Charlie havia pensado. Por mais que Esther afirmasse ser inocente, Charlie não achava que aquilo fosse certo. Um homem e uma mulher juntos durante horas a fio. Conversando. Trocando presentes. Ele desenhando o rosto dela. Ela chorando no ombro dele. Não, estava errado por mais que alguém tentasse achar que não.

Na noite anterior, Charlie levou Boofer para passear na vizinhança de Deepwater Cove. Deu tantas voltas com o carrinho de golfe que quase gastou todo o combustível do veículo. Não conseguia parar de pensar nas acusações de Esther — nos erros que cometera ao longo dos anos. Ele lembrou-se de muitas coisas. Nunca foi santo, e ela tinha razão quando falou de seu olhar irrequieto.

Charlie sempre se esforçara para manter o foco em Esther, principalmente durante as épocas no casamento em que ela afirmava "não estar interessada" em seus carinhos. "Área interditada", ela dizia. Aquilo não acontecia sempre, mas o suficiente para deixá-lo extremamente frustrado. Além disso, Esther nunca havia sido muito impetuosa na cama. Aliás, aquela parte do casamento era um tanto decepcionante. Mesmo assim, Charlie amava profundamente a esposa, e aprendera a ajustar-se aos seus diferentes níveis de desejo.

Ele nunca soube que George Snyder estava sempre rondando os meandros da mente de Esther. Por que motivo ela evitava Charlie de vez em quando? Esther insistia que ela e George nunca se tocaram. De acordo com Esther, no entanto, o artista que morava no fim do corredor sabia o que fazer para agradar a uma mulher. A lembrança do sorriso dela no desenho fez Charlie contorcer-se de dor. Ela nunca olhara para ele daquela maneira. O que George Snyder havia feito para conquistar a lealdade eterna e a adoração inconteste de Esther?

— O senhor deve ter ouvido o que aconteceu entre mim e Ashley numa noite dessas — Brad comentou enquanto aplicava a massa nas emendas do gesso. — Parece que todo mundo está falando disso. Não sei por que estou trabalhando nesta droga de cômodo. Só quero vender a casa e pegar meu dinheiro.

Charlie tentou concentrar-se nas palavras do rapaz. Desviando os pensamentos de Esther e George Snyder, ele levantou a escada, arrastou-a até a próxima emenda e começou a desenrolar a fita. Charlie não tinha ideia de como conseguiria concentrar-se em outra coisa, a não ser em suas preocupações e frustrações, mas no momento ele não tinha escolha.

— Não ouvi nada a respeito de vocês dois — ele disse a Brad. — Procuro manter-me distante dos problemas das outras pessoas. Se você quiser que eu saiba o que aconteceu, pode falar.

— Não sei se vou conseguir sem soltar alguns palavrões. Estou tão furioso que...

— Tente, rapaz, porque não estou disposto a aturar sua boca suja.

Enquanto subia a escada, Charlie percebeu os olhos de Brad cravados nele. Colocando a extremidade da fita no alto da emenda, perto do teto, ele começou a pressioná-la contra o gesso. A bem da verdade, Charlie não se considerava bom conselheiro matrimonial para Brad Hanes naquela tarde. Evidentemente ele não era um modelo de marido.

— O problema foi por causa do Dia de Ação de Graças — Brad disse. — A mãe dela quer que a gente vá à casa dela, mas eu disse a Ashley que não vou comer um peru preparado pela mãe dela, aquela mulher detestável. Depois de trabalhar na lanchonete da família por tantos anos, ela só sabe fazer cachorro-quente apimentado com anéis de cebolas. Eu disse a Ashley que gostaria de ir à casa da minha mãe, mas ela começou a chorar imediatamente.

Foi um berreiro só. "Você não gosta de minha família", ela disse. "Odeia minha mãe. Não respeita meu pai." Blá-blá-blá. Ela falou tanto que não consegui ouvir nem mais uma palavra.

Charlie parou de aplicar a fita e pensou nas batalhas que ele e Esther enfrentaram nos Dias de Ação de Graças, nos Natais e em outros feriados tradicionais. Aqueles tempos foram verdadeiros pesadelos, principalmente após o nascimento dos filhos. As duas famílias se envolveram, cada uma fazendo pressão, até dar início à Terceira Guerra Mundial. Por falar nisso, esse foi um dos motivos que fez Charlie pensar em mudar-se para Washington, DC, e ocupar a posição de inspetor postal. Ele faria qualquer coisa para livrar-se dos pais e sogros.

— Quando saí de casa e fui pegar meu carro — Brad estava dizendo — ela correu atrás de mim, soluçando, chorando alto para toda a vizinhança ouvir. Começou a socar a janela do carro até eu abri-la. Aí, Ashley agarrou-me pela camisa e começou a dizer que, se eu fosse novamente ao Bar do Larry, ela se divorciaria de mim. Disse que sou bêbado. Ah! Ela não tem ideia do que está falando. O senhor já viu um bêbado de verdade? Deveria ter visto meu pai. Ele bebia até cair no chão. Não parava no emprego. Tratava minha mãe como se fosse lixo. Batia em nós. Costumava...

Brad parou de falar e cuspiu no chão. Desta vez, Charlie não conseguiu culpá-lo.

— Enfim — o rapaz prosseguiu — não sou bêbado. Ashley não tem o direito de impedir que eu vá ao Bar do Larry se eu quiser ir. É o bar que frequento, aonde meus amigos vão. As pessoas de lá me tratam bem, principalmente as mulheres. Eu disse isso a Ashley. Disse que se ela não medir as palavras, vou encontrar alguém para pôr no lugar dela. E vou fazer isso, sr. Moore. Não duvide de mim.

— Você acredita realmente que possa encontrar uma mulher melhor que Ashley?

— Claro que sim! Ashley é maluca. Chora o tempo todo. Joga a culpa em mim por tudo. Diz que eu não sou capaz de sustentá-la. Bom, trago meu ordenado para casa, não? O senhor deve pensar que ela é grata por isso. Não, ela só choraminga. "Você me levava ao cinema, Brad. Comprava flores para mim. Vestia-se bem quando saíamos para comer fora. Era sempre gentil. Sempre me ouvia." Essas bobagens.

Brad pegou uma porção de massa do balde com uma colher de pedreiro e atirou-a na parede. A massa foi parar diretamente na emenda, e o rapaz deu um grito de vitória.

— Eu jogava na primeira base, sr. Moore. Sabia? Também fui *quaterback*[1] do time de futebol americano. No ensino médio, não havia nada que eu não soubesse fazer. Eu era *o cara*. Era *importante*. Ashley sempre andava atrás de mim. Agora, nove entre dez vezes, ela me ignora. Diz que sou egoísta. Grosseiro demais. Que não sou carinhoso.

Brad raspou a parede enquanto falava.

— Eu digo a ela: "Sou atleta, sua boba! Esperava que eu fosse um dançarino de salão ou tocasse piano depois que a gente se casasse?". Estas mãos estão calejadas porque pegam no pesado o dia inteiro. Eu trabalho muito. Ashley não entende por que eu trabalho tanto se gasto metade do que ganho em bebidas. É mentira. Pelo menos não asso contas de argila nem fico fazendo colares. Não sei, sr. Moore. Se o senhor me perguntar, acho que a situação não tem mais jeito. Depois daquela briga, estou pensando em terminar este cômodo e pôr o pé na estrada. Ashley já está pensando em voltar a morar na casa dos pais. Por mim, tudo bem. Ela pode fazer hambúrgueres e colares até morrer. Eu quero *viver*.

Charlie desceu da escada e passou o resto da fita na emenda até o chão. Ele e Brad já estavam quase terminando o trabalho, e logo passariam a pintar o cômodo, que começava a tomar forma. Charlie estava gostando do trabalho de Brad e da camaradagem entre ele e o rapaz.

Naquele fim de tarde, porém, Charlie não sabia sequer o que pensar para aplacar o súbito acesso de raiva e ressentimento que Brad expressara a respeito de seu casamento. Como Charlie poderia transmitir ânimo e alegria a outro casal se o casamento dele parecia estar pairando à beira de um abismo?

— Você não vai encontrar uma mulher melhor que Ashley — ele disse finalmente. — Tenho certeza. Você pode até encontrar uma garota diferente, claro, mas ela também lhe causará uma série de aborrecimentos. Saiba disso.

— Não aquelas garotas do bar. Elas são legais...

— O que é isso, rapaz? Você não está falando sério sobre pegar uma garota de bar, está? — A ira de Charlie aumentou enquanto ele falava. — Quer casar com uma mulher qualquer, que só pensa em passar o tempo bebendo e paquerando homens casados? Está aborrecido porque Ashley espera que você seja mais carinhoso e a trate melhor. Espere até se envolver com uma garota que passa o tempo tomando cerveja e dançando com qualquer um. Você chegará em casa com fome, e ela estará no Bar do Larry com outro homem.

Charlie sacudiu a cabeça enquanto prosseguia.

— Você disse que queria viver, não foi, Brad? Bom, você está vivo. O que mais quer da vida? Quer chegar aos sessenta anos e continuar a beber no Larry? Casado com uma bruxa desdentada que tenta aparentar vinte e cinco anos? Ou ter enfrentado três ou quatro divórcios? É essa a direção que você está escolhendo, cara.

Os dois homens se entreolharam no cômodo escuro. Brad atirou a colher de pedreiro no chão.

Charlie jogou o rolo de fita na caixa de ferramentas, respirou fundo e apontou o dedo para o rapaz.

— Se você deixar Ashley ir embora, é mais idiota do que eu pensava. O lugar onde vocês vão passar o Dia de Ação de Graças não é importante. Beber no Bar do Larry não é importante. As contas de Ashley também não, nem suas mãos calejadas. O importante é que vocês se conheceram, se apaixonaram e prometeram amar um ao outro em quaisquer circunstâncias. Agora vá ao clube de campo e peça desculpa a Ashley por ter sido tão tolo.

— Tolo? — Brad estufou o peito.

— Tolo, sim, e não discuta comigo. Você chamou Ashley de boba? Você é um completo ignorante sobre mulheres. É mais idiota que a maioria dos homens. Portanto, pare de andar por aí de nariz empinado, como se fosse o dono do mundo só porque algumas vadias de bar lhe deram bola. Qualquer homem pode entrar num bar e divertir-se por uma noite. Mas você é casado com uma moça muito meiga que pensou que você fosse um homem tão maravilhoso que poderia dar a lua a ela. Quer ser um homem de verdade? Tome uma atitude e vá buscar a lua para sua esposa.

Sem esperar a resposta, Charlie atravessou a porta intempestivamente e caminhou em direção ao carrinho de golfe. Rapaz ridículo! A vida era curta demais para ele ter de ouvir esse tipo de bobagem da boca de Brad Hanes. E o rapaz ainda tinha coragem de dizer que Ashley falava demais! Brad tagarelava como um papagaio. A cabeça dele estava tão cheia de idiotices que o cérebro parou de funcionar.

— "Eu jogava na primeira base" — Charlie murmurava enquanto dirigia pela estrada de volta para casa. Ele conseguia imitar a voz arrogante de Brad perfeitamente. — "Eu fui o *quarterback* da escola. Eu trago o ordenado para casa. Eu pego no pesado. Todas as mulheres no Bar do Larry me tratam bem."

— O que você está resmungando agora, Charlie Moore?

Charlie ergueu os olhos e viu Esther vindo em sua direção, com uma blusa ao redor dos ombros e uma bolsa pendurada no braço. Sob o lusco-fusco, a silhueta dela parecia pequena e frágil. Ela mancava um pouco, como se a artrite nos joelhos a tivesse incomodando novamente. Com o cabelo branco brilhante, ela parou e sorriu para ele.

— Pensei em lhe buscar — ela disse. — O jantar está quase pronto.

Desconcertado, Charlie parou o carrinho de golfe e dirigiu-se a ela.

— Você não deve sair de casa a esta hora, Esther. Está quase escuro. Pode levar um tombo.

— Eu queria fazer-lhe uma surpresa. — A respiração dela estremeceu ao tocar no braço do marido. — Você me levaria até o lago, Charlie?

— Daqui a pouco vamos precisar de uma lanterna. Onde está Boofer?

— Deixei-o em casa. Quero ficar a sós com você. — Ela inclinou o corpo na direção dele enquanto ambos rodavam pela praça da vizinhança. Em seguida, pararam num gramado seco, queimado pelo frio. A voz dela parecia fraca na escuridão cada vez maior. — Como foi o trabalho? Terminou a parede?

— Quase — Charlie respondeu. — Aquele Brad Hanes é tão burro quanto uma porta. Não é de admirar que Ashley esteja frustrada. Não sei até quando vou aguentá-lo.

— Ashley disse que Brad se formou entre os primeiros alunos da classe — Esther protestou. — Ah, você está falando da briga que tiveram numa noite dessas? Brad lhe contou que eles discutiram por causa de onde iam passar o Dia de Ação de Graças?

Charlie foi forçado a rir.

— Há alguma fofoca na vizinhança que você não saiba, sra. Moore?

— Nenhuma.

— Ashley deve ter feito algumas confidências a você — ele disse. — Você lhe deu algum conselho?

— Dei. Disse a ela que eles deveriam fazer o que nós fazemos. Simples assim.

Apavorado, Charlie franziu a testa.

— O que nós fazemos?

— Passamos todas essas datas especiais em *nossa* casa, seu boboca! Não lembra? Decidimos que, se nossos pais quisessem comemorá-las conosco e passar um tempo com Charlie Jr. e Ellie, eles teriam de vir a nossa casa, não o contrário. A solução foi perfeita. Sem discussão, sem brigas, sem problemas. Quando contei isso a Ashley, ela ficou tão aliviada que até chorou.

— Entendo que ela tem chorado muito.

— E que mulher não chora? Não conheço nenhuma mulher decente que não chore de vez em quando. Com certeza você e Brad descobriram isso agora.

— Acho que nós dois marcamos bobeira ontem.

— Você não, Charlie. Você é sábio. Muito mais esperto que eu.

Ele ouviu Esther engolindo em seco durante todo o passeio a pé pelo ancoradouro. Ela fungava, agarrada ao braço dele, equilibrando-se no chão de madeira. Estaria contendo o choro?

Charlie começou a preocupar-se. O que significava aquela caminhada até o lago? Esther teria um comunicado importante a fazer? Talvez depois de estar casada por quase cinquenta anos com um homem tolo que não sabia dar-lhe um presente melhor que um globo de neve com um posto de gasolina dentro, Esther decidira ir embora com seu amigo artista.

O pensamento de perder a esposa provocou náuseas em Charlie. Por mais que Esther o aborrecesse, ele não queria perdê-la. Não para outro homem. E por nenhum motivo.

Quando chegaram ao fim do ancoradouro, ele sentou-se em seu banco de pesca favorito.

— O que está havendo, Esther? O que estamos fazendo aqui?

Em vez de responder, ela abriu a bolsa e tirou um dos vidros vazios de conserva que costumava guardar. Charlie viu uma substância cinza dentro — talvez pimenta — enchendo a metade do vidro.

Segurando o vidro contra os últimos raios alaranjados do sol, Esther virou-o de um lado e depois do outro.

— Cinzas — ela disse finalmente. — Cody ajudou-me. Expliquei a ele que há certas coisas na vida que gostaríamos de refazer. As pessoas cometem erros, eu disse a ele. Quando envelhecemos, à vezes temos alguns arrependimentos, e a melhor coisa a se tentar, se for possível, é tentar refazer tudo e da maneira correta. Cody pareceu entender. Ele encontrou a corrente para abrir o registro da chaminé da lareira e me ajudou a empilhar tudo sobre a grelha. Empilhamos tudo, as revistas, os desenhos, as cartas. Acendi o fósforo, e Cody e eu cantamos um hino enquanto o fogo ardia e queimava tudo. Sabe que hino nós cantamos? "Assim como estou." Aquele do salão de Patsy. Cody lembrou-me de que todos nós precisamos ser lavados. Claro que foi porque Pete andou falando muito sobre ser lavado. Cody disse que Pete tem chorado muito, por isso eu podia chorar também. E chorei muito porque me senti péssima. Cody passou o braço ao redor de mim e acariciou-me as costas. Não foi doce demais? Ele é um rapaz muito querido.

Charlie teve de controlar a respiração durante quase todo o tempo em que Esther falou. Agora ele respirava aliviado enquanto dizia o nome da esposa.

— Esther...

— Demorei um pouco para admitir que você tinha razão — ela prosseguiu, tirando a tampa do vidro enquanto falava. — Eu não queria abrir mão das lembranças e de todas as pequenas coisas que foram importantes para mim um dia. Ah, eu apresentei todos os tipos de desculpas para continuar a guardar aquelas lembranças. "Ele era apenas um amigo. Charlie não se importaria." Penso que devo até ter jogado a culpa em você. Disse a mim mesma que, se você tivesse sido mais atencioso naquela época, eu nunca teria notado a presença de George. Ou pensava: "Essas obras de arte são valiosas hoje...".

Ela sacudiu a cabeça e prosseguiu.

— Mas *você se importava*, e, no íntimo, eu sabia disso, do contrário não teria escondido tudo aquilo — ela fez uma pausa, e novamente pareceu estar engolindo em seco e fungando. — Charlie, o que você disse outro dia... é a pura verdade. Uma mulher casada não deve ter *nenhum* tipo de amizade com outro homem. Pronto, falei. Por mais inocente que pareça, está totalmente errado. Vi mágoa em seus olhos na primeira vez que você disse o nome dele — ela suspirou. A voz voltou a enfraquecer. — Eu nunca quis magoá-lo, amor. Mas magoei. E agora entendo que minhas ações mancharam nosso casamento. A culpa não foi sua; foi minha. E sinto muito, Charlie, muito mesmo.

Antes que Charlie tivesse tempo de responder, Esther ajoelhou-se no ancoradouro e despejou o conteúdo do vidro no lago. As cinzas agitaram-se por um momento, espalhando-se na superfície da água, e depois desapareceram. Ela lavou o vidro por dentro, recolocou a tampa, guardou-o na bolsa e suspirou novamente.

— Pensei, em todos esses anos, que se deixássemos o passado para trás e olhássemos para a frente, tudo ficaria bem. Sinto muito por ter demorado tanto para enxergar os problemas. Espero que você me perdoe, e tenho orado por isso, e creia que eu o amo muito. Sempre o amei e sempre o amarei. Podemos ir para casa agora e jantar? Cody e eu pusemos um bolo de carne no forno.

Quando Esther fez um movimento para afastar-se, Charlie segurou-lhe o braço.

— Sente-se um pouco mais aqui comigo — ele disse, batendo de leve no velho banco. — Quero ter certeza de que entendi.

— Já lhe contei tudo. — Ela sentou-se ao lado dele. — Sou muito boba, você sabe disso. Ah, e não vai acreditar no que fiz hoje. Lembra-se do nosso plano? Depois de arrumar meu cabelo, Patsy prometeu me levar ao supermercado para comprar algumas coisas para o jantar do Dia de Ação de Graças na semana que vem. Bom, nós fomos. Comecei a empurrar o carrinho pelos corredores, olhando os vários tipos de molho de *cranberry*. Escolhi um, coloquei-o no carrinho e continuei andando. De repente, uma mulher gritou de longe: "Ei, ei! Esse carrinho é meu!". — Esther riu. — Você acredita? Coloquei o molho de *cranberry* no carrinho de outra pessoa e fui em frente. A mulher e Patsy ajudaram-me a encontrar meu carrinho, que estava lá atrás no balcão de peixes. Ah, que dia! Mas meu cabelo está bonito, você não acha? Patsy sempre faz um bom trabalho quando me penteia.

Charlie segurou a mão de Esther e entrelaçou os dedos dele nos dela. Como sempre, sua esposa passava de um assunto a outro e, depois, mal conseguia encontrar o fio da meada. Mas aquela era uma das características que ele amava nela. Era empolgante acompanhar as conversas de Esther. Às vezes ela divagava a tal ponto que nenhum dos dois se lembrava do ponto de partida. E, quase sempre, acabavam rindo. Mas não naquela noite.

— Quero ter certeza de que entendi o que você me contou — Charlie insistiu. — Está me dizendo que você e Cody queimaram tudo o que encontrei naquela gaveta?

— Tudo não. Guardei alguns cartões que as crianças me deram e alguns bilhetinhos carinhosos que você deixava na torradeira antes de sair para o trabalho, mais alguns marcadores de livro que minha mãe usava na Bíblia dela. Não queimei isso. Mas todo o resto desapareceu. As revistas velhas também. Puf! Assim mesmo. Num minuto ou dois, tudo virou cinza.

— Você queimou aquele desenho?

— Foi a primeira coisa que queimei. Finalmente me dei conta da tolice de querer guardar alguma coisa que pudesse prejudicar nosso casamento. As chamas devoraram tudo. Eu não quis nem que as cinzas continuassem em nossa casa. Cody ajudou-me a ajuntá-las e colocá-las no vidro. E agora estão no fundo do lago, misturadas com lodo. Exatamente onde deveriam estar.

Ela encostou o corpo no de Charlie.

— Espero que você se sinta melhor, querido. Espero mesmo.

— Significa que você concorda com tudo o que eu disse no outro dia?

— Sim, concordo.

O coração de Charlie batia mais rápido do que nunca.

— Esther, você disse a verdade quando contou que você e... George... nunca se tocaram?

— Nada além de um aperto de mão.

— Mas você o amava? No fundo do coração, você teve um sentimento maior por ele que por mim?

Ela refletiu por um momento.

— Eu gostaria de dizer que não. Mas naquele primeiro ano de casamento, eu era jovem demais e estava com medo e frustrada. Você saía, e eu ficava lá. De vez em quando, cheguei a pensar que um artista era melhor que um carteiro. Que tolice! O importante não é o que o homem faz. O importante é quem ele é. E depois que a gente se casa, nem é essa a coisa mais importante.

— O que é mais importante, Esther?

— As promessas, claro. No dia de nosso casamento, prometi amá-lo e respeitá-lo. Em qualquer situação. Eu não deveria ter acalentado a ideia nem sonhado com uma amizade capaz de encher o vazio em meu coração. Aquilo foi errado.

— Você ainda tem um vazio no coração, Esther?

— Às vezes sofro quando você e eu não nos olhamos nos olhos, ou quando você começa a teimar e não ouve o que estou tentando lhe dizer. Mas você aprendeu muita coisa. Tão logo eu lhe dei a oportunidade, você descobriu como atender muito bem às minhas necessidades. O suficiente para eu jamais querer perdê-lo.

Charlie precisou pensar nessas palavras. Ele não gostava da ideia de ter sido incapaz de fazer de Esther uma mulher completamente feliz. Mas ela também nunca foi a esposa ideal. Ambos tinham defeitos; faziam coisas pequenas que aborreciam o outro; cometiam erros. Charlie sabia que Esther não satisfizera todos os seus desejos e sonhos — no quarto, com as crianças e até na cozinha, embora ele nunca tivesse admitido esse último item. Evidentemente ele também não foi tudo aquilo que deveria ser para ela. Isso seria tão mau assim? O suficiente para desistir do casamento?

— Eu também lamento muito — Charlie disse, passando o braço ao redor de Esther e puxando-a para perto de si. — Brad Hanes é muito ignorante e não sabe tratar bem a esposa... mas aposto que fui quase tão ignorante quanto ele.

— Levei tempo para treinar você.

— Gostaria de não ter precisado de treinamento.

— Mas precisou. Qualquer boboca que se embriaga e vai a um clube de *striptease* dá muito trabalho. Mas eu também tinha muito que aprender. Por ter tido um amigo, apesar de ser casada, não dei atenção ao que estava acontecendo entre você e mim. Todas as coisas que precisavam ser resolvidas, tudo o que tínhamos a aprender... ficou suspenso. Poderíamos ter desabado, Charlie, e não ter tido uma vida tão maravilhosa.

— Você tem certeza do que está dizendo, Esther? Nosso casamento foi bom? Você está satisfeita?

— Satisfeita? — ela perguntou. Inclinando o corpo para a frente, ela beijou-o no rosto. — Completamente.

Charlie deu uma risadinha.

— Ótimo, então vamos começar a atacar aquele bolo de carne.

— Bolo de carne? — Esther levantou-se. — Eu disse bolo de carne? Ah, onde eu estava com a cabeça? Sabia que tinha feito alguma coisa com carne moída no forno. Eu quis dizer lasanha. Cody e eu fizemos lasanha. Você devia estar lá para ver o rapaz lidar com aquelas tiras de massa, Charlie. Ah, foi a coisa mais divertida do mundo!

16

— **Apresse-se, Charlie!** — Esther gritou para o marido da suíte do casal naquele sábado. — Vamos chegar atrasados ao churrasco do Dia de Ação de Graças. Não me importa se estou meio zonza hoje. Vou andar na carroça. Se você demorar muito aí e chegarmos atrasados, vou ficar furiosa, e não duvide disto nem por um minuto!

Esther apertou a válvula do laquê para assentar melhor os cachos. Deus proporcionara a Deepwater Cove a tarde mais linda e mais brilhante de outono que alguém poderia imaginar, mas Esther sabia que a brisa úmida, por mais leve que fosse, transformaria seu penteado num suflê. Ela estava usando suas roupas de outono favoritas: uma linda blusa violeta com bordados de flores e pequeninas pérolas roxas arranjadas como um cacho de uvas. A calça comprida de cós de elástico era confortável e combinava com a blusa, e a manteria aquecida quando a noite chegasse.

Andar de carroças. Maçã do amor. Fogueira. Salsichas assadas. Muitos amigos e uma infinidade de assuntos divertidos para discutir. Ela mal conseguia esperar.

Ao abrir a gaveta de cosméticos, Esther sentiu-se grata por não ter esquecido o evento. Perder o Halloween havia sido um aborrecimento para ela, embora todos insistissem que algumas crianças da vizinhança bateram em sua porta. Apesar do que as pessoas diziam a respeito dos aspectos sombrios daquela comemoração,

Esther via o Halloween como uma oportunidade de oferecer alguns presentinhos. Nada lhe era mais agradável que ver o brilho nos olhos de uma criança quando ela lhe entregava um saquinho de tela cuidadosamente amarrado, com guloseimas dentro.

— Você está pronto, Charlie?

Ele estava no quarto se vestindo, Esther sabia, e ela ainda tinha de passar batom e um pouco de rímel. Por algum motivo, ao longo de todos aqueles anos, seu marido sempre demorava mais para se aprontar. Alguém deveria supor que um carteiro seria mais rápido e eficiente. Mas Charlie não. Ele procurava a jaqueta ou os sapatos com toda a calma até Esther quase exasperar-se.

— Use a jaqueta verde! — ela lembrou. — A de veludo. Vai combinar com minhas folhas de uva.

Esther forçou-se a não pensar na cirurgia marcada para o dia seguinte. De certa forma, Deus lhe concedera uma grande bênção por ter agendado o procedimento logo após o feriado. Assim, ela não teria muito tempo para pensar na imagem horrível daquela sonda entrando em sua artéria.

Não era justo que só ela tivesse a placa. Nos tempos de carteiro, Charlie comera tantas rosquinhas fritas que poderia dar uma volta no planeta. O que poderia ser pior para as artérias que rosquinhas fritas? Mas não, Esther é quem tinha as veias entupidas. Charlie teria enfrentado o problema bem melhor que ela. Ele era um homem forte. Até mesmo valente. Enfrentaria um balão e um *stent* sem pestanejar. O querido e doce Charlie.

Esther estava muito feliz por ter queimado todas aquelas revistas e cartas de George Snyder. Por que não havia feito isso anos atrás? Como pôde ser tão fraca a ponto de fazer amizade com outro homem, por mais inocente que fosse? Graças a Deus, agora tudo pertencia ao passado. Desde que ela jogara as cinzas no lago,

Charlie voltara a ser bondoso e gentil. Parecia que o muro enorme entre eles havia caído ao chão.

— Você encontrou a jaqueta? — Esther perguntou ao sair do banheiro. — Está pendurada no armário do vestíbulo ao lado do...

Ao ver o grupo de pessoas aglomeradas no quarto, Esther sentiu os joelhos vacilarem. Ofegante, ela apoiou-se na beira da cômoda para não cair. Brenda Hansen, Kim Finley, Ashley Hanes, Patsy Pringle, Bitty Sondheim ao redor de Charlie.

Com um largo sorriso, Charlie aproximou-se de Esther.

— Madame — ele disse — seu vestido.

Nos braços dele havia um vestido longo de seda cor de orquídea, com tiras de veludo e renda delicada.

— Meu vestido do baile de formatura! — ela exclamou. — Pensei que estivesse no sótão. Para que isso?

— Vamos ter o desfile do Dia de Ação de Graças — Kim respondeu. — E elegemos você e Charlie como a rainha e o rei da festa.

— Rainha? — Esther levou a mão à garganta. — Eu? A rainha do desfile?

— Você, sim. E agora, Majestade, se Sua Alteza Real recuar um pouco, suas criadas a prepararão para o desfile na carruagem.

— Oh, nossa! — Esther mal podia acreditar. As mulheres expulsaram Charlie do quarto e começaram a exibir o velho vestido. Esther o guardara no sótão havia anos e tinha certeza de que devia estar cheio de buracos.

— Brenda fez os remendos — Patsy disse. — Juro que essa mulher é capaz de fazer qualquer costura. Veja esta tiara que Ashley fez para você. Deixe-me ajeitar seu cabelo para que tudo fique perfeito. Kim, por favor, abra minha sacola e ligue o modelador.

— Oh, nossa! — Esther disse novamente. Sem lhe dar tempo para pensar, Kim e Ashley começaram a ajudá-la a tirar a blusa.

Patsy fez Esther sentar-se na cama e começou a colocar a tiara, uma peça deslumbrante de pedras de cristal de todas as cores, entre os cachos da mulher idosa.

Brenda sacudiu o vestido para colocar os enfeites no lugar. Depois, ela e as outras ajudaram Esther a vestir a frágil indumentária.

— Ainda serve! — Esther exclamou.

As palavras foram carregadas de excesso de otimismo, Esther admitiu a si mesma, mas ela não se importava com isso. E daí se suas curvas haviam desaparecido e se espalhado em várias direções? Brenda conseguiu fechar o zíper, Patsy adicionou alguns lenços no tronco e Bitty desenrolou um de seus xales enormes. Pela primeira vez Esther achou perfeita a escolha do acessório feita por Bitty. O comprimento da peça de lã de tom roxo-claro combinava perfeitamente com o vestido e manteria a rainha do desfile aquecida na noite gelada de outono.

Ashley colocou um colar de três voltas de pérolas rosadas no pescoço de Esther enquanto Kim a ajudava a calçar as luvas brancas guardadas desde o dia do casamento. Era quase difícil conter a emoção diante daquele grupo de mulheres incríveis e encantadoras — amigas e companheiras queridas. Esther sabia que não deveria chorar, porque Patsy já lhe aplicara todos os tipos de cosméticos em seu rosto enquanto as outras mulheres arrumavam os franzidos e as rendas. Mas como conter lágrimas de alegria? Esther sempre adorou desfiles. Contemplava os desfiles das rainhas que voltavam para casa após a faculdade, as rainhas da Festa da Primavera e as rainhas do Velho Oeste com admiração e até um pouco de inveja. Porém, nunca se permitiu sonhar em ser a rainha de um desfile.

— Lá vamos nós! — Patsy cantarolou, segurando o braço de Esther. — Por aqui, Majestade.

Rindo e chorando ao mesmo tempo, Esther caminhou apressada até o vestíbulo e atravessou a porta. E lá estava Charlie. Ah, tão belo com seu terno cinza de diácono, camisa branca e gravata nova.

— Gravata roxa? — Esther perguntou bem alto enquanto ele se curvava diante dela. — Onde você a conseguiu?

— Feita por Lady Brenda especialmente para mim. — Charlie sorria como se estivesse dando o braço a uma linda rainha de verdade. Conduziu Esther pela calçada até a garagem, e lá — vejam só! — estava o velho carrinho de golfe coberto com crisântemos roxos, faixas onduladas, bandeiras, serpentinas e correntes de pedras.

— Que lindo! Que lindo! — Esther gritou extasiada. — Charlie, você sabia? Guardou esse segredo de mim?

— Alguns segredos devem ser guardados — ele murmurou, piscando para ela. — Pelo menos por um pouco de tempo.

Enquanto o grupo se reunia ao redor deles, Charlie ajudou Esther a sentar-se no banco do passageiro do carrinho de golfe. O assento estava coberto de veludo roxo com franjas douradas, e todas as mulheres curvaram-se para ajeitar a saia rodada do vestido. Charlie sentou-se ao volante e deu duas batidinhas na buzina.

Em seguida, pisou no acelerador e partiu, com o grupo todo seguindo atrás. Luke e Lydia haviam enfeitado suas bicicletas. Havia alguém empurrando um carrinho de bebê. Dois outros carrinhos de golfe posicionaram-se atrás do carrinho dos Moores.

Naquele instante Brad Hanes surgiu diante do desfile, com uma caixa de som enorme nas mãos. Ele a levantou acima da cabeça, e a música começou a tocar.

Para Esther, aquilo era maravilhoso demais.

— Charlie, é um milagre! Um milagre que nunca esperei na vida!

Ele riu.

— Quem espera milagres? É por isso que eles são tão especiais. Como o dia em que vi seu sorriso pela primeira vez. Mal pude acreditar que Deus havia criado uma mulher tão linda e perfeita. Mas lá estava você diante de mim.

— Perfeita? Que bobagem.

— Mas é verdade. Fiquei completamente atordoado. E quando você se dirigiu a mim e disse que iria jantar comigo e depois, ao cinema... bem, foi um milagre.

Esther deu uma risadinha enquanto acenava para alguns vizinhos que não participavam do desfile.

— Sou a rainha do Dia de Ação de Graças! — ela gritou para Opal Jones, sentada na varanda. — Charlie é o rei, e eu sou a rainha!

Provavelmente Opal não estava usando o aparelho auditivo, Esther pensou, mas aquilo não importava. Qualquer pessoa com dois olhos poderia ver o carrinho de golfe enfeitado e o belo casal ali sentado. Esther teve a sensação de estar flutuando numa nuvem perfumada enquanto a brisa soprava e brincava com sua saia. Que fim de tarde encantador. Que vizinhos maravilhosos. Que lugar delicioso onde morar. E que homem perfeito para ser seu rei garboso.

Quando o carrinho de golfe se aproximou da praça, os jovens de bicicleta saíram do desfile e dirigiram-se a uma pilha enorme de madeira à beira do lago. Esther viu Brenda e Steve andando apressados de mãos dadas para arrumar as mesas. Patsy caminhou em direção ao local do piquenique, e Pete Roberts partiu rapidamente atrás dela, tentando acompanhar-lhe os passos enquanto ela organizava as festividades. Kim e Miranda Finley conversavam amigavelmente com os olhos voltados para a praça a fim de vigiar os gêmeos. E Ashley caminhou saltitante ao lugar onde Brad acabava de desligar o CD *player*.

— Olhe — Esther murmurou, cutucando Charlie com o cotovelo. — Eles parecem felizes esta tarde, não?

— Bastante felizes — ele disse. — Mas não tanto quanto nós.

— Ei, sr. Moore! — Cody gritou, quase ensurdecendo Esther. Ele enfiou a cabeça sob a capota do carrinho de golfe e debruçou-se para gritar de modo que Charlie ouvisse. — Vamos dar outra volta. Desta vez eu toco a música.

— Claro! — Charlie e Esther disseram em uníssono.

Esther viu Cody pegar o CD *player* das mãos de Brad, colocá-lo acima da cabeça e seguir pela estrada que circundava a vizinhança. Charlie pisou no acelerador, e o carrinho saiu, naquele desfile de três pessoas.

— E como está se sentindo neste fim de tarde maravilhoso, minha rainha? — ele perguntou, passando o braço ao redor dos ombros de Esther.

Ela aconchegou-se a ele.

— Não poderia estar mais feliz.

Cody conduziu o rei e a rainha do Dia de Ação de Graças ao redor de Deepwater Cove mais seis vezes, dando-lhes muitas oportunidades de admirar o pôr do sol, ver as chamas da fogueira estalando, contemplar a lua amarela surgindo acima dos galhos nus das árvores e maravilhar-se com as estrelas que forravam o céu aveludado. Eles ouviram as mesmas canções românticas repetidas vezes — "As Time Goes By", "When You Wish Upon a Star", "The Look of Love", "Moon River" —, mas Esther não se importou. Ela adorava todas. E mais, adorava o homem a seu lado. Quando ele a beijou no rosto, uma onda abrasadora de ternura invadiu-lhe o coração.

— Eu o amo, querido Charlie — ela disse. — Eu o amo muito.

— Você é a rainha do meu coração. — Ele beijou a luva branca da esposa. — Sempre foi. E sempre será.

— Ei, adivinhem o que eu vi! — O rosto de Cody reapareceu sob a capota do carrinho de golfe. — É hora das salsichas, sr. e sra. Moore! Eu adoro cachorro-quente. Vamos atacar!

— Vá na frente — Charlie disse ao rapaz. — Estaremos lá daqui a um minuto.

— Vou guardar alguns. Quantos vocês querem? Cinco? Ou oito?

— Três são suficientes para nós.

— OK.

O carrinho de golfe parou, e Cody correu em direção à pilha de brasas em volta da qual os vizinhos de Deepwater Cove se aglomeravam.

— Venha aqui, minha doçura — Charlie disse no ouvido de Esther. — Uma rainha verdadeira precisa de um beijo verdadeiro.

Esther abraçou o marido, concordando feliz.

Pete concluíra muito tempo atrás que quem sentava no chão eram os pássaros. E de acordo com Cody, essa era uma boa metáfora.

À luz da fogueira que se apagava, Pete viu que não tinha outra opção, a não ser sentar-se no chão duro e gelado. Os bancos do piquenique da praça estavam lotados de pessoas conversando, rindo e comendo cachorro-quente. Pete, porém, não se considerava parte do grupo das pessoas contentes. O cinto machucava-lhe a cintura. As pernas começavam a formigar e adormecer. Até as mãos, nas quais ele se apoiava, começavam a adormecer também.

— Não está lindo? — Patsy suspirou. — Não poderia estar mais agradecida do que estou agora.

Pete estaria muito mais agradecido se tivesse uma cadeira para acomodar suas costas, mas nesse caso não poderia estar sentado tão perto da mulher amada. Ele duvidara de muitas coisas na vida. Do pai. Da mãe. Do casamento. Do centro de desintoxicação. E mais, Pete duvidava dele próprio.

No entanto, não tinha dúvida quanto a seu amor por Patsy Pringle.

Ela era a segunda melhor coisa que acontecera na vida de Pete. Seu sorriso iluminava-lhe o coração. O som de sua voz fazia a cabeça dele girar. Só o fato de tocar o braço dela dava-lhe um arrepio da cabeça aos pés. Patsy, porém, era muito mais que uma linda mulher. Era bondosa, generosa, divertida, determinada, teimosa, inteligente, leal e, acima de tudo, pura. Era o amor em forma humana.

Pete já vivera o suficiente para saber que deveria ser realista. Patsy não era perfeita, nem ele. Aliás, ele era totalmente imperfeito. Mas o que via em Patsy era uma mulher direita, boa, de conduta reta, quase perfeita. Ela era a mulher que ele queria. A mulher da qual necessitava. Acima de tudo, a mulher que ele amava profundamente.

— Você está pensando de novo naquele soprador de folhas? — Patsy perguntou, encostando-se no ombro dele. — Porque se assim for, está perdendo o cenário mais lindo do mundo. Veja estas pessoas aqui. São nossos amigos e vizinhos, Pete. Isso não é uma bênção? Estamos bem alimentados, temos bons negócios e recebemos muito mais da vida que merecemos. Tudo isso e uma noite como esta. Está vendo?

— Neste momento estou vendo a coisa mais linda do mundo — Pete disse. — Ela está sentada a meu lado, e pode ter certeza de que não estou pensando naquela droga de soprador de folhas.

Patsy olhou de relance para ele, com os lábios formando um sorriso.

— Você é um cara intrigante.

— Não estou brincando, garota. Ei, Patsy, vamos dar uma volta? — Pete percebeu que a metade inferior de seu corpo estava a ponto de atrofiar-se por falta de circulação sanguínea. Além do mais, ele queria passar um tempo a sós com Patsy. — Vamos andar na beira do lago. A lua está brilhando para enxergarmos o caminho.

— Não, obrigada — ela disse. — Estou gostando do cheiro de lenha queimada. Sabe, quando eu era menina, tínhamos um fogão à lenha em casa. Meu pai me deixava ajudá-lo a acender o fogo. A cozinha era um lugar muito aconchegante. Nas noites muito frias, dormíamos perto do fogão. É difícil imaginar que tudo isso aconteceu há vinte ou trinta anos, mas não dávamos muita importância a isso. No começo, tínhamos que fazer as necessidades na "casinha". Depois tivemos uma fossa séptica, encanamento, essas coisas. Às vezes eu me pergunto se a casa velha continua em pé. Depois que papai morreu e minha mãe passou a sofrer de Alzheimer, tive de vender a casa e mudar para a cidade. Quando sinto cheiro de lenha queimada, vejo minha infância passar diante de mim.

Pete estava tentando pensar numa resposta, mas primeiro teve de se reacomodar. Esticou as pernas, virou de lado e apoiou a cabeça com a mão. A posição não era muito melhor, mas pelo menos o sangue voltou a circular.

— Você teve uma infância feliz, Pete? — Patsy perguntou.

— Foi boa. Não me lembro muito dela, para ser sincero. Lembro que vivia metido em encrenca. Também não fui bom aluno. Acho que minha infância foi mediana, assim como eu.

— Palavras apropriadas para um rapaz de Halfway, Missouri.

Ele riu.

— *Halfway.*[1] *Mediano*. Não sou um cara que impressiona as pessoas. Tenho aparência razoável. Não sou muito inteligente. Não tenho muito do que me orgulhar, tenho?

— Você é capaz de consertar qualquer motor que chegue a sua loja — Patsy disse. — Construiu caixas de plantas do lado de fora das lojas em Tranquility. Impediu o crescimento de ervas daninhas e encheu as caixas com flores lindas nesta primavera e verão. Além disso, ouvi dizer que sua casa parece um brinco de tão arrumada, que você cozinha como um *chef*, e que o gramado de seu quintal é verde e bem conservado como um campo de golfe.

— Quem lhe contou isso?

— Você.

Pete sacudiu a cabeça e deu uma risadinha.

— É. Pode ser.

Ela afastou o cabelo dos ombros, olhou para o céu e suspirou fundo.

— Eu poderia ficar sentada aqui a noite inteira. A lembrança do sorriso de Esther quando viu o vestido de formatura vai ficar comigo pelo resto da vida. Nunca vou me esquecer do som daquelas canções no CD *player* de Brad enquanto desfilávamos por Deepwater Cove. E do entusiasmo de Cody quando soube do cachorro-quente. Valeu a pena, não?

Ao ver o semblante tão belo e sereno de Patsy, Pete não conseguiu resistir.

— Patsy, ouça. Quero muito dar um passeio com você. Que tal?

— Não, Pete. Não vou andar no escuro com você. Não quero que ninguém lance boatos sobre nós.

Pete sabia que havia muitos boatos, mas o momento não era apropriado para contar isso a Patsy. Ele tinha outra missão importante. Além de precisar levantar-se do chão gelado, ele tinha algo importante para dizer a Patsy. Não seria fácil, e ele vinha sofrendo com a ansiedade havia dias. Mas agora, naquela noite clara de outono quando ela estava tão bem-humorada, ele teria de abrir o coração. Ou, então, nunca mais conseguiria.

Ele não teve paciência para tentar convencê-la a dar uma volta, portanto precisaria conversar com ela ali mesmo, no meio dos vizinhos. Alguém poderia ouvir de longe, mas ele correria o risco.

Voltando a cruzar as pernas, Pete passou os dedos pelo cabelo. Depois, coçou um pouco o queixo, sentindo falta da barba, mas certo de que havia tomado a atitude certa ao raspá-la. Finalmente, deitou-se de costas no chão, apoiou a cabeça nas mãos, fechou os olhos e começou a falar.

— Patsy, tenho uma coisa para lhe dizer. Uma coisa pessoal. OK?

Ela não disse nada. Pete abriu um olho. Viu os cachos loiros do cabelo dela brilhando sob a luz dourada das brasas da fogueira. Abriu o outro olho.

— Está tudo bem? — ele perguntou.

— Acho que sim — ela suspirou. — Mas não sei se você deveria dizer alguma coisa. Você sabe o que aconteceu na última vez que tentamos ter uma conversa mais profunda.

— Bem, não importa. É uma coisa que precisa ser dita, e preciso que você escute.

— Tudo bem. Vá em frente.

Pete contemplou a lua por um momento. E então desabafou.

— Vou ser batizado daqui a dois domingos, e não quero que você pense que seja porque eu a amo, embora isso seja verdade. É porque fui falar com o pastor Andrew e conversamos sobre tudo. Primeiro comentei com ele sobre os pescadores de homens e a lagoa do céu, e ele disse que sim, que minhas ideias estão quase certas. Depois ele explicou o significado da palavra *render-se*, um assunto que nunca entendi bem, porque sou cabeça dura. Mas sei há anos que nunca fui capaz de dirigir minha vida. Por que continuar tentando se eu iria fracassar? Ali no gabinete do pastor Andrew, eu estava quase me rendendo quando me lembrei de que precisava ser lavado. Aliás, preciso ser lavado de muitas coisas. Foi então que ele me falou sobre arrependimento, que significa pedir desculpa e não querer errar mais. Até aquele momento, nunca acreditei que um pedido de desculpa fosse suficiente... não para Deus, claro. Você me contou que teve uma infância feliz ao redor de um fogão de lenha, não?

— Tive — Patsy respondeu. Sua voz parecia fraca no escuro.

— Uma coisa de que me lembro quando era criança é que não adiantava pedir desculpa. Quando eu fazia uma coisa errada, mesmo que pedisse desculpa até ficar rouco, sempre levava umas chicotadas. Depois de uns tempos, desisti de me arrepender porque de nada adiantava. Mas o pastor Andrew disse que Deus aceita nosso pedido de desculpa, desde que seja sincero. Eu disse a ele que estava sendo sincero, mas não podia garantir que seria perfeito pelo resto da vida. O pastor Andrew disse que não havia problema. O principal é acreditar, arrepender-se, render-se e submeter-se à condução de Deus por meio do Espírito Santo.

— Ele lhe explicou como a gente sabe para onde Deus está nos conduzindo? — Patsy perguntou. — Tenho muitas dúvidas a esse respeito.

— Você? — Nunca ocorrera a Pete que Patsy tivesse dúvidas espirituais. Aparentemente ela entendia tudo a respeito de religião e vivia de acordo com os ensinamentos da Bíblia.

— Nem sempre eu sei quem está me guiando — ela prosseguiu. — Às vezes penso que é Deus, mas às vezes penso que são meus desejos me levando a fazer o que quero. E de vez em quando, tenho quase certeza de que é Satanás, apresentando-se elegantemente como se fosse a verdade, tentando me corromper com um monte de mentiras. É difícil, Pete. É muito difícil saber.

Pela primeira vez na vida, Pete sentiu-se confiante para ajudar uma pessoa que não recorria a ele para consertar um motor ou escolher a isca certa.

— Se você tem alguma dúvida — ele disse — faça um teste. O pastor Andrew me deu as dicas. Pergunte-se: isso contraria o que a Bíblia ensina? Meus amigos cristãos aprovam? O que Deus me diz quando oro? E como minha consciência se sente em relação a isso? Se você receber um sim a todas as perguntas, pode ter certeza de que está sendo dirigida por Deus.

Patsy permaneceu em silêncio por tanto tempo que Pete imaginou ter dito alguma coisa errada. Era bem possível. Ele pensou e repensou em sua conversa com o pastor Andrew. Pete tinha certeza de que acreditara, se arrependera, se rendera e estava pronto para permitir que o Espírito Santo o guiasse. Confessara que desconhecia muitas coisas a respeito da fé, mas o pastor Andrew lhe garantira que ninguém conhecia tudo. Finalmente, ele e o pastor concordaram que Pete nasceu de novo, era um cristão maduro nadando na lagoa do céu e estava pronto para ser batizado.

No entanto, talvez Pete tivesse dito alguma coisa errada. Patsy estava visivelmente aborrecida. Na verdade, salvo algum engano, ela parecia estar chorando. As pernas dele não estavam adormecidas por falta de circulação sanguínea, mas porque metade de seu corpo começava a congelar no chão gelado. Se tivesse dado uma mancada por ter revelado a Patsy sua conversa com o pastor Andrew, teria de acertar as contas com ela depois. Mas não poderia permanecer no frio por mais tempo.

— Patsy? — Ele segurou a mão dela. — Patsy, você está bem?

— Estou. — Ela encolheu as pernas até encostarem no queixo, passou os braços ao redor dos joelhos e escondeu o rosto.

Quando ela voltou a falar, Pete ouviu apenas um resmungo. Um resmungo ou choro. Ele não tinha certeza. Nenhum dos dois era bom sinal. Sem dúvida ele a ofendera. Congelado até os ossos, agora ele se sentia um tolo por ter tentado explicar como havia nascido de novo no gabinete do pastor Andrew.

Ele nunca deveria ter mencionado nada. Dali a dois domingos, ele se apresentaria na igreja para ser batizado e causaria uma surpresa total a Patsy, uma situação bem melhor que ficar dando voltas e contando a ela sobre as chicotadas que levou quando menino e outras coisas mais.

— OK. — Patsy levantou a cabeça. — OK, Pete, eu o amo também.

— O quê?

— Eu disse que amo você, Pete. E não por causa de sua conversa com o pastor Andrew. Bom, esse foi um dos motivos. Eu o amo porque você se importa com sua alma. Porque você quer mudar. Porque tentou entender. Eu amo isso, e estou feliz porque você vai ser batizado. Mas, acima de tudo, eu o amo porque isso é o correto. Vejo agora que Deus tem tentado me dizer que é correto eu sentir o que sinto.

Pete sentiu-se paralisado. Não sabia se era porque estava congelado no chão como um picolé ou se era por causa do que Patsy estava lhe dizendo.

— Veja, eu não tinha certeza até esta noite — ela prosseguiu. — Não sabia de onde partiram todos esses sentimentos e emoções. Não sabia se meu amor por você fazia parte do plano de Deus ou se era apenas um desejo egoísta. Cheguei a pensar que Satanás estivesse me tentando para fazer alguma coisa errada. Mas quando você explicou como conhecer a vontade de Deus — estudando a Bíblia, conversando com amigos, orando e examinando minha consciência —, entendi que é certo amar você. É certo, e posso afirmar isso, Pete. Eu o amo. Amo. Amo muito.

Aquele homem de quase 2 metros de altura, com a maior parte do corpo amortecida, com frio e câimbras, recebeu a energia de um relâmpago numa noite de verão. Levantou-se do chão num salto, segurou Patsy nos braços e deu-lhe um beijo em cheio na boca. Ela riu e escondeu a cabeça no ombro dele.

Depois, ela beijou-lhe o pescoço de maneira tão suave que Pete imaginou estar derretendo. Ele passou os dedos entre os cabelos dela, apreciando o toque macio de seus cachos.

Foi então que Opal Jones cutucou a panturrilha de Pete com a ponta do sapato.

— Ora, ora, vocês dois! — ela disse, muito mais alto do que Pete considerou necessário. — Não trouxe o aparelho de surdez, mas estou usando óculos. Fui casada por quase cinquenta e oito anos, e sei muito bem que essas coisas não devem ser feitas em público. Se querem ficar abraçados, é melhor não ficar sozinhos e encontrar uma varanda com uma lâmpada enorme na porta da frente. E não esperem muito para se casar, porque isso não é certo nem bom para nenhum de vocês, ouviram?

Pete assentiu com a cabeça, sentindo-se subitamente como um garotinho pego numa travessura qualquer.

— Sim, senhora. Sinto muito.

— Bom, agora que tal me dar uma carona até minha casa, rapaz? — Opal olhou para Pete através dos óculos. — Fiquei muito tempo aqui e não vou conseguir voltar para casa no escuro. E você, Patsy Pringle, vá para casa como uma boa menina.

Com o coração transbordando de felicidade, Pete deu um último beijo no rosto de Patsy, segurou o braço de Opal e dirigiu-se à sua picape.

17

— Você e Ashley pareciam felizes na festa ontem à noite — Charlie observou a Brad.

— Ah, acho que sim. A gente vai e vem — o rapaz disse. — Gostei da fogueira, apesar de não ter havido cerveja. Pelo menos pudemos curtir a praça. Não foi como no Dia da Independência, quando não pudemos soltar fogos de artifício. Não liguei para o desfile. Durante os quatro anos no colégio de Camdenton, participei de todos os desfiles a bordo de um carro alegórico. O carro da Atlética, claro. Eu poderia fazer parte do carro da National Honor Society,[1] mas não quis me juntar a um bando de *nerds*.

Após o culto dominical, Esther quis descansar de suas atividades reais da noite anterior, mas encorajou Charlie a ir à casa dos Hanes para ajudar Brad no novo cômodo. De certa forma, o trabalho de construção era um ministério para o jovem casal, Esther dissera, e aquela atividade seria perfeitamente apropriada para o dia do Senhor.

Charlie teve de admitir que os argumentos de Esther eram corretos. Ele passara a ver-se como uma figura paterna para Brad. Dava-lhe alguns conselhos de vez em quando. Repreendia o rapaz quando necessário. E todas as vezes que Charlie o elogiava, Brad assimilava as palavras como um homem sedento no deserto. Quase todas as tardes eles conversavam e se divertiam. Ambos acompanhavam a Liga de Futebol Americano, e descobriram que torciam pelo mesmo time. Quando não discutiam futebol, falavam do tempo, de pescaria, de planos para o cômodo ou outro assunto de interesse comum.

Charlie passara a admirar a disposição de Brad para trabalhar longas horas numa tarefa tão pesada. Brad também era respeitoso. Quando eles discordavam, o rapaz quase sempre cedia, apesar de provavelmente conhecer um pouco mais de construção que Charlie.

Na semana anterior, os dois haviam começado a pintar o cômodo. Agora Brad estava dando alguns retoques no teto enquanto Charlie pintava a parede com uma tinta amarela semibrilhante que Ashley escolhera. O casal ainda não decidira a finalidade do espaço, mas Brad imaginava que, com um novo cômodo, o valor do imóvel aumentaria, caso — conforme ele previa — o casamento fosse por água abaixo.

— Vi vocês dois agarradinhos debaixo de um cobertor enquanto você assava *marshmallows* — Charlie observou. — Vocês me pareceram muito confortáveis.

— É, passamos momentos agradáveis. Ela tirou folga do clube de campo, e pelo menos uma vez não ficou me importunando com o assunto do Bar do Larry.

— Você voltou lá depois que ela deu o ultimato?

— Não, mas não significa que não vou voltar. — Brad deu uma pincelada no teto com tanta força que a tinta respingou em seu rosto, deixando algumas sardas brancas. — Ela não pode esperar que eu fique sentado em casa vendo TV todas as noites. Isso é ridículo.

— Você poderia encontrar um passatempo.

— O quê? Colecionar trenzinhos ou selos?

— Para ser sincero, colecionei selos durante anos. — Charlie pensou nas horas que passara analisando com lupa aqueles desenhos detalhados, brilhantes, de borboletas, flores, retratos e outros objetos característicos dos países que os produziram.

— Não sei o que fiz com minha coleção — ele disse em voz baixa. Espero que não tenha ido parar no sótão com o vestido de baile de formatura de Esther. Brenda Hansen fez milagre para remendar aquela roupa. Se meus selos estiverem lá, não faço ideia da condição em que se encontram.

— O senhor gostava de selos porque era carteiro — Brad disse. — Eu não dou a mínima para esse tipo de coisa. Gosto mesmo é de futebol americano, beisebol e de construir casas. Para quem não entra na faculdade, não há futebol nem beisebol depois que a gente termina o colegial. E os times de *softball* estão todos ligados a igrejas. E eu não quero passar perto de uma igreja nem para jogar. Construir... É o que faço o dia inteiro. Por isso, acho que meu passatempo é frequentar o Bar do Larry, jogar sinuca, tomar cerveja, ouvir música e conversar com os amigos.

— Território perigoso — Charlie disse com voz solene. — E a faculdade? Se você fez parte da National Honor Society, deve ter tido excelentes notas. Aposto que conseguiria bolsa de estudos e poderia assistir a algumas aulas. Ouvi dizer que hoje em dia eles oferecem cursos *on-line*.

— Faculdade é coisa para *nerds*.

— Um bom salário e um emprego melhor são coisas para *nerds*?

— Eu só trabalho em construção. Não preciso de diploma de faculdade para fazer isso.

— Diploma não faz mal a ninguém. Se você estivesse estudando à noite, duvido que teria tempo para jogar sinuca no Bar do Larry.

— Gosto de jogar sinuca, sr. Moore. O senhor nunca quis parar num bar para tomar alguns drinques com seus amigos?

Charlie deu um sorriso sem graça.

— Já, e quase perdi meu casamento por causa disso. Duas vezes.

— Duas vezes?

— As mulheres têm boa memória, rapaz. Quando a gente comete uma estupidez, acaba pagando por isso durante muitos anos.

— Ah, sim, e daí? — Brad desceu da escada. — Pensei que amava Ashley. Agora, não sei.

— Nada é capaz de destruir um casamento de muitos anos. Vou lhe contar uma coisa. Ontem à noite, enquanto Esther e eu estávamos desfilando no carrinho de golfe, só pensei no grande amor que sinto por aquela mulher. Em minha felicidade por tantos anos de convivência com ela. Você não gostaria de ter o mesmo com Ashley?

Brad deu de ombros e saiu do cômodo para tirar o resíduo de tinta do rolo. Enquanto trabalhava com sua brocha favorita, Charlie pensou naqueles tempos quando tinha a idade de Brad e era recém-casado. Da mesma forma que Brad e Ashley, o romantismo entre os Moores transformara-se numa rotina em que um não atendia às necessidades mais íntimas do outro.

O casamento poderia ter se desmoronado facilmente. Muita pressão. Muitas tensões. Desejos conflitantes e sofrimentos não revelados. Como conseguiram atravessar quase cinquenta anos juntos?

— Com o senhor e a sra. Moore as coisas foram mais fáceis — Brad disse, voltando a entrar no cômodo. Ele ajoelhou-se e despejou tinta na bandeja. — Hoje o mundo é mais complicado que antigamente. O pessoal de hoje não pensa da mesma maneira. Alguns homens que trabalham comigo na construção estão no terceiro ou quarto casamento. É assim que funciona, sabe?

— Assim?

— É. Quando as coisas não dão certo, é preciso ir em frente. O senhor e a sra. Moore não tiveram de enfrentar muitos problemas. O senhor era carteiro, e sua esposa ficava em casa cuidando dos filhos. Tudo era simples e claro. Hoje não é assim. A vida é mais difícil nestes tempos.

Charlie precisou se conter para não dar uma resposta ríspida. Ele sabia que cada geração acreditava estar atravessando os tempos mais difíceis. Seu pai falava sem parar da Primeira Guerra Mundial. O próprio Charlie nasceu durante a Depressão, e escapou por pouco do conflito na Coreia. Sabia que logo depois que a ciência encontrava cura para uma doença, aparecia outra. Presidentes eram assassinados, vulcões entravam em erupção, tumultos explodiam. Este velho mundo — controlado por Satanás de forma tão evidente — deixou de ser um lugar feliz desde que Adão e Eva foram expulsos do paraíso.

— Espero que você entenda — Charlie disse finalmente — que aquilo que se passa no mundo lá fora não é tão importante quanto o que acontece em seu casamento. Você pode fazer seu casamento dar certo ou desistir dele.

— Um momento, sr. Moore. Tem certeza de que a cor certa é esta? Para mim, parece amarelo. — Brad estava olhando fixamente para a lata de tinta.

Charlie revirou os olhos e colocou a brocha na beira da lata.

— Parece amarelo porque é amarelo. Foi a cor que Ashley escolheu. — Ele enfiou a mão no bolso e pegou um papel no qual ela anotara a informação. — Creme. Foi o tom que sua esposa escolheu, e a que nós compramos.

— Caramba, pensei que creme fosse quase branco. Esta é amarela. Não quero um quarto amarelo. Parece que alguém fumou aqui durante cinquenta anos.

— É apenas a tinta, Brad. Quando Ashley decorar o quarto, você nem vai notar.

— Não, isso não é creme. É amarelo com cor de tabaco. Não quero esta cor em minha casa.

Charlie esticou o braço para pegar a jaqueta.

— Vou para casa, rapaz. Você e sua esposa vão ter de resolver esse assunto. Volto amanhã à tarde. Não esqueça que estamos na semana do Dia de Ação de Graças. Não vou trabalhar na quinta. E talvez nem na sexta.

— Como eu pude esquecer o Dia de Ação de Graças? — Brad ajoelhou-se e colocou o rolo na bandeja com tinta amarela. — Ashley fala disso há semanas. Só resmunga, resmunga, resmunga. Mas resolvemos o assunto, graças à sra. Moore.

— O que vocês decidiram?

— Vamos jantar aqui em casa. As amigas de Ashley e minha mãe virão para cá. Cada uma vai trazer um prato, e Ashley acha que é capaz de assar o peru. Eu não tenho certeza disso. Ela cresceu fazendo cachorro-quente apimentado e anéis de cebola na lanchonete, que nem a mãe dela. Mas ela diz que vai seguir as orientações do seu livro de receitas, e a sra. Moore vai ensiná-la a fazer um recheio diferente. Vamos ver.

Charlie não quis contar a Brad que o recheio de Esther não era uma de suas especialidades. Ela sabia que não cozinhava muito bem. Não era nada agradável imaginar o pessoal na casa dos Hanes mastigando aquele recheio seco e sem gosto.

— Tenho certeza de que Esther fará o possível para ajudar — Charlie disse. — Além disso, aposto que há muitas receitas boas de recheio por aí. Sua mãe deve ter uma favorita.

— O recheio que ela faz é seco. Tem gosto de areia. — Brad estava passando o rolo com tinta amarela na parede. — Não sou muito fã de recheios. Mas, que seja...

— É isso aí. Que seja.

Resmungando sozinho sobre o recheio do peru, a tinta amarela e o rapaz cabeça dura, Charlie despediu-se de Brad e entrou no carrinho de golfe. Ele deveria ter tirado um cochilo após o culto.

O desfile e as salsichas assadas foram muito divertidos na noite anterior, mas agora ele estava cansado. Não tinha ânimo para ouvir as baboseiras de Brad sobre os "velhos tempos" e como eram supostamente maravilhosos.

O inverno estava chegando rápido, Charlie percebeu ao rodar pela rua em direção a sua casa. As estações sempre chegavam um pouco mais cedo no Missouri. Esther tinha um primo que morava no oeste do Texas. Ele dizia que a primavera e o outono duravam no máximo uma semana. Mas o verão era interminável.

Na região do lago não era assim. O outono desenrolava-se numa lenta revelação de glória. Tonalidades douradas, vermelhas, marrons. Crisântemos e margaridas. Espigas de milho maduro. Abóboras.

Agora o frio começava a rondar o local. O vento gelado batia com força nas folhas caídas. O solo endurecia e tornava-se gelado. Charlie sabia que o inverno gostava de brincar de esconde-esconde com o outono por um pouco mais de tempo — talvez um mês. E então o frio úmido sopraria num gesto de vingança. O vento do Missouri atravessava os casacos de lã, como se os cortasse à faca. Os lagos congelavam, e as tempestades de granizo varriam os galhos das árvores. O gado ajuntava-se para não morrer de frio, os cardeais voavam e os esquilos corriam ao redor em busca de alimento.

Charlie estacionou o carrinho de golfe sob o teto da garagem. Não conseguia olhar para as colunas de sustentação sem se lembrar da corrida desenfreada de Esther pelo quintal. Aquele havia sido o começo de uma época difícil, e Charlie estava ansioso por deixá-la para trás. Ele e a esposa passariam momentos agradáveis durante o jantar na quinta-feira. Conversariam com os filhos e netos por telefone. Teriam uma boa noite de sono. E no dia seguinte tomariam o rumo de Springfield para a pequena cirurgia de Esther. Ambos ficariam felizes quando tudo terminasse. A vida voltaria ao normal.

A ideia de Esther sobre a viagem à Califórnia ou Flórida no Natal agradou a Charlie. A família não se reunia havia meses, e fazia tempo que ele queria abraçar Charles Jr. e dar um beijo no rosto de Ellie. Quando abriu a porta de casa, Charlie viu Esther na cozinha.

— Oi! — ela gritou. — Como está o novo cômodo, meu querido?

— Amarelo. — Charlie tirou o boné e a jaqueta. Depois, limpou as lentes dos óculos na camisa, que embaçavam todas as vezes que ele entrava na casa aquecida. — Brad não gostou muito da cor. Diz que o quarto parece ter manchas de tabaco.

— Ora, ora. — Esther levou a caixa com receitas à sala de estar, onde Charlie procurava o controle remoto da televisão. — É creme, e a tonalidade é linda. Ashley trouxe-me uma amostra ontem, e eu disse a ela que era bonita. Você me ajuda a encontrar a receita do recheio do peru, Charlie? Sempre esteve aqui, e agora não consigo encontrá-la.

Enquanto Esther se inclinava na direção do ombro dele, Charlie pegou a pequena caixa de metal.

— Você arquivou na letra *R* ou *F*? — ele perguntou.

— Na letra *R* de recheio, seu bobo. Por que eu arquivaria na letra *F*?

— *F* de *farofa*.

Esther olhou para ele, surpresa.

— Ah — ela disse. Em seguida afundou-se na poltrona preferida de Charlie para ver televisão.

— Ah — ela disse novamente num murmúrio.

Charlie começara a passar os dedos pelas divisórias marcadas em ordem alfabética quando notou que a cabeça de Esther pendia para um lado, como se ela estivesse adormecida. As pernas, que sempre estavam cuidadosamente posicionadas, apontavam para direções diferentes.

— Esther? — Charlie colocou a caixa de receitas na mesinha lateral. — Você está bem, querida?

Sem obter respostas, ele ajoelhou-se. Com os olhos fechados, o rosto de Esther não apresentava nenhum movimento, e suas faces coradas estavam pálidas. Charlie segurou a mão dela, esperando que os dedos apertassem os deles, como sempre. Estavam flácidos.

— Esther? Esther, o que houve? — Ele segurou-a pelos ombros e levantou um pouco mais a voz. — Esther, meu amor. Esther!

Nada.

Ele colocou a palma da mão na face dela e tentou despertá-la. Ela não se movia. E, de repente, percebeu que ela não respirava.

— Esther!

Charlie pegou o telefone na mesinha lateral e chamou a emergência. Ao ouvir a voz do atendente, ele informou, sem ter tempo para pensar, o endereço deles.

— Mandem alguém! — ele gritou. — Há um problema grave aqui. Rápido. Você está me ouvindo? Preciso de uma ambulância!

O atendente pediu-lhe que permanecesse na linha, mas Charlie sabia que não conseguiria esperar. Esther estava imóvel na cadeira. Ele curvou-se e carregou-a nos braços.

— Esther — ele disse, surpreso com a leveza do corpo dela. Começou a tremer. — Esther, não faça isso. Acorde, querida!

Então, ele se deu conta de que deveria deitar a esposa no tapete. Reanimação cardiopulmonar. Era isso. Tentou sentir a pulsação. Nada. Apertou os dedos na garganta dela.

— Não. — Frustrado, Charlie sacudiu os ombros dela quando não sentiu nenhuma pulsação no pescoço. — Não, Esther! Pare com isso! Vamos ao médico na sexta-feira! Fale comigo!

Ela continuou deitada e imóvel, tão diferente do que era. Charlie sacudiu a cabeça sem acreditar no que via. Isso não podia acontecer. Não. Isso não.

Será que ela estava respirando? Quem sabe um pouco? Ele inclinou o corpo e encostou o rosto perto dos lábios dela. Nenhum sopro.

Tentando lembrar-se do que aprendera sobre reanimação quando era treinador do time de beisebol de seu filho, Charlie tentou abrir o primeiro botão da blusa de Esther. "Pressione o peito", ele pensou. Mas onde? O coração ficava do lado esquerdo? Ou no meio? "E faça respiração boca a boca." Mas quantas vezes?

Quem saberia? Como buscar ajuda? E a ambulância que não chegava?

— Derek — ele murmurou.

Deixando Esther de lado, ele correu até a gaveta da mesinha lateral. Derek, Derek. Como era mesmo o sobrenome dele? Finley. Charlie folheou a agenda. Enquanto passava o dedo pela lista dos sobrenomes começando com a letra *F*, ouviu uma sirene a distância.

— Esther, eles estão chegando — ele disse à esposa. — A ambulância está a caminho. Respire por mim, doçura. Respire tudo o que puder. Vou fazer seu coração voltar a bater num minuto.

Charlie teclou o número do telefone de Derek Finley e começou a falar antes mesmo de ouvir o toque de chamada.

— Alô! Alô! Derek?

— Alô — uma voz de mulher disse do outro lado da linha. — Alô! Quem é?

— Preciso de Derek! É Charlie. Charlie Moore. Mande Derek para cá. Esther. Ela está... ela...

A campainha da porta tocou, e Charlie largou o telefone. Figuras de uniformes azuis entraram na casa. Bolsas. Agulhas.

Estetoscópios. Pessoas debruçadas sobre Esther. Em seguida, Derek Finley irrompeu na sala de estar. E Kim. Miranda também.

Charlie tentou aproximar-se de Esther, mas algumas mãos o afastaram. Ele permaneceu ao lado da lareira, observando a movimentação em torno de sua esposa.

— Esther — ele exclamou. — Esther, estou aqui, querida. Não se preocupe. Tudo vai ficar bem.

Alguém passou o braço ao redor dele. Kim Finley. Ela conduziu-o até o sofá. E então o rosto de Brenda Hansen apareceu diante de Charlie. Outras pessoas movimentavam-se, falavam, discutiam. Duas trouxeram uma maca e começaram a transportar sua esposa.

— Esther — Charlie tentou se levantar. — Para onde eles a estão levando?

— Para o hospital, Charlie.

Era Derek Finley. Ele pressionou o pescoço de Charlie com dois dedos.

— Como está se sentindo, sr. Moore? Vai desmaiar?

— Eu não. Estou bem, mas preciso falar com Esther. Ela ficará confusa com tudo isso, Derek. Nos últimos dias ela tem feito uma pequena confusão. — Charlie tentou levantar-se. — Acho que foi a artéria, como eu disse.

— Ela estava no chão quando você a encontrou? — Derek perguntou.

— Não, estávamos conversando. Procurando a receita do recheio. — Ele fez um gesto vago em direção à caixa com as receitas na mesinha lateral. — Farofa. Para o jantar do Dia de Ação de Graças na quinta-feira.

— Tudo bem — Derek disse. Ele balançou a cabeça afirmativamente para Charlie, olhando-o fixamente. — E o que aconteceu depois? O que aconteceu enquanto vocês conversavam?

— Ela disse *ah*. Assim mesmo. *Ah*. E depois se sentou em minha poltrona. Deve ter desmaiado. Parece que desfaleceu. Tentei despertá-la, mas ela não abriu os olhos. Foi quando chamei a ambulância. Parecia que ela não estava respirando bem. Em seguida, eu a peguei no colo e a coloquei no chão porque me lembrei da reanimação. Mas demorou muito e... e... e...

— Tudo bem, Charlie. — Derek pousou a mão no ombro de Charlie. — Eles estão colocando sua esposa na ambulância. Quer que eu o leve de carro ao hospital?

— É melhor eu ir com ela na ambulância. Ela vai ficar aborrecida quando acordar. Na verdade, vai ficar constrangida com esse tumulto.

— Você vai comigo — Derek disse, conduzindo Charlie para fora da porta.

A ambulância estava estacionada na entrada para carros, com as luzes piscando, a porta traseira aberta, o motor ligado. Charlie olhou fixamente para ela. Os paramédicos colocaram a maca dentro. A mulher deitada ali seria mesmo Esther? Ela parecia tão pequena. Tão pálida.

— Eu deveria ir com ela — Charlie disse.

Derek passou o braço ao redor dos ombros de Charlie para ampará-lo.

— Kim está trazendo nosso carro. Vamos logo atrás da ambulância. Os paramédicos precisam de espaço para cuidar da sra. Moore. Chegaremos ao hospital quase juntos. Você vai ver.

— Você não sabe como Esther se sente no meio dessas coisas. — Estarrecido, Charlie viu quando alguém fechou a porta da ambulância e começou a descer em direção à rua. — Penso que seria bem melhor se eu tivesse ido com ela. Não sei o que aconteceu, Derek. Você acha que Esther desmaiou? Ela parecia estar muito mal. Foi tão... esquisito.

— Não tenho certeza, Charlie. — Derek conduziu-o ao carro que Kim acabara de estacionar em frente à casa dos Moores. — É difícil dizer o que pode ter acontecido. Os médicos terão uma ideia melhor assim que a examinarem.

Sem saber como, Charlie entrou no carro de Derek Finley e sentou-se no banco do passageiro. Kim e Brenda sentaram-se no banco traseiro. E havia alguém mais.

— Brad? É você?

— Oi, sr. Moore. — O rapaz apertou o ombro de Charlie com a mão. — Vi a ambulância e saí correndo. Como está, meu companheiro?

Charlie olhou para trás.

— Você tem tinta no rosto, Brad. Tinta do teto.

Os dois homens se entreolharam. Charlie lembrou que a tinta espirrou no nariz de Brad. Não fazia muito tempo que ele saíra da casa dos Hanes. Esther estava na cozinha, não? Eles não estavam procurando uma receita? O que poderia ter acontecido?

— Liguei para Ashley — Brad disse. — Ela vai nos encontrar no pronto-socorro. O senhor vai ficar bem, sr. Moore?

Charlie não conseguia desviar o olhar do rosto do rapaz. Enquanto fitava Brad, lembrou-se da figura de Esther. Olhos fechados e sem movimentação no peito. Não havia pulsação. As mãos dela não se moviam. Esther desmaiara, não? Não. Ela não desmaiara absolutamente.

Os passageiros permaneceram em silêncio enquanto o carro seguia pela Rodovia 54 rumo à praia de Osage. Charlie tentou reproduzir os eventos da última hora, mas eles continuavam desordenados, por isso teria de recomeçar. A certa altura, o rádio da Patrulha Aquática entrou em comunicação com Derek. Ele passou a conversar com alguém em código. Aquilo aborreceu Charlie. Ele não tinha certeza se a conversa girava em torno de Esther, mas não gostou de ficar alheio ao assunto.

Finalmente Derek parou o carro perto do pronto-socorro, e todos desceram. Brad acompanhou Charlie, segurando-lhe o braço. Por um momento, Charlie pensou em empurrar o rapaz. Ele não precisava de ajuda para atravessar o estacionamento. Não era um velho aleijado. Porém, quando se aproximaram da porta, Charlie decidiu aceitar a ajuda e apoiou-se no jovem amigo.

Dentro, as pessoas movimentavam-se de maneira muito lenta para um local chamado pronto-socorro. "Que emergência?", eles pareciam dizer. "Este é o nosso trabalho. Não temos pressa nenhuma."

Charlie permaneceu ao lado de Brad no centro do piso ladrilhado. Derek conversou com alguém atrás de uma escrivaninha. Do outro lado, Kim e Brenda cochichavam.

— Preciso ver Esther — Charlie disse, irritado porque ninguém parecia notar sua presença. Será que eles não entendiam que ele estava preocupado com a esposa? Tinha visto o rosto de Esther, imóvel e pálido. Lembrou-se de ter tentado encontrar o pulso dela e depois da ambulância chegando e de várias pessoas entrando na casa.

— Quando acordar — ele disse a Brad — Esther vai precisar de mim ao lado dela. Quero estar ao seu lado enquanto os médicos cuidam dela.

— Vamos ter de esperar um pouco, sr. Moore. — Brad apontou para uma fila de cadeiras. — Vamos nos sentar ali?

Sentar era a última coisa que Charlie queria fazer. Mas, quando percebeu, já estava se sentando. Entregando sua carteira a Derek, com a carteira do convênio de saúde e outros documentos. Observava a entrada e saída das pessoas. Tentava ouvir o que Kim falava com Derek. Prestava atenção em Brenda, que fazia uma ligação atrás da outra no celular.

— Viemos para cá no verão quando Luke teve uma crise de diabetes, lembra? — Kim perguntou, parando diante de Charlie.

— Os médicos são muito bons. Gostamos do tratamento que deram a Luke.

Por que ela não se sentava numa cadeira? Por que ninguém permitia que ele falasse com Esther? Será que não entendiam o significado de quase cinquenta anos de vida conjugal? Ninguém pode separar um do outro. Ele e Esther eram um par. Um par perfeito, como sal e pimenta ou como um sapato do pé direito e um do pé esquerdo. Não se pode deixar um longe do outro. Não é certo. Os profissionais deviam saber disso.

Ele concentrou o olhar nas portas entre a sala de espera e a outra parte do pronto-socorro. Por que ninguém saía para lhe dar uma explicação? Ele podia visualizar Esther deitada numa cama ali atrás, seus olhos azuis confusos enquanto os médicos a cutucavam e espetavam. Ela não gostaria disso, e com certeza iria querer Charlie a seu lado.

— Íamos fazer a desobstrução da artéria dela na sexta-feira — ele disse em voz alta. — Eu ia ficar com ela durante aquele procedimento.

A conversa ao redor cessou, e ele percebeu que a sala começava lentamente a lotar de amigos e vizinhos. Ashley Hanes, Patsy Pringle, Pete Roberts, Steve Hansen.

O pastor Andrew também havia chegado. Aquele era um homem de autoridade.

— Preciso ver Esther — Charlie disse a seu pastor. — Ela estava morrendo de medo de fazer a angioplastia e colocar o *stent*. Esse incidente vai deixá-la muito aborrecida. O senhor poderia pedir a alguém que me deixe entrar lá?

O pastor Andrew olhou de relance para Derek Finley. Ambos acenaram com a cabeça e dirigiram-se à mesa da recepção. "Assim é melhor", Charlie pensou. "Agora as coisas vão começar a andar."

Uma sensação de alívio percorreu o corpo de Charlie quando os homens o chamaram para se aproximar das portas duplas. Brad começou a ajudá-lo a levantar-se, mas não era necessário. Num instante, ele juntou-se ao pastor Andrew e Derek na curta jornada até uma sala pequena, sem janelas. Ao entrar, ele viu apenas algumas cadeiras ao redor da sala.

— Esperem... isso não está certo — Charlie disse em voz baixa. Sua irritação aumentou. — Onde Esther está? Ouçam, já fiquei tempo demais naquela sala de espera. Quero falar com minha esposa.

Um médico entrou na sala, fechou a porta e fez um gesto para que os homens se sentassem. Foi então que Charlie entendeu.

Ele não voltaria a ver Esther. Nunca mais veria sua esposa vibrante, feliz como um passarinho, com sorriso travesso e mãos atarefadas. Não haveria mais o som de pratos na cozinha. Nem calças compridas com cintura de elástico combinando com as blusas. Nem hora marcada no salão de beleza. Nem longos relatórios cheios de mexericos sobre o Clube dos Amantes de Chá. Nem doces beijos no rosto. Nem braços amorosos procurando por ele à noite.

Charlie olhou firme para o médico. Ele estava falando, e Charlie entendeu as palavras. Mas elas não faziam sentido. Nenhum sentido.

18

Com Boofer no colo e sentado em sua poltrona reclinável, Charlie apertou o botão de canal no controle remoto várias vezes. O sol matinal — dourado e muito brilhante — atravessava as lâminas da persiana que não eram ajustadas havia anos. Como regra, Charlie não assistia à televisão de manhã. Em geral, o dever chamava-o logo depois do amanhecer para cuidar do jardim ou fazer algum conserto em sua bancada de trabalho, e ele só se afundava na poltrona no fim da tarde. Hoje a rotina era diferente.

Com a mão pousada na cabeça do cão, Charlie pensou em seu hábito de ver televisão. Esther não aprovava, mas ele sempre argumentava que os programas de perguntas e respostas mantinham sua mente ativa e alerta. Dizia a si mesmo que ocupar a mente com palavras cruzadas ou vencer os competidores em seus programas favoritos prevenia o mal de Alzheimer. Agora, enquanto passava por canais de desenhos, de compras e de esportes, ele se deu conta de que aquele objetivo particular não tinha mais valor. Aliás, ele não se importaria se fosse acometido de forte amnésia.

"Qual é o problema, Boof?", ele perguntou ao cão, que mudava de posição. "Por que não sossega um pouco, camarada? Está com saudades da mamãe? Agora somos só nós dois."

Charlie não costumava chorar facilmente. Seu pai lhe ensinara que um homem não chora. Enfrentar a vida com atitude estoica e confiança inabalável em si mesmo e em Deus formavam a verdadeira essência de um homem.

Aquilo não tinha nenhum valor, Charlie entendeu logo depois que o médico lhe disse que Esther sofrera um derrame de grandes proporções. E a consequência foi que ela morreu instantaneamente. O transporte na ambulância, a longa espera no pronto-socorro, os esforços dos médicos — tudo não passara de protocolo. Derek Finley devia saber disso desde o início. Sem dúvida, todos suspeitavam, menos Charlie.

Para ele, a notícia atingiu-o como um terremoto — um gigantesco tremor sacudindo toda a terra, seguido de tremores secundários. O médico informou carinhosamente a Charlie que sua esposa havia falecido. Nada poderia ter sido feito para prevenir o derrame, nem mesmo a angioplastia e o *stent* na carótida teriam ajudado Esther. Foi então que Charlie começou a chorar. E não parou mais.

Charles Jr., Natalie e os dois filhos chegaram da Califórnia na tarde do dia em que Esther faleceu. Ellie chegou da Flórida poucas horas depois.

Era segunda-feira, alguém dissera a Charlie, a segunda-feira anterior ao Dia de Ação de Graças, e tudo acontecera rápido demais. Ele não conseguia compreender por que havia sido assim. Para Charlie, o mundo inteiro parou naquela sala minúscula, sem janelas, do hospital.

No entanto, os momentos desenrolaram-se sucessivamente. Flores chegaram à casa. Ellie e Charles Jr. choraram, telefonaram, abraçaram-se e abraçaram o pai. Pessoas bateram na porta e trouxeram assados, sanduíches e bandejas com comidas saborosas. A campainha tocou. Mais flores. Charlie cochilava de vez em quando, porém passava a maior parte do tempo na poltrona reclinável com Boofer e via tudo através das lágrimas.

Era terça-feira, Charlie Jr. lhe informara a caminho da igreja. Ele não vira sequer a noite passar. Sentado num banco com os filhos e netos, Charlie permaneceu com os olhos fixos no caixão perto do altar. Esther não gostava de sentar-se nos primeiros bancos onde todos podiam olhar para ela. Não ficaria feliz com aquela arrumação, Charlie imaginou, mas agora nada poderia ser feito quanto a isso.

Esther estava usando sua roupa mais bonita. Ela havia dito a Charlie que aquela roupa a favorecia. Mas a figura deitada imóvel no caixão não era Esther. A esposa de Charlie encontrava-se num lugar onde não poderia ser achada, ele começou a perceber lentamente. Não poderia ser encontrada na cozinha, nem no banheiro, nem no quarto. Nem marchando pelo vestíbulo enquanto contava algumas novidades que acabara de ouvir. Nem separando contas de argila na varanda.

"Céu", o pastor Andrew dissera repetidas vezes durante o ofício fúnebre. O céu era um lugar de alegria. Uma terra sem sofrimento. Um lar na presença do Deus santo.

"E a terra?", Charlie se perguntou. Foi ali que ele havia sido deixado quando Esther deu o último suspiro. O que deveria fazer agora?

Charlie quase podia ouvir a esposa explicar sua morte. "Foi uma tolice minha, eu sei, querido. Espero que você não esteja muito aborrecido."

Enquanto zapeava pela TV, agora que todos haviam partido, Charlie ouviu o toque da campainha na porta. Boofer levantou as orelhas, mas ao ver que Charlie não saiu do lugar, voltou a se acomodar.

A campainha tornara-se um aborrecimento nos dias recentes, Charlie pensou. As pessoas chegavam a qualquer hora e esperavam ser convidadas a entrar. Vieram antes e após o enterro, mesmo depois que Charles Jr. e Ellie voltaram para casa. Chegavam de manhã, chegavam à noite — entrando e saindo, entrando e saindo, chorando, contando histórias, rindo, colocando comida na geladeira. Todas tentando ajudar... mas sem sucesso.

— Vá embora — Charlie resmungou quando a campainha ecoou por toda a casa pela segunda vez. — Temos comida suficiente, não, Boof? Não precisamos de mais presunto nem de carne assada. Temos peru assado saindo pelas orelhas, e não tenho fome nenhuma.

Alguém começou a bater na porta. Charlie mudou de canal.

— Suma daqui — ele disse baixinho. — Estou ocupado.

— Sr. Moore? — a voz de Cody encheu a sala de estar. — Oi, sr. Moore, é o senhor que está sentado na poltrona reclinável? Aquele é Boofer?

— Quem mais poderia ser, Cody?

— Acho que é o senhor, sr. Moore. Peço desculpas por abrir a porta e entrar sem ser convidado. Sei que isso contraria as regras de etiqueta.

Charlie sacudiu a cabeça. Acabara de perder o amor de sua vida, sua melhor amiga de quase cinquenta anos. A última coisa que queria era tentar decifrar o que Cody Goss tinha em mente.

O rapaz apareceu no campo de visão de Charlie, usando uma blusa bege de gola alta, jaqueta de couro marrom e calça cáqui em vez das costumeiras calça *jeans* e camiseta.

Cody parou ao lado da TV por um momento. Depois respirou fundo.

— Não vai me convidar para sentar, sr. Moore? Faz parte das boas maneiras.

Charlie colocou o controle remoto na mesinha lateral.

— O que você quer, Cody?

— Quero me sentar no seu sofá.

— Tudo bem, sente-se, mas não estou a fim de conversar. Estou vendo televisão.

— OK.

Apesar de Charlie ter feito uma tentativa de concentrar-se no programa, era impossível. Por isso, ele pegou o controle remoto e desligou a TV. Fechou os olhos e fungou. Estava extremamente cansado, e Esther o teria repreendido por não cuidar melhor de si mesmo. Ou melhor, o teria repreendido se...

— Por que você veio, Cody? — ele perguntou zangado. Não queria ser tão grosseiro, mas não tinha ânimo para fingir delicadeza.

— Vim buscar o senhor — Cody respondeu. — Vamos dar uma volta em Deepwater Cove em seu carrinho de golfe. Foi um plano de Brenda, das duas senhoras Finley, de Opal, de Ashley e de Patsy. Fiquei encarregado disso, porque não tenho casa para cuidar. Além disso, Brenda não me quer lá porque a viagem missionária de Jennifer ao México não foi boa, e é melhor eu encontrar outra coisa para fazer. Por isso estou aqui.

Charlie tirou os óculos, limpou-os pela enésima vez. Em seguida, assoou o nariz e tornou a colocar os óculos. Recostou-se na poltrona e olhou para o teto.

— Cody, não vou a lugar nenhum no carrinho de golfe hoje. Encontre outra pessoa para importunar. Por que não vai visitar Patsy?

— Nós vamos. Ela é a última da lista. — Cody remexeu-se no lugar. — Acho que vou ter de lhe contar um segredo, sr. Moore, porque é importante. Patsy Pringle ama Pete Roberts e tomou uma decisão, com certeza. Só sei disso porque li um cartão no salão de beleza de Patsy, o Assim Como Estou. Eu não deveria ter lido o cartão porque xeretar não faz parte da etiqueta social. Mas derrubei o cartão enquanto tirava o pó. Quando o peguei, vi que estava escrito "Eu amo você, Pete" no final do cartão. É por isso que sei. Patsy finge que não liga para Pete. Mas eu vi o cartão e sei também que Pete ama Patsy. É difícil não amar alguém que ama a gente. Também é difícil amar alguém que não ama a gente. O amor é complicado em qualquer situação.

Charlie fechou os olhos com força. Rapaz, que dor de cabeça! Ele precisava tomar uma aspirina. Esther teria...

— Vá para casa, Cody — ele disse. Sentindo remorso mais uma vez por seu tom de voz, ele complementou: — Entendo o que se passa com Patsy. Estou feliz por ela amar Pete, e isso é importante. Só não quero conversar agora, entendeu? Quero ver televisão. Só isso.

— Mas temos de fazer um passeio por Deepwater Cove em seu carrinho de golfe. Esse é o plano.

— De que plano você está falando?

— Do jantar agressivo. Foi ideia da sra. Miranda Finley. Ela comprou a casa ao lado da de Brad e Ashley Hanes. Não tenho certeza se o senhor sabia disso. Era um segredo, mas agora não é. Ela vai mudar na semana que vem. Ontem ela disse que a gente deveria ter um jantar agressivo para Charlie Moore porque o que ele vai fazer sem Esther? Por isso a outra sra. Finley, que se chama Kim, conversou com Brenda. Todas concordaram, e é por isso que estou aqui. Vamos dar uma volta no seu carrinho de golfe.

Charlie coçou os olhos.

— Por favor, Cody.

— Eu posso ajudá-lo. Sei como é querer ficar sentado e nunca sair do lugar. Foi exatamente assim que me senti quando papai disse que eu tinha vinte e um anos e estava pronto para seguir meu caminho. Ele me deixou na estrada e foi embora. Fiquei sentado, sem saber se conseguiria me levantar. Mas me levantei. Depois disso, tive de roer muito osso duro, metaforicamente falando. Significa que a vida ficou muito difícil. Mas no final, encontrei

Deepwater Cove, e isso mostra que Deus está cuidando do senhor e tem um plano feliz para sua vida, mesmo sem a sra. Moore.

Charlie rangeu os dentes, dividido entre aceitar o convite do rapaz e chorar um pouco mais. Nada lhe faria bem.

— Cody, não sei se você entende o que significa perder uma esposa com quem a gente conviveu por quase cinquenta anos. Não espero ter uma vida feliz. Não agora, e talvez nunca mais.

— O senhor não perdeu sua esposa, sr. Moore. Ela morreu, mas não está perdida, e isso deveria deixar o senhor um pouco mais feliz. A sra. Moore não precisa mais se preocupar com a artéria entupida, que ela tanto temia. Também, não precisa mais tentar se lembrar dos assuntos antigos do CAC. Ela nunca mais vai dormir enquanto dirige nem vai destruir a garagem com o Lincoln. Essas são coisas boas da sra. Moore para a gente lembrar nestes dias. Se o senhor pudesse ver sua esposa agora, ia ficar bem animado.

— Eu não posso vê-la, Cody. Nunca mais vou ver Esther. Não vou tocar nela, não vou ouvir sua voz, nem vê-la cozinhando, nem dormir ao lado dela. E não... não... bem, Cody, não vejo nada de bom nisso.

O rapaz consentiu com a cabeça.

— O senhor tem um osso duro para roer. Mas precisa lembrar-se de uma coisa enquanto estiver roendo o osso: "Agora o tabernáculo de Deus está com os homens, com os quais ele viverá. Eles serão os seus povos; o próprio Deus estará com ele e será o seu Deus. Ele enxugará dos seus olhos toda lágrima. Não haverá mais morte, nem tristeza, nem choro, nem dor, pois a antiga ordem já passou".[1]

Charlie encolheu os ombros.

— O pastor Andrew disse mais ou menos isso.

— Sr. Moore, a antiga ordem é o que está acontecendo agora. Mas um dia, todas elas vão ser antigas. Significa que já passaram.

Foram embora. Quando a antiga ordem passar, o senhor vai se sentir muito melhor.

— E enquanto isso?

— Bom, temos uma missão a cumprir, e não estou falando de rodar por Deepwater Cove em seu carrinho de golfe, embora isso seja o que a gente deva fazer. Nossa missão é ir por todo o mundo. É um mandamento de Jesus no final de Mateus.

— Cody, não tenho a intenção de ir às regiões mais remotas da terra para pregar às nações. Deixo isso a cargo de Jennifer Hansen e de outros missionários.

Para surpresa de Charlie, a expressão sincera do rosto de Cody transformou-se em solene. Até triste. Pela primeira vez após a morte de Esther, Charlie notou alguma coisa fora dele próprio, de seus filhos e netos, de sua perda.

Uma lembrança percorreu-lhe a mente em meio a sua confusão, angústia e tristeza. Uma jovem animada, de cabelo dourado estava sussurrando algumas palavras no ouvido dele.

"Por favor, sr. Moore, ore por mim. Sei o que Deus quer que eu faça com minha vida... mas... estou muito confusa sobre algumas coisas... sobre Cody."

Jennifer Hansen. Ela pedira a Charlie que orasse por ela. E ele orou. Mas o que estava acontecendo agora? Cody dissera que a viagem missionária de Jennifer ao México não fora boa. A menção do nome dela alguns instantes atrás provocara uma mudança total na expressão do rapaz.

— Você está bem, Cody? — Charlie perguntou.

— Estou passando um tempo difícil, com um osso duro de roer.

— Qual é o problema?

— O problema é Jennifer. — Cody sacudiu a cabeça. — Não sei o que houve com ela no México. Ela não fala comigo. Nem olha para mim. Estou com medo de ter quebrado alguma regra de boas maneiras, mas não tenho certeza. Eu amo muito Jennifer, e quero me casar com ela. Mas sou autista, e isso é um grande problema para quem quer se casar. Acho que Jennifer não quer casar comigo.

Charlie descobriu que não sabia o que dizer. Fitou os olhos azuis do rapaz.

Cody fechou as mãos com força.

— Não sei o que é pior, sr. Moore. Querer casar com alguém que não ama a gente ou casar e descobrir no hospital que a esposa da gente esticou as canelas. Essa é uma metáfora que não entendo. De qualquer forma, a gente fica só e isso é muito difícil, principalmente se a gente ama muito a outra pessoa.

Charlie engoliu o nó que se formou em sua garganta.

— Cody, acho que você e eu precisamos dar um passeio no carrinho de golfe. O que você me diz?

— Digo que já estamos atrasados. As senhoras de Deepwater Cove devem estar espumando de raiva. Outra metáfora que não entendo.

Boofer levantou-se do colo de Charlie, alongou o corpo e pulou para o chão.

O Dia de Ação de Graças havia chegado, um fato que pegou Charlie de surpresa. Enquanto seguia com Cody em direção à casa dos Hansens, a realidade foi calando aos poucos. Abóboras ao lado dos batentes das portas. Espantalhos e fardos de feno enfeitavam os jardins. Carros enfileirados ao longo da rua estreita.

— Descendo o rio e atravessando a floresta — Charlie murmurou.

— Que rio? — Cody quis saber.

— Aquele na canção que Esther costumava cantar.

— Sinto saudade dela. Ela era presidente do CAC, apesar de não ser uma verdadeira presidente. A sra. Moore guardava a minuta na bolsa e a lia em voz alta. Ela era minha amiga.

— Eu também sinto saudade dela. — Charlie sentiu as lágrimas encherem-lhe os olhos, e enfiou a mão no bolso para pegar um lenço de papel. Que maluquice chorar tanto assim. Porém, todas as vezes que pensava na esposa, em qualquer coisa sobre ela, Charlie não conseguia conter as lágrimas. As roupas dela continuavam penduradas no armário. Os produtos de maquiagem continuavam sobre a pedra da pia. O travesseiro tinha a marca de sua cabeça.

— Chegamos. Salada na casa dos Hansens. — Cody desceu do carrinho assim que Charlie pisou no freio. — Salada faz bem para o senhor, apesar de ser feita de vegetais, o que não aprecio muito. Minha tia em Kansas come vegetais o tempo todo, e adora salada.

Quando Cody abriu a porta da frente da casa dos Hansens, um bafo de ar quente transportou o aroma de peru assado, torta de abóbora e batata-doce cozida no vapor. O pessoal levantou-se da mesa, posicionou-se ao redor de Charlie e começou a cumprimentá-lo. Justin, que estudava na faculdade e raramente visitava a família. Uma avó. Uma tia. Steve e Brenda. Jessica e o noivo. E finalmente Jennifer.

— Você está atrasado, Cody — Brenda disse.— Tivemos de começar a comer sem você. Charlie, seu telefone está desligado? Devo ter feito umas dez ligações.

— Não tenho certeza.

Charlie teve a sensação de estar sendo movimentado por fios invisíveis, como se fosse marionete. Sentou-se à mesa e pegou uma tigela de salada de verdura, conseguindo dar uma mordida ou duas. As pessoas falaram sobre o funeral, fizeram perguntas sobre Charles Jr. e Ellie, mencionaram quanto amavam Esther. Charlie assentia com a cabeça e murmurava algumas respostas que, para ele, deveriam fazer sentido.

Ele tentou se lembrar do que Cody lhe havia dito. Um dia, esta refeição da casa dos Hansens faria parte da *antiga ordem*. Um dia ele estaria com Deus, e poderia rever Esther, e não haveria mais lágrimas. Mas agora, por enquanto, havia uma única coisa a fazer.

"Ir por todo o mundo."

O que isso significava? Que significado poderia ter para um homem idoso, um viúvo, sem alegria, sem razão para continuar respirando?

— Está na hora de irmos embora, o sr. Moore e eu — Cody anunciou. — O prato principal vai ser servido na casa dos Finleys. O peru, o acompanhamento e os enrolados. É a melhor parte de um jantar agressivo.

— *Pro*gressivo — disse Brenda. — Jantar progressivo.

Todos riram. Cody encolheu os ombros e andou apressado em direção à porta. A família Hansen estava no meio da refeição quando Charlie chegou, e agora todos voltaram a comer. Alguém pediu que lhe passassem o purê de batatas. Outra pessoa perguntou sobre a torta de pecã.

Charlie estava vestindo o paletó quando um movimento por perto o assustou. Jennifer Hansen apareceu no vestíbulo.

— Sr. Moore — ela sussurrou. Sem dizer mais nada, ela passou os braços ao redor do pescoço dele e pousou a cabeça em seu ombro. Charlie sentiu o sofrimento dentro de si amenizar um pouco. Estendeu os braços e bateu de leve nas costas da moça.

— Sinto muito pelo que aconteceu com a sra. Moore — Jennifer murmurou. — Não sei o que falar para fazer o senhor sentir-se melhor.

— É difícil encontrar palavras — ele disse. O calor do abraço da jovem foi mais reconfortante do que ele podia imaginar.

— Sr. Moore, posso conversar com o senhor na próxima semana? — Jennifer perguntou em voz baixa. — Parece egoísmo de minha parte pedir um favor neste momento tão terrível de sua vida, mas o senhor é a única pessoa com quem posso falar. O senhor conhece muito a vida. O senhor, por favor, me receberia para uma visita?

Quando ela deu um passo para trás, Charlie fitou seus olhos sérios, quase um espelho dos de Cody.

— Será um prazer receber sua visita na próxima semana, Jennifer. Não sei se tenho sabedoria para passar adiante, mas sou ótimo ouvinte. Esther me treinou bem.

O rosto dela iluminou-se.

— Obrigada. Irei na segunda-feira.

Ela deu-lhe um beijo no rosto antes de ele partir com Cody. O carrinho de golfe chegou à casa dos Finleys em menos de um minuto. No percurso, Cody falou de seu constrangimento quando misturava as palavras. Para Cody, *progressivo* e *agressivo* eram palavras muito parecidas, mas agora ele sabia que cometera um erro. E bem na frente de Jennifer.

— Seja bem-vindo, Charlie!

Miranda devia estar esperando perto da porta. Assim que Cody e Charlie pisaram na varanda, ela correu para abraçá-los. Sentindo-se ainda como marionete, Charlie entrou na sala de jantar e tomou assento à mesa da casa dos Finleys no Dia de Ação de Graças.

Aquela família era mais barulhenta. Sentados um em frente ao outro, os gêmeos conversavam gritando, com Derek tentando acalmar todos e Kim fazendo perguntas a Miranda. Peru, recheio, molho de *cranberry*, purê de batatas, cará coberto com *marshmallow*, feijões verdes... um pouco de cada coisa no prato de Charlie.

— Recheio delicioso — ele disse a Kim depois de uma garfada. — Molhadinho.

Era o primeiro comentário positivo que ele dissera desde a morte de Esther. Estaria ela vendo a cena lá de cima? Saberia que ele preferia o recheio de Kim ao dela? Sentindo-se culpado, Charlie pousou o garfo no prato. Sentiu a presença de Esther. Na verdade, quase ouviu sua voz.

"Ah, pode comer, querido. Eu não me importo. Meu recheio sempre foi um pouco seco, não?"

Lutando mais uma vez para conter as lágrimas, Charlie tentou ouvir o que Miranda lhe dizia. A mulher usava uma blusa bege e calça comprida cor de chocolate, um grande colar de ouro e brincos combinando. Com seu cabelo loiro e desfiado, ela parecia brilhar enquanto falava.

— Um caminhão de mudança virá na quinta-feira. — Sua voz tinha o tom excessivamente amigável que as pessoas usavam quanto tentam não mencionar algo desconfortável. — Acho que será daqui a uma semana, não? Não pensei que já estivesse chegando! Toda a mobília que deixei no depósito estará aqui, e não tenho ideia de onde colocar metade dela. Eu tinha uma casa enorme em St. Louis. Charlie, você faria o favor de dar uma olhada na casa na próxima semana? Sei que está trabalhando no cômodo extra da casa dos Hanes, mas eu gostaria muito de um conselho seu. Vou precisar também de alguém para fazer alguns pequenos consertos, e Derek não tem talento para isso. Está sempre ocupado, mesmo nos meses frios. E com a gravidez de Kim...

Ouviu-se um sobressalto ao redor da mesa.

Miranda levou a mão à boca.

— Opa! Eu ainda não deveria ter contado. Sinto muito, Derek. Kim, você me perdoa?

— Mãe, você prometeu não dizer uma só palavra. — O rosto de Derek anuviou-se de frustração. — Charlie, gostaríamos que você não dissesse nada a ninguém. Acabamos de saber, e queríamos esperar um pouco para fazer o aviso em público. Cody, podemos confiar que você ficará de boca fechada?

— Não — Cody respondeu com sinceridade. — Não sou bom para guardar segredos. Descobri isso sozinho. Posso tentar, mas não prometo nada.

— Não se preocupe, papi — Lydia palpitou. — E daí se as pessoas descobrirem que mamãe está grávida? Qual é o problema?

— É porque Lydia já contou a Tiffany — Luke interveio. — Todos na escola já sabem. E não vai demorar muito para a vizinhança inteira descobrir.

— Lydia! — Kim exclamou.

Charlie comeu o último pedaço de peru e tentou processar a nova informação em sua mente confusa. Kim Finley estava esperando um bebê? Não era de admirar que Derek parecesse tão satisfeito. Os gêmeos também estavam entusiasmados.

Esther partira, mas havia muitas coisas acontecendo. Um bebê chegaria para aumentar a família Finley. Miranda planejava mudar-se para uma nova casa. Cody queria casar com Jennifer. Jennifer precisava conversar.

A vida prosseguia, não? Charlie pensou nisso enquanto ele e Cody agradeciam aos Finleys o convite para a refeição no Dia de Ação de Graças. O sol da tarde começava a projetar sombras por toda a estrada quando eles subiram no carrinho de golfe a caminho da pequena casa dos Hanes. Quantas horas haviam passado desde que Charlie estava sentado com Boofer na velha poltrona reclinável, mudando os canais em sua televisão?

— Vocês não vão gostar disso. — Brad Hanes abriu a porta da frente para Charlie e Cody e falou em tom abafado. — Ashley queimou a torta de abóbora, e a mãe dela precisou comprar outra no supermercado. Tem gosto de papelão.

Dentro da casa, Ashley olhou para Charlie e irrompeu em lágrimas. Coberta de colares e pulseiras, ela atirou os braços ao redor dele e chorou alto.

— Não sei o que dizer — ela lamentou. — Como aquilo pôde acontecer, sr. Moore? Parece impossível, não? Ela significava muito para mim. Passamos muitas horas juntas, e ela me ajudou a separar as contas e a cozinhar. Eu podia contar tudo a ela. Não sei o que vou fazer sem ela. Ah, foi a coisa mais horrível que já me aconteceu. Não posso suportar. Não posso mesmo.

Sufocado no meio do cabelo ruivo, dos colares e pulseiras e das lágrimas de Ashley, Charlie surpreendeu-se ao ver que havia um prato de torta de abóbora em suas mãos. Alguém passou o braço por cima de seu ombro e cobriu a torta com *chantilly*. Brad segurou-o pelo cotovelo e conduziu-o ao cômodo onde estavam trabalhando no dia do falecimento de Esther. Cody e o pai de Ashley os acompanharam, admirando o excelente trabalho deles.

— Optamos pelo verde — Brad comentou. — Eu disse a Ashley que não suportava aquele amarelo, e ela concordou em mudar a cor. Verde-claro. O piso vai chegar na quarta-feira, por isso precisamos repintar antes de assentar os ladrilhos. O que o senhor acha, sr. Moore? Seria uma grande ajuda se o senhor pintasse o cômodo.

Charlie assentiu com a cabeça, tentando imaginar-se em pé numa escada com um pincel e uma lata de tinta verde. A situação havia mudado completamente em tão pouco tempo. Tinta amarela. A procura pela receita do recheio. E Esther. Viva, rindo, fazendo planos.

Antes de ter tempo de envolver-se numa confusão mental de lembranças desordenadas, Charlie notou que seu prato com torta de abóbora, da qual ele comera apenas a metade, havia sido levado embora. Cody estava apressando-o para entrar novamente no carrinho de golfe. Ashley fez uma última investida — envolvendo Charlie em soluços, colares, gemidos de desespero — e Brad afastou-a.

— Patsy Pringle é a última da lista — Cody informou a Charlie durante o percurso. — Vamos tomar café com ela e Pete Roberts. Eu não gosto de café, nem do descafeinado, mas vou com o senhor. Patsy disse que vai fazer chá para mim. Ela não sabe o que vai fazer às sextas-feiras sem arrumar o cabelo de Esther, mas Pete disse que vai levá-la ao Pop-In para um café com leite cremoso e um rolinho de canela. Ela disse que isso não faz bem e só vai servir para engordá-la. Não acho que Patsy é muito gorda. O senhor acha?

Charlie absorveu o ar fresco da noitinha.

— Creio que Esther me disse que a palavra correta é *macia*. Eu diria que ela é curvilínea.

— É verdade. — Cody deu uma risadinha. — Eu confundi a palavra *macia* com *maçã*. *Curvilínea* é bem melhor. Patsy trabalha muito com cabelos e unhas, e se preocupa com a aparência dela o tempo todo. Mas não sei por quê. Todos a amam do jeito que ela é. Como a placa na frente do salão. Assim Como Estou. É assim que Patsy ama as pessoas, mas ela não sabe que todos a amam da mesma maneira.

— Nunca pensei nisso.

— Sr. Moore, existem muitas coisas nas quais nunca pensei. Aliás, acho que nunca pensei em tudo o que pode ser pensado. Mas uma coisa que eu penso é que a sra. Moore tinha alegria de viver. Ela adorava ir ao salão na sexta-feira para arrumar o cabelo. Adorava o CAC. Adorava todas as suas amigas. E, acima de tudo, adorava o senhor. Se o senhor pensar um pouco, vai ver que é verdade.

Ao subir com o carrinho de golfe no acesso à garagem da casa de Patsy, Charlie sentiu que as lágrimas começavam a molhar seu rosto novamente. Ele se perguntou se, um dia, pararia de chorar por Esther. O choque foi muito grande. Totalmente inesperado. E, mesmo assim, em algum lugarzinho de seu coração, ele sabia que isso aconteceria. Viu as coisas se precipitarem, e tentou detê--las. Mas Cody tinha razão. Esther tinha alegria de viver, e Charlie sabia que ela o amou mais que tudo.

— Vamos ter que fingir que não sabemos que Patsy ama Pete — Cody disse quando eles se aproximaram da porta da frente. — Fingir é parecido com mentir, não é mesmo? Não sou bom para fingir. Nem para guardar segredos.

— Oi, minha gente — Patsy cumprimentou-os, abrindo a porta e convidando Charlie e Cody para entrar na casa. — Eu já ia desistir de vocês. Pete e eu estamos quase flutuando de tanto tomar café.

— Estávamos progredindo — Cody disse.

— Bom, progridam aqui e sentem-se no sofá. Pete, afaste um pouco aquela cadeira, por favor. Vou preparar o chá. Charlie, você quer chá ou café?

Ele pensou por um momento.

— Chá. Do jeito que Esther gostava.

Cody atravessou a sala até a cadeira de Pete, curvou-se e examinou o rosto do homem.

— Por que você está tão assustado, Pete? O que há de errado com você.

— Vá sentar-se — Pete disse, empurrando o rapaz em direção ao sofá. — Sente-se ao lado de Charlie.

— Seu rosto está diferente — Cody observou enquanto se sentava. Depois, afundou-se no sofá perto de Charlie e cruzou os braços. — Hoje é Dia de Ação de Graças, mas em todos os lugares aonde fomos, tinha alguma coisa errada. Na casa de Charlie, não tem mais Esther. Na casa dos Hansens, Jennifer não conversa mais comigo. Na casa dos Finleys, Kim está grávida, e isso é um segredo que eu deveria guardar, mas agora é tarde demais. Na casa dos Hanes, Ashley queimou a torta de abóbora, e Brad está pintando o quartinho de verde. E você está esquisito, Pete.

— Pete está esquisito? — Patsy entrou na sala confiantemente, carregando uma bandeja com xícaras de chá e café quentes. — Mais esquisito que o normal?

— Ei, parem com isso — Pete protestou.

— Aqui está seu chá, Charlie — Patsy disse. — Cody, você está tão perto do sr. Moore que daqui a pouco vai sentar-se no colo dele. O sofá é grande o bastante para vocês. Lembra-se do que Brenda disse sobre prestar atenção ao espaço ocupado por outra pessoa?

— OK. — Cody olhou de relance para Charlie. — Peço desculpa, sr. Moore. Esqueci esse assunto de espaço. Não é a primeira vez que não tenho boas maneiras, e essa é a pior de todas. Também conto segredos. E misturo palavras. Interrompo também.

Charlie sorriu.

— Está tudo bem, filho. Eu também já misturei algumas coisas na vida.

— Eu me sentiria melhor se Jennifer conversasse comigo. Ou olhasse para mim. Não sei o que eu fiz, mas acho que...

— Pare. — Pete levantou-se e ergueu as mãos como se fosse um guarda de trânsito. — Pare de falar, Cody. Peço que ninguém fale mais nada. Esperei o dia inteiro por este momento, e não vou aguardar nem mais um minuto. É minha vez de falar, e vou dizer o que penso.

Charlie piscou ao ver Pete vindo em sua direção.

— Sr. Moore, o senhor e sua esposa sempre foram muito importantes para mim. — Pete disse, engolindo em seco. — Muito mesmo. Veja, nunca tive pai. Minha mãe também não foi lá dessas coisas. Tive dois casamentos fracassados, e já estava achando que esse negócio todo não passava de uma grande bobagem. Aí me mudei para Deepwater Cove e conheci o senhor e dona Esther. Vi os dois na igreja. Vi o senhor levar sua esposa ao salão de Patsy para arrumar o cabelo. Analisei sua conduta no piquenique do Dia da Independência. E vi o senhor circulando pela vizinhança no desfile do Dia de Ação de Graças numa noite dessas. Fiquei pasmo diante da maneira como o senhor tratava sua esposa, sr. Moore. Nunca conheci uma pessoa tão honrada, tão correta em minha vida. E a maneira como sua esposa olhou para o senhor me fez sentir coisas que nunca senti. Foi por isso que quis fazer isso diante do senhor. Espero estar fazendo a coisa certa e gostaria de pedir-lhe ajuda ao longo do caminho, se for possível.

Charlie queria falar, mas não sabia o que dizer. O que Pete estava pretendendo? O que ia fazer?

— Patsy Pringle — Pete disse, virando-se para a mulher e ajoelhando-se diante dela — não valho um tostão furado, sei disso. Mas eu a amo mais do que amei alguém ou qualquer coisa na vida. Se puder ser metade do marido que Charlie foi para Esther, vou me considerar um grande sucesso. Portanto, aceitando isso como desafio, quero pedir sua mão em casamento. Quer casar comigo, Patsy? Se não estiver interessada, tudo bem. Sei que não sou nenhum anjo caído do céu, e...

Patsy colocou a mão na boca de Pete. Seus olhos brilhavam de lágrimas quando ela substituiu os dedos por um beijo.

— Sim, Pete Roberts. Quero casar com você.

Com um grito de alegria, ele levantou-se imediatamente e tomou Patsy nos braços.

— Sério? Você me disse sim, garota? Ah, Senhor, obrigado! Obrigado por ter respondido às minhas orações!

— E às minhas também! — Patsy disse em voz alta.

— Suas também?

— Ah, sim, querido. Eu o amei assim que o conheci, e orei esperançosa para que você me pedisse em casamento.

— O que está acontecendo? — Cody virou-se para Charlie, com ar de perplexidade no rosto. — Patsy vai casar com Pete?

— Com certeza — Charlie respondeu.

— Sr. Moore, o senhor precisa me ajudar. — Pete ajoelhou-se repentinamente na frente de Charlie. — Não sei se vou acertar. Estou com medo de estragar tudo.

— Vai acertar, sim.

— Mas o senhor me ajudaria? Posso pedir-lhe conselho?

— Penso que sim. — Charlie confirmou com a cabeça. — Como não?

Enquanto Pete e Patsy se abraçavam no sofá, Cody sentou-se no tapete aos pés deles.

— Eu ajudei a fazer convites para o casamento de Jessica. Amarrei as fitas amarelas. Posso fazer os convites de vocês. Vou ser convidado? Vai ter nozes e livro de convidados? Acho que, quando vocês casarem, vou estar craque em mostrar os lugares aos convidados, porque é o que vou fazer no casamento de Jessica.

Charlie recostou-se no sofá, tomou um gole de chá e pensou em Esther.

— Cody — Patsy disse — você está ocupando nosso espaço. Vá sentar-se ao lado de Charlie.

Epílogo

— Que bom que, depois de tanto sofrimento, você resolveu sair de casa nesta linda manhã de segunda-feira — Bitty Sondheim disse ao se sentar na cadeira em frente a Charlie. — Espero que você não importe de ter minha companhia aqui fora. Preciso de um descanso depois do burburinho do café da manhã.

— Não está muito frio para seu sangue californiano? — ele perguntou.

— Estou me acostumando com esse tempo de outono, embora já deva ser época de comprar um par de sapatos de verdade. Sandálias e meias não vão me aquecer durante o inverno. Já estou pressentindo.

O sorriso de Bitty era cordial, e Charlie notou que as sardas no rosto dela estavam cada vez mais visíveis à medida que a pele perdia o bronzeado. A trança longa continuava loira como sempre.

— Que tal a omelete servida no café da manhã? — Ela apoiou os cotovelos na mesa e analisou a refeição, enrolada em papel-manteiga. — Coloquei um pouco mais de queijo para você hoje.

— Suas omeletes sempre me deixam animado, Bitty.

— Passei a comprar os ovos produzidos aqui. Nada como ovos frescos para fazer uma omelete saborosa.

— Concordo plenamente.

Enquanto tomava um gole de café quente, Charlie esperou que Bitty comentasse os eventos da semana anterior. Apesar de Esther ter falecido havia poucos dias, ele já havia aprendido a lidar com os momentos desconfortáveis. Algumas pessoas tentavam ser animadas demais: "O enterro de Esther estava lindo. Foi maravilhoso ver Charles Jr. e Ellie com aparência tão boa. Que caixão bonito você escolheu". Outras assumiam expressão solene e despejavam todo o seu sofrimento em Charlie — como se já não bastasse o dele. E havia aquelas que o evitavam completamente. Não sabiam o que dizer, e ele também não sabia o que responder.

— E então, como foi seu fim de semana? — Bitty perguntou.

— Difícil. Dormi pouco. Não consegui comer.

— Eu já imaginava.

Charlie tomou outro gole de café, surpreso diante do tom de voz positivo e revigorante de Bitty. E de repente, sem saber como, viu-se conversando.

— Imaginei ter chorado todas as lágrimas que tinha dentro de mim. Mas, esta manhã, comecei a chorar novamente.

Bitty empurrou a trança por cima do ombro.

— Duvido que as lágrimas tenham fim. As minhas parecem brotar de um poço sem fundo.

— Você me contou que sofreu no passado.

— Para mim, foi um sofrimento, mas não igual ao seu.

— Não importa. Dói muito. — Ele concentrou a atenção no grande número de árvores nuas de ambos os lados da rua comercial. — Você disse que fugiu.

— Sim, mas não ajudou. A mudança para o Missouri mudou o panorama, mas não o coração.

— Acho que você está certa.

— Estou.

Ela apoiou o pé na cadeira vazia perto da mesa. Charlie observou a brisa levantar uma mecha de cabelo dourado e fazê-la dançar na testa de Bitty.

— Pensei em desistir — ele disse, colocando o papel-manteiga na mesa. — Por alguns momentos neste fim de semana, cheguei a ver como isso aconteceria. Eu ficaria sentado com Boofer na poltrona reclinável e, aos poucos, nós desapareceríamos deste mundo.

— Mas você está aqui nesta manhã — ela disse. — Estou feliz por não ter desistido.

— Cheguei à conclusão de que não podia. Estou preso. Preso a muitas pessoas. Penso que Esther fez isso comigo de propósito. — Por um momento, Charlie pensou na esposa e nos vizinhos que ela tanto estimava. — Sabe de uma coisa, Bitty? Você deve ser a única pessoa em Deepwater Cove que não precisa de mim.

— Ah, eu não diria isso.

— Pelo menos não me pediu para tomar conta da grelha ou limpar o chão, embora, para ser sincero, eu não me importaria de fazer isso. Esta tarde, Jennifer Hansen vai conversar comigo. Que palavras de sabedoria posso oferecer a uma moça tão fina quanto ela? Amanhã, preciso ir à nova casa de Miranda para ajudá-la a decidir onde colocar os móveis. Quarta-feira de manhã, devo ir ao estudo bíblico para homens, e à tarde Brad vai receber a entrega dos ladrilhos. Temos de pintar o novo cômodo de verde-claro. Depois disso, devo ajudar o pessoal da mudança a colocar os móveis na casa de Miranda. E depois tenho de ajudar Pete.

— Ouvi dizer que Patsy disse sim a ele.

— Eu também disse sim a ele. — Charlie surpreendeu-se ao ver que estava rindo. — Pete pensa que posso ajudá-lo a ser bom marido. Se ele soubesse quantos erros eu cometi. Como foi difícil. Uma jornada longa, difícil... maravilhosa... incrível.

Bitty sorriu.

— No entanto, você se saiu muito bem.

Notas

Nota aos leitores

[1] São Paulo: Mundo Cristão, 2006.

Capítulo 1

[1] No hemisfério norte, onde estão os Estados Unidos, o outono começa oficialmente em 22 de setembro e termina em 20 de dezembro. [N. da T.]

Capítulo 5

[1] Lançadas entre o final do século 19 e o começo do 20. As capas eram ilustradas por desenhistas profissionais. [N. da T.]

Capítulo 6

[1] Atividade típica do Halloween, em que as crianças vão de casa em casa perguntando se o morador quer "gostosuras ou travessuras". Se escolher "gostosuras", deve dar doces. Se escolher "travessura", as crianças enchem a frente da casa com papel higiênico e espuma em lata. [N. da T.]

[2] Tiago 4.7-8.

[3] 1Coríntios 10.30-31.

Capítulo 8

[1] Famoso ator norte-americano de filmes de faroeste. [N. da T.]

Capítulo 12

[1] Hino 576 da *Harpa cristã*. Rio de Janeiro: Casa Publicadora das Assembleias de Deus, 2007. [N. da T.]

Capítulo 15

[1] Líder da equipe ofensiva de um time de futebol americano, responsável por iniciar e organizar as jogadas de ataque. [N. da T.]

Capítulo 16

[1] Significa "meio do caminho". [N. da T.]

Capítulo 17

[1] Organização norte-americana dedicada a reconhecer estudantes que se destacam no ensino médio.

Capítulo 18

[1] Apocalipse 21.3-4.

Conheça outras obras do autor

Gary Chapman

- A essência das cinco linguagens do amor
- A família que você sempre quis
- Acontece a cada primavera
- Amor e lucro
- Amor é um verbo
- As cinco linguagens da valorização pessoal no ambiente de trabalho
- As cinco linguagens do amor
- As cinco linguagens do amor das crianças
- As cinco linguagens do amor de Deus
- As cinco linguagens do amor dos adolescentes
- As cinco linguagens do amor para solteiros
- As cinco linguagens do perdão
- As quatro estações do casamento
- Brisa de verão
- Castelo de cartas
- Como lidar com a sogra
- Como mudar o que mais irrita no casamento
- Como reinventar o casamento quando os filhos nascem
- Fazer amor
- Linguagens de amor
- O casamento que você sempre quis
- O que não me contaram sobre casamento
- Zero a zero

Compartilhe suas impressões de leitura escrevendo para:
opiniao-do-leitor@mundocristao.com.br
Acesse nosso *site*: www.mundocristao.com.br

Diagramação: ArteAção
Preparação: Daila Fanny
Revisão: Josemar de Souza Pinto
Gráfica: Imprensa da fé
Fonte: AGaramond
Papel: Off set 63 g/m² (miolo)
Cartão 250 g/m² (capa)